U0120970

后浪

我，准时下班 2

［日］朱野归子

著

董纾含

译

海峡出版发行集团
海峡文艺出版社

目录

1
第一章
自称超强新锐

75
第二章
超级乖乖女

147
第三章
高规格留学生

223
第四章
丧气青年

311
第五章
公司蛀虫

第一章

自称超强新锐

那位新人笃信自己是个超强新锐。

真希望今天能够风平浪静地挨到下班啊，可是这点愿望很快破灭了——

"甘露寺！"

一声斥责从头顶划过。

东山结衣看了一眼表。"啊……怎么又来了。"明明再过五分钟就能下班了。

"我不是在打瞌睡，我是在冥想呀，种田先生。"

这位拿别人当傻瓜的家伙，叫甘露寺胜。大学重考了一年、就业又多花了一年后进了这家公司。经历研修之后，本周被分到了结衣所在的制作小组。

"冥想？"种田晃太郎低头看着身形矮小的甘露寺，结实的后背忍不住鼓起来，一副要冲上去揍他的架势。

"正念冥想，嗯嗯嗯，您不知道？就是一种正面积极地接受事物，从而缓解压力的冥想法哦。"

甘露寺像只鸟一般挺起胸膛。我还是赶紧跑吧。想到这儿，结衣急忙开始收拾东西。

"谷歌和英特尔的研修课可都引进了正念冥想的！种田先生总该听说过乔布斯吧！他和打棒球的铃木一朗都会使用这种冥想法呢！"

"好了好了！快别在这里演讲了。你才刚进公司，哪有什么压力？"

"您这个问题问得好！"甘露寺比画了一个手枪的姿势，假装射击晃太郎，"在下单是乘坐电车来上班，没想到，咳咳咳咳，竟然就承受了如此大的压力！"

到时间了。结衣悄悄关上了电脑。

"总之，研修时不许睡觉！我上课的时候也决不许睡！"

"我也不是故意的。如今随便在手机上翻翻，就能读到很多刺激人心的商战故事，可是研修课上并没什么有趣的内容，丝毫提不起人的兴致……哦！东山女士要走了？看来是到下班时间了。"

结衣扭过头，正撞上甘露寺满脸带笑。紧接着他广而告之，大声宣布："请允许在下也准时下班！"

结衣感觉办公室里众人的视线都刺向了自己的后背。

结衣所在的公司——Net Heroes 已经创立十三周年了。这家公司的主要业务是架构、运营一些企业的官网，同时还精于做社交网站、网页广告、数字营销方面的支撑。前年，该司员工大幅增长至四百人，员工平均年龄三十岁，可以说是一家正在飞速发展之中的公司。

——你不是为了公司而存在的，是公司为了你而存在。

这句口头禅来自公司老板灰原忍。他立志要领先IT界的其他企业，率先完成企业工作环境的优化：每天晚上八点后关闭公司空调，在公司入口设置打卡机，严格记录上下班时间，还要求管理层将员工的加班时间控制在每周二十小时以内。不过，仍有不少人对迫于形势的加班耿耿于怀，反对的声音很大。其中还有某位员工——其实就是结衣——因为过劳累倒了。灰原注意到了事态的严重性，于是推行起了新改革策略："加班时间要限制在每月二十小时以内。"

结衣大学一毕业就进了这家公司，一直以来都坚持着准时下班的原则。去年年末虽然因为过劳而累倒，但如今已经彻底恢复到了以往的状态。在这家公司，大家都有这么一个印象——准时下班＝东山结衣。

也正是这个原因吧，甘露寺说出"准时下班"这几个字时，大家都盯着结衣看。

晃太郎露出一脸苦相。这个男人之前一直在一家无视劳基法的小微企业上班，不过现在他也只能把那句"我从入职那天就开始加班了"默默咽进肚子里。

人事部规定，一直到六月为止，严禁新入职员工加班。

"啊，对了。"甘露寺说，"大概三小时前吧，外包公司来了一通电话，说是要找种田先生。"

"我不是一直坐在位置上吗？你们研修课难道没学企业的报告、联络、相商三大步[1]吗？"

"种田先生浑身散发着一种压迫感呀，就算是我这种超强新锐也感到胆寒呢……常言道，和善的上司才是好上司哟，那我先走一步啦。"

甘露寺乐颠颠地走向打卡机。结衣抱着自己的公文包说了一声"大家辛苦了"，准备紧随其后，结果却被

---

[1] 日本常见的工作方法，指遇事要报告、联络、相商，也简称作"报联相"。

晃太郎喊住了。

"啊，可是种田先生……我现在下班，啤酒还可以半价……"

"此刻的东山小姐不太适合准时下班呢。"晃太郎充满压迫感的声音盖住了结衣的辩驳。

"同为管理层，我希望和你谈谈。东山副部长。"

无奈，结衣只得又折了回来。甘露寺的事，她毕竟也有责任。

结衣是在三周前，也就是四月初的时候升任了副部长。也就是说，她终于进阶到了管理层。

她也是主动接受了这次晋升。可是，真的坐上副部长的位子她才发现，其实手中的权限并不多，倒是工作增加了不少。去年他们小组只分了一个新人，今年竟然增加到了五人。教育新人又是特别花费时间的一件事。"加班时间控制在每月二十小时以内"这个政策并不适用于管理层，而且也不会发放加班补贴，这搞得结衣更想早点下班回家了。

晃太郎也升职做了部长，他的工作量变得比结衣还大。可是，就因为甘露寺这小子，他们的工作完全进展不下去。

部长席和副部长席是背靠背的。结衣抱着包折回到了工位上，看了眼时钟，坐了下来。今天的晃太郎碎碎念时间又到了。

"迄今为止，什么样的工作我都能忍。多无能的家伙我都能提携他工作。可是那小子，那小子我真是忍不了。光是让他戒掉那个边吃点心边敲键盘的毛病，我就用了三天。而且我也说过好几回了：明明就坐在旁边，为什么不能直接问问题，非要一封一封地发邮件？还有他那一番高谈阔论，是什么意思？他是想当顾问？明明连通正经电话都没接过！"

"种田先生，你声音太大了，其他新人会听到的。"

"我光是看他一会儿站起一会儿坐下，就烦躁得很。"晃太郎卷起袖子，"你看看，看看我胳膊上这荨麻疹！皮肤科说我这是心理原因造成的。医生警告我说不能挠，可是我光是忍住勒死他的冲动就痒得要死了。你！不许看表！"

晃太郎敲着座椅扶手，逼结衣把视线拉回到了自己胳膊上。

"真的耶，都出血了。怎么办呢？不然尝试一下更为宽容地对待他，如何？"

"宽容，宽容对吧。那从明天开始，东山小姐给我展示一下该怎么宽容！我们对调一下，你带的那个新人，叫樱宫是吧，我来带她。明天告诉他们两个。"

晃太郎一副毋庸置疑的口吻。晋升之后这三周，这个上司身份他强调了不知多少回，好像不这样讲他就不知道该怎么做一样。

"可是，种田先生自己说了不擅长带女生的呀。"

"之所以会招甘露寺这种家伙，都是因为你吧！"

说到这个，结衣也哑口无言了。她无可奈何地点了点头。

"还有，本年度的工作业绩。"

原来要说的还不只是新人教育的话题啊……原本准备站起身的结衣只得又坐了回去。

"我们组上半期的盈利目标是一亿五千万。前一期延续下来的案子，再加四月开发的新案子，总计额度应该正好一亿。还差五千万。"

结衣放弃了，她把包放回到了桌上。今天的半价啤酒，拜拜了。

"月初那个乌丸信托的案子，我们竞标竟然输给了Basic，真是不甘心！不过，这个业绩目标定得也未免太高了。竟然要一亿五千万？虽然是管理部定下的标准，但是也提高太多了吧。"

管理部应该是遵循社长的想法，以业界第一为目标才定了这样一个业绩标准吧。但是想要达到实在是难上加难呀。

"而且四月眼看已经过完了，想在九月前再拼出来一个新案子，这根本做不到吧。估计其他团队早都已经放弃达标了。"

"其实业务部刚刚扔过来一个特别急的案子。客户那边说希望我们赶紧去参与方案竞标。"

晃太郎坐着没动，将椅子转了个半圆，从自己桌上拿了一份资料。

"是 Force 公司。就是那家运动服装制造商。"

这名字听着就很强劲。结衣翻看着资料。Force 是一家新兴企业，员工约一千人。这十年间的急速发展，使其成长为在国内市场可以比肩耐克和阿迪达斯等品牌的一家公司。

"这么说来，有时候确实能看到公司附近的河边有人穿着印有这家公司标志的衣服跑步欸。"

"其实他们已经找 Basic 来做网站维护了，但是出现了些问题。所以他们想趁这次更新合同的机会，改用其他公司。这个案子很急，所以近期就要先开会了解状况，两周之后进入方案竞标环节。赢了的一方光是给他们公司的网站做翻新，就能拿到五千万的报酬。后续如果还能负责网站维护的话，每年还能再拿五千万。"

所谓的"维护"，其实就是负责维持和更新设计好的主页。一般要派员工去客户公司常驻一到两年，长期看下来，大多有望收获不错的利润。不过一个这样规模的公司，竟然在设计和维护方面掏得出五千万，还真是阔气。

这么理想的客户可是非常难得的啊，Basic 究竟出了什么问题？再怎么说，他们也是业界第一的公司呀。

"如果拿下了这个案子，又能给运营部门增加利润，那我们这次一定会稳拿最佳团队奖。"

"最佳团队奖哦……公司表彰什么的，一向跟我们无缘呢。"

结衣小声嘀咕道。此时，晃太郎却说："我想赢。我想赢，我想把失去的那些夺回来。"

"失去的那些？"

晃太郎没有回答她。不过结衣也想象得到。

上一年度，他们这个小组别提得多凄惨了。

在制作部，总共有五个小组负责网页的架构，其中一个就是结衣他们所在的组。而他们组的前部长——福永清次接下的那件星印工厂案子因为预算过低，简直搞得像在做慈善。为此，整个组人手严重不足，结衣他们就仿佛打了一场长达四个月、有勇无谋的英帕尔战役。

福永一味地用精神论洗脑组员，把大家都逼到了疲劳的极限。本就是工作狂的晃太郎更是拼命逼迫自己一直工作，几乎住在了公司，根本不回家。结衣拼命努力想让大家都能准时下班，可是到最后自己却因过劳倒下了。

最终，她总算把福永赶出了工作现场，交付任务也顺利完成了。不过上一年度的业绩只能说是勉强及格，没有弄出赤字。为了接替福永的岗位，晃太郎和结衣一道升职，不过加薪却还是后话。

晃太郎全盘接受惩罚，表示"我也有责任"。不过，他一定是最想夺回"全公司最有能力的员工"这一称号的。

可是，我失去的那些，却再也夺不回来了。

那天，结衣得知自己被未婚夫诹访巧背叛了。就在她被交付日期紧迫之时，巧出轨了公司的另一名年轻女性。摊牌后，两人取消了婚约，但是他们刚刚租下来的新家却还迟迟无法解约。

加之……眼下这个男人也很成问题。

结衣累倒的时候，晃太郎似乎对自己疯狂的工作方式感到很懊悔。后来的一个月里，他一直努力保持准时下班。可是一开始就任部长，他就又回到了每天都工作到很晚的状态。就在前一天，这家伙竟然晚上十一点四十五分还在发工作邮件。

不知是不是因为甩掉了甘露寺这个麻烦货所以一身轻松，此时晃太郎的斗志正熊熊燃烧着。结衣看着他，总感觉心里有些慌，此时晃太郎却开口道："这次方案竞标我们一定要参加。这件事我已经和业务部那边定好了。虽然有些仓促，但下周二就需要和客户见面了。"

"有必要为了冲业绩这么强迫自己吗？我们组增加了好几个新人，已经忙不过来了。"

晃太郎眼神锐利地瞪视一眼结衣，道："我是上司。"

"……是吗？那我先下班了。"

结衣站起身，额头上的伤隐隐作痛。当时因为过劳倒下，结衣的额头撞到了地面放着的机器上，那时还是晃太郎告诉她：要是撞到要害，你可能就没命了。可现在……

就算结衣与死神擦肩而过，这个人的工作方式还是没变。在这样一个工作狂身边真的很痛苦。

走出走廊，结衣和几个身穿制服的员工擦肩而过。因为最近公司新招了不少跳槽过来的员工和应届毕业生，所以办公空间已经不够用了，需要再租用新的楼层。

等电梯的时候，有个女同事凑上来搭话："多亏东山小姐，现在每个月的加班时间都控制到二十小时以内了。"

她好像是另一个小组的负责人，看上去年纪和结衣相仿。

"不，怎么能说是多亏了我……"

下定决心要这样安排的是社长灰原。结衣只不过起了一点推动作用。

"你可是变革工作方式的先锋啊，真令人钦佩！我会默默支持你的。为了我们女性员工，请你一定要证明给大家看看，就算爬上高管的位置，也还是一样能准时下班。你加油哦！"

最近常有人同结衣这样讲，但是没人说要"一起加油"。

"那我先走了，我还得加班呢。"

对方说完这句话就离开了。结果还是要加班啊……结衣小声咕哝着走进了电梯。这次又换作同乘电梯的男同事开口了："你们组上一年度不是勉强才合格吗？这样还能被社长力挺，真羡慕你们。你现在可是工作环境改善大使喽，就是不知道晋升管理岗了是不是还能准时下班哦。"

这人的说话方式真令人不爽，结衣想起来了，他就是去年最优秀团队的副部长。

"哦对了，听说你快结婚了是吧。那我这个单身男人可就去便利店买吃的去喽。"

结衣走出电梯后，快速从大门口离开了。

什么工作环境改善大使，什么被社长力挺，这些她统统都没有实感。在高尔夫球场当面申诉却败下阵来之后，结衣一次都没和忙碌的社长见过面。

我当时那么拼命地奋战，究竟是为了什么呢？

为了团队成员们的幸福，她放弃了准时下班的生活，和要求长时间劳动的上司正面交锋。结果自己不幸累倒，额头划伤，出了很多血，还被救护车紧急拉去了医院。要是直到退休，自己这番"壮举"仍被人不断提起，那可真是太丢人了。

可是，经历了这么多，公司内部仍是一成不变。只有结衣的压力更大了而已。

结婚这件事也彻底告吹了。结衣质问巧"你出轨了是吧？"的时候，巧回敬她："结衣不也一样吗，在结婚和工作之间，你选的是工作。"继而，他又目光晦暗地纠正，"啊，不对，你选的不是工作，是种田先生。"

结衣没有回话。在交付截止前的一个月里，结衣从早到晚，甚至后来的双休日都是和晃太郎一起度过的。只不过他们都身在办公室，面对的是堆积如山的工作。

　　这已经是第二次取消婚约了，结衣自己也很难受。而且，也不知道该怎么和公司的同事们提起。

　　目前，还只有晃太郎知道这件事。要是不用教育新人，她简直想出去旅行一圈，去北海道，爬到山上眺望云海，闭目冥想。

　　冥想……想到这儿，眼前浮现出甘露寺的脸。就在结衣为明天上班感到郁闷之时，新来的女孩子突然一阵疾跑到了她眼前。她满脸乞怜地望着结衣问道："我，我不能再跟着东山前辈学习了吗？"

　　是樱宫彩奈。她曾经入职了对家 Basic，三年后辞职。既有工作经验，又很年轻，于是很快便被结衣所在的 Net Heroes 录用。樱宫人很随和，性格又好。可是明明有三年的工作经验，工作起来却和生手没什么两样，原因是——

　　不行，不能这么想。她被派过来才一个星期而已。结衣努力将自己那些先入为主的想法赶走。

　　"我们刚才聊的内容你听到啦？对不起，让你感到不安了。"结衣道，"不过种田先生工作能力很强，而且经验也比我丰富，你就放心跟着他好好学吧。"

"我，我害怕男上司，所以还是希望能跟着东山小姐……"

樱宫可怜巴巴地仰望结衣，泪水在眼眶里打转。结衣吃了一惊。

没错，原因就是——这孩子太可爱了。虽然不是那种第一眼就很惊艳的大美女，但是那股青春的气息却十分耀眼。下巴尖尖的，胸部也很丰满，还有一对小巧的膝盖。

每次她一有动作，边上的男员工们就躁动不安起来。就连用复印机卡了纸，他们组里的吾妻彻都会迅速跑上前嚷着："我帮你弄！"而樱宫自己也从不拒绝，一直坦然接受着帮助。

就是因为这样，所以她才和刚来公司一年的新人水平相当啊。毕竟周围人对她的照顾有些过头了。这样下去真的不行……

"没关系的，我和你还在同一组，种田先生嘛……嗯，他偶尔会说什么拿拼死的力气去工作一类的话，你遇到这种情况就先逃到我这儿吧。"

毕竟那个人从小受的教育就是既苛求自己，也严于待人啊。这样说不定能好好锻炼锻炼樱宫呢。正想到这儿，樱宫却露出了一个不太服气的笑容，回了她一句"好的"，看上去眼泪已经干了。

"对不起，我说话太任性了。那我先回去了。"

结衣望着樱宫返回大楼的背影，裹着纤细腰身的短裙被傍晚的风吹得轻轻飘浮。她忍不住想，樱宫该不会只是想先挤出点眼泪试探一下吧？

上海饭店就位于一栋综合大楼的地下，距离公司只有步行五分钟左右的路程。走下昏暗的楼梯，就能看见一扇倒贴着一张"福"字的玻璃门。推开这扇门——

"今天厨师休息哦。"店主王丹走出来说道。

她明明长得很漂亮，但却没有打扮自己，头发也只随意扎了个结。"什锦炒饭可以吧？"没等结衣回答，她已经折回厨房，不一会儿就端着啤酒杯走出来了。

结衣端起酒杯痛饮，白色的泡沫奔腾着打开了她的喉咙。她大口大口地饮下金色的液体。夏天马上就要来了啊。

等待炒饭上桌的当口，结衣给"愁"发了一封邮件，内容为：

"请调查一下Force（公司）的情况。包括近段时间的一些传闻和评价，任何信息都可以。"

Basic究竟是犯了什么样的错误，才导致Force改了主意，来和他们公司洽谈呢？结衣太过在意其中详情，实在无法放心下来。

"愁"这个账号的使用者，是小晃太郎九岁的弟弟种田柊。结衣经常以个人名义请他帮忙做调查。柊最近总算是摆脱了家里蹲的生活，不过还没有开始再找工作。所以他还会靠帮忙搜集信息来赚些零花钱。

结衣点第二杯啤酒时，什锦炒饭端了上来，饭上还插着把勺子。这时候，一边的常客大叔搭话道："那个叫甘露寺的，现在怎么样啦？"

"啊……甘露寺啊，甘露寺呀……他啥也不会干，废得令人震惊。"

"哎呀，那结衣在公司里面可就有点难堪了吧。"

"呵呵呵……"结衣干笑。也只能笑了。"当然……我超级难堪。"

因为推荐甘露寺入职的，正是结衣。

第一次在这家店遇到他，正好是一个月之前，也就是星印工厂的案子刚刚结束的时候。

据他讲，自己只是偶然路过，于是就晃进店里来了。脸看上去挺幼稚，可是架子还蛮大。结衣就误以为他和自己同龄。又听到他说，眼下在找跟网络相关的工作。结衣以为他是个经验丰富的老手，于是递了自己的名片对他说："来我们公司吧。"当时结衣自己也喝醉了。

没想到，他还真来了——

而且，是屁都不会的一个二十四岁年轻人。

貌似甘露寺在履历表的推荐人那里写了"东山结衣"四个字。结衣想："反正他肯定不合格的。"谁知他却通过了社长面试，顺利拿到了录用通知。

因为甘露寺只有二十四岁，所以虽然不算应届生，人事部还是决定将他编入这一年春天刚毕业的新员工的队伍里。但听说他进了公司后，在为期两周的研修课上一直打瞌睡。

"……反正就是这么回事。好了，工作的话题到此结束，别再聊这个了。"

"那，聊聊私事吧。"

另一个常客，就是喜欢吃辣的大叔一边嘴里啃着青辣椒，一边笑得十分八卦。

"你和晃太郎怎么样了呀？"

要问这个嘛……结衣简直想立刻瘫到桌子上。

"怎么样了……是哦，究竟怎么样了呢？"

"什么什么？"爱吃饺子的大叔把身子探了过来。

"三月初那阵子，他们俩一起来这儿吃饭了呢。"爱吃辣大叔对饺子大叔解释道。

星印工厂的案子顺利交付，两个人又撞见巧在搞外遇，然后，他们俩就一道来了上海饭店。爱吃辣大叔说的就是那时候的事。

"当时这两个人的气氛可暧昧了！嗳，可不准否认哦！大叔我可是很清楚的。就是男女之间马上就要挑明关系、一触即发的那种。我真想知道后来的情况啊！可是王丹她……"

不知何时，王丹已经从厨房走出来了，斜眼瞪了瞪大叔道："不许追问结衣，除非她自己想说。"

大叔反驳道："对啊！所以我也一直没问嘛。"

既然如此，我也问问看吧。想到这儿，结衣张口道："请问……那天晚上我们究竟怎么了？"

大叔们的动作都僵住了，王丹也睁圆了那双细长的眼睛。

"就是……我们俩不是气氛不错地走出店门了嘛，我也以为肯定就一触即发……"

结衣自己也是那么想的。她还记得自己走出饭店，在登上楼梯的时候身体摇晃不稳，于是被晃太郎抱住。当时自己的脸颊都在发烫。

可是，后面的事她就记不得了。等到清醒过来已经是第二天一早，她发现自己就躺在老家的被窝里。听妈妈讲，她是深更半夜自己一个人晃荡着回的家。这就让结衣更加摸不着头脑了。

再遇见晃太郎，已是三天之后了。他们小组还是在上海饭店举办庆功宴。晃太郎始终不愿和结衣视线相对，于是她最终鼓起了勇气问对方——星期一那天晚上发生什么了吗？结果晃太郎却紧皱着眉沉默半晌后，有些生气地回答她："我和你只谈工作上的事。"

完全搞不懂他是什么意思啊。不过，看样子他们之间并没有发生什么暧昧事件吧。

晃太郎是结衣和巧交往前的男友。他们二人甚至订了婚。然而结衣最终无法忍受工作狂人晃太郎，两个人屡屡互相伤害，最终取消了婚约。

即便如此，在分手后，晃太郎仍长期在结衣心中占据重要的一席之地。

所以她当时才会做到那个地步。面对服从福永命令、准备一直工作到过劳死的晃太郎，结衣拼尽了全力，想要将他从深渊中拉出来。

巧或许感受到了结衣的这份执着。他邀请自己身边的年轻后辈去了二人的新家，也是出于寂寞吧。

既然已经决定和巧分手，那么本应不再有任何阻挡她和晃太郎旧情复燃的理由了。

那晚，他们两个人一直在上海饭店待到打烊，聊着一些有的没的，喝光了无数杯啤酒。当时晃太郎明显表现出想和结衣重归于好的态度，甚至还说了"要是结衣也愿意的话""可能是我自作主张"，等等。不过最后，他还是摇摇头说："算了，今天还是算了。"

可是，当打烊之后无家可归的结衣说"我不想回老家"时，晃太郎却下定决心般地问她："那来我家吧？"

可是，后来事态怎么就发展成了那样呢？

事到如今，结衣丢了现男友，也没能再找回前男友。她之前独居的那家公寓已经退租了，还为了准备结婚花掉了不少钱，结果现在只能暂住在老家。可是，生活在老家也实在憋闷。

"真不想回家呀……"结衣托着腮叨念。

"啊，说起来。"饺子大叔道，"回锅肉大叔家的长子昨晚还来店里问候了，说是已经找到工作了。"

回锅肉大叔也是店里的常客。不过半年前他照常点了份回锅肉吃完后，回到公司一直加班到天亮，结果过劳死在了工位上。

"他儿子不是才念小学吗？！"

"结衣呀，你说的那个是他家次子，长子已经成人了哦。说是今年春天开始就在一个主营运动产品的公司工作了。这孩子读小学的时候一直喜欢踢足球，真是斗志昂扬呀。那天来问候的时候已经很晚了，他还说接下来要回公司继续工作呢。"

入职刚刚三个星期就开始加班？结衣有种不祥的感觉。回锅肉大叔就是个每天加班到很晚的人。

"他们公司好像采取的是裁量劳动制[1]吧，所以没有规定下班时间，全靠员工自己酌情决定劳动时间。"

"一个新人怎么可能做到酌情决定劳动时间呀。"

"听说他们公司好像是随时进入战时状态的那种风格。就是我们以前说的以司为家吧。那公司叫什么来着……哦对了！ Force ！结衣知道这家公司吗？就是做运动服装的。"

岂止是知道……结衣突然有些焦躁不安。柊那边也还没有任何回复。

走进老家的玄关，结衣蹑手蹑脚地准备踏上二楼，结果却被母亲喊住了："结衣。"

母亲正在客厅叠着衣服。

---

[1] 日本的一种劳动契约形态。雇员与雇主事先商议好具体的劳动时间以及包括加班费在内的工资报酬。雇员原则上可以自主决定工作时间，但实际上可能没有自由裁量权，仍由上司决定工作任务及时间。

"今天你爸又不让我去学草裙舞了。"

又要听妈妈抱怨爸爸了吗？结衣叹了口气，走进客厅。

"我爸最近怎么总在家待着？他不打高尔夫了吗？"

"一起打球的同伴住院了。想找属下去打，又怕给人家添麻烦。"

"说是属下，也是过去的属下了嘛。不过，也怪不得他一副灰心丧气的样子了。"

"我劝他多多参加地区举办的活动，结果他说那些活动太蠢了。明明是他自己孤僻，我和朋友见面他却要闹情绪。他也太过分了吧？他自己退休前几乎都不回家，如今却要求我整天在家陪着他……"

结衣正安慰着泪汪汪的母亲，却听到一阵脚步声。

"你回来得也太晚了！"

父亲走进了客厅。

"又死机了！最近的机器质量真不行！"

父亲将刚买的智能机塞到了结衣手里。貌似是正在用网页收看节目，结果看到一半就死机了。

"稍等一下。"

结衣说着，重新启动了手机。屏幕上出现了一部老电影的片名：《忠臣藏》。这是一部非常老的古装片。

结衣并没看过这个片子，不过以前每到年末电视台都会播。那时候父亲就霸占着电视看。只要父亲在家，换台的权力就被他独享了。

父亲回了自己房间。母亲又说道："谢谢。自从你告诉你爸可以在手机上看老电影，我就轻松多了。因为他缠着我的时间变少了。"

"爸爸退休之后，在职场的人际关系基本就断了呢。"

"想要夺回失去的东西。"结衣突然想起自己前男友说过的这句话。那个男人从除夕到正月都在拼命工作，等到老了以后又该如何生活呢？

"别再和晃太郎交往了。"

母亲突然说。结衣吓了一跳，醒过神来，发现她正盯着自己看。

"和工作狂结婚就是下地狱啊。到死都要受折磨。你看看你妈妈我，我的人生已经彻底毁了。"

"我不会再和晃太郎交往啦。"结衣说罢踏上去二楼的楼梯，心里默默觉得母亲说得对。

之所以和晃太郎分手，就是因为他满脑子只有工作。事到如今这一点丝毫没有改变。所以二人之间的隔阂始终都在。那天晚上他们之间什么都没发生是对的，谈恋爱的事还是暂缓，先集中精力好好工作吧。

首先，要把甘露寺培养好，然后找回准时下班的生活。

回到房间换上睡衣后，手机突然响了，是柊。结衣急忙打开邮件。

柊的邮件里没有写什么十分新鲜的内容，基本信息和晃太郎给自己的那份资料相近。包括 Force 实行裁量劳动制这一点，她也已经在上海饭店听说了。

不过，在邮件的最后部分，柊写道："或许你已经知情——"然后附加了一个新的信息。看到这条信息，结衣皱起了眉。

"就是这两天发生的事，Force 刚刚发布了一条含有歧视意义的广告，目前深陷网络骂战中。"

过了一个周末，星期一这天，结衣正准备找晃太郎谈谈 Force 的事情，却发觉有些不对。

甘露寺人不在。

结衣环视办公室，结果从她身后的部长席那里获得了答案。

"他还在被窝里没起来呢。"晃太郎目不转睛地望着显示屏，告诉结衣，"你给他打电话吧。"

结衣将信将疑地拨通了甘露寺的电话，只听那边一阵"呼哈"的哈欠声。他真的还在睡。

啊。

"你马上起床来公司。"结衣说完便挂了电话，结果直到十点钟甘露寺都没出现。

"他每天早上都这样哦。"晃太郎说。

竟然是这样吗？结衣最近都是先去客户那里开会，然后再回公司，所以并不知道这个情况。

"我把话放这儿，只打一通电话可喊不来他哦。"

不是吧……结衣又拨通了甘露寺的手机，结果对面依然传来"呜呜"的哼唧声，接下来还变成了安稳的呼吸声。

"甘露寺？你知道现在几点了吗？啊啊！别睡了！拜托……"

结衣对着电话喊了好几次"快起来"，然后挂断电话。此时晃太郎的声音又飘了过来："你每天直接给他打个叫醒电话还比较轻松些。我从开始带他的第三天起，每天七点钟给他打叫醒电话。"

"啊？我打？每天都打？我能申请早班津贴吗？"

"怎么可能给你津贴，你都是管理层的了。"晃太郎一边敲着键盘一边发出轻笑，"加油啊，要宽容地对待他哦。"

看来这家伙明明知道这些却不说，然后现在直接甩锅给自己了啊！结衣不由得火大起来。不过眼下不能只盯着甘露寺。

"Force拍的这支广告你看过吗？"结衣把平板电脑递给晃太郎。

"哦，就是那个在网上爆火的广告？"

对方若无其事地回答，看样子是已经知道了。

那是Force的品牌广告。一对身材健美的男女身穿Force品牌的服装，正在办公室里走着。然后，男性坐到了黑色老板椅上，伸手揽过女性的腰部。女性则十分委婉地推开他，并用脚上穿的细高跟鞋踩了踩男人的脚背。据说这支广告是某个很有名的导演拍摄的。的确，倘若这只是一支歌曲宣传影像，应该没什么问题。

问题在于，这其实是一支企业品牌广告，而且在广告的最后还出现了这样一段宣传语："没有力气就不是男人，小腹突出就不是女人。所有人都应该去运动。"

这个广告飞速在网络上扩散开来，很多人都在批判它有性别歧视的问题。结衣看到"小腹突出就不是女人"这句也有点火大。她在网上搜索了一下，发现女性都对这句话极为不满，职业女性的反对声势尤其强烈。

"小腹这种事我也很在意啊，这广告什么意思嘛，居高临下的。"

听结衣这么一说，晃太郎侧脸瞄了瞄结衣的肚子。

"要是在意就去练练腹肌呗。"

"对哦，种田先生毕竟也是个练肌肉的。"

这个男人从小学到初中再到高中，可以说人生的前半程全都奉献给了棒球。他老家的走廊里摆满了荣誉奖杯。后来进了大学，练坏了肩膀，不得不放弃职业棒球选手的梦想。不过或许是为了维持一定的体能去撑过长时间工作，他至今还在坚持锻炼，就连办公室里也摆着运动鞋。

"还有啊，凭什么只有男人坐上老板椅了，女人的椅子跑哪去了呀？"

"这广告又不是我拍的，问我干吗？"晃太郎一脸不耐烦，"不过，要不是这支广告陷入骂战，我们可能也捡不到这桩买卖吧。"

据晃太郎讲，Force 将被骂的责任全都推给了Basic。

"制作这支广告的明明是 Force。如果 Basic 只是遵照 Force 的指示上传了广告，那这简直是遭受了无妄之灾。可是，找不到背锅的一方，Force 的相关人员也无法和上级交代。估计是负责广告宣传的部门被紧急要求处理此事，于是网页负责人才慌慌张张地联系了咱们公司吧。他们应该是想通过撤掉有问题的产品来平息此次的骂战吧。"

话是如此，可是 Basic 也没准备直接退出，他们这次还要参加竞标啊。而且 Basic 显然更熟悉 Force 的业务，所以可以说是占据了非常明显的优势。话又说回来，这个 Force 还真是个棘手的客户。

"总之，我们只能赢！"晃太郎一脸做好觉悟的表情，"赢得竞标，完成一亿五千万的目标，然后拿到最佳团队奖！"

"明明要教育五个新人，你还想让咱们组承接新案子啊。"

"我来争取就好！东山小姐只需要在一开始的时候露个脸。"

结衣正想追问晃太郎为何对这个案子如此执着，手机却突然响了起来。结衣以为是甘露寺终于醒了，结果拿起手机一看，泄了口气。并不是甘露寺打来的电话。

她忘记了，今天是星期一呀。

公司的安全通道为了省电，只开了一半的灯，显得十分昏暗。

"抱歉啊小黑，我要打电话喊一个新员工起床来上班，花了不少时间。"

结衣对坐在台阶上的男人说道。

"你好慢啊！"

那颗染着火红头发的脑袋转了过来。对方穿着一件花里胡哨的T恤，手腕上还戴着三块大表。

他是管理部的石黑良久。管理部的工作主要是监视整个公司所有案子的预算、利润率、人员配置、工作效率等，比较类似于制造业中的生产管理部门。石黑比结衣年纪小一些，只有三十岁。但是他属于公司的初创元老，所以目前高居管理部的总经理一职，可以说是相当厉害的一位管理者。但是——

"比起相识多年的老男人，还是优先选择了小鲜肉哇。小结你这是上了岁数的表现哦。"

这家伙就是这么低俗。

"这是本周的量。"

结衣把一个密封袋递给他。石黑从里面拿出一枚印花的小纸包，扯开纸包一口气倒进嘴里，瞬间热泪盈眶。

"啊，简直升天了。"

石黑有重度的砂糖成瘾症。他二十来岁的时候因为拼命工作，每天摄入过量的糖分，结果得了糖尿病。他年轻漂亮的妻子规定他一天只能吃一小包砂糖。结衣则需负责在每周一把这周的糖包发给他。

"真想赶快找人接手我这个工作啊，你们管理部就没有新人吗？"

"说起来，小结，你是不是和种田晃太郎说了我缺乏运动？"

"啊，可能说过吧。"大概就是那天两个人在上海饭店聊得开心时说的？"小黑自己不是也说了，因为太胖影响夫妻生活什么的。所以我觉得可以让他帮帮你。"

"你快少说几句吧。你知道我有多惨吗？"

石黑怒睁着那双有着重重黑眼圈的眼睛。

"那家伙给我打了无数次电话，邀我一起去跑步。没办法，昨天我一大早就和他一起去河边跑步了！结果他说，要保持时速不低于八公里，而且边跑边一个劲儿地追问我目标营业额的事情。我连气都喘不上来，哪有力气再回答他这些问题！结果他还一脸严肃地告诉我，这样子下去可没法参加马拉松了。谁要参加那破玩意儿啊？我真是怕了他了！太可怕了！"

"你之前不是还说喜欢他的嘛。"

就是因为喜欢晃太郎的工作态度，所以石黑才特意把他挖角来。

"还有啊，知道种田是你前男友这件事之后，找具是一万个理解了，为什么你和他交往的时候，每周一就一副恍恍惚惚的模样。"

他们还在交往时，结衣的上司正是石黑。不过这家伙还真是，竟然把原部下的黑历史记得这么清楚。

"肯定会那样喽！毕竟对象是他。你们二人的夜间训练想必也很繁重吧？"

"你说这话，可算得上是性骚扰了，石黑总经理。"

"而且星印工厂那个搞砸了的案子，基本责任也都在他身上吧？搞得我们何其被动！你呀，一和他交往脑子就会变笨，所以可别再和他谈恋爱了。不过呢，毕竟他搞砸了案子，最后把我都牵连进去了，所以我得让他拼命工作到死，嘻嘻嘻。"

这人真差劲。结衣想到这儿，问道："我说，为什么营业额要定那么高？竟然要一亿五千万……"

"原因很多嘛。但总之你们粉身碎骨也要给我达成这一亿五千万哦。"

石黑一边啃着吃空了的糖包，一边说道："还有啊，我这话你别说出去。我听小忍说想要好好培养你，让你出人头地呢。所以他托我告诉你，再多用用脑子，别想着投机取巧哦。"

石黑口中的小忍，指的就是社长灰原。虽然公司的规模日渐扩张，但是灰原仍保持每个月和石黑聚一次餐。

再多用用脑子，是吗？灰原的那张脸浮现在结衣的脑海中。她捉摸不透社长究竟是胆小怕事，还是很不好惹。

十一年前，结衣参加这家公司的最终面试，当时她对面试官灰原陈述了自己选择这家公司的动机。她说：我想让这里变成一家员工都能准时下班的公司。

——十年都过去了，我看你毫无作为嘛。

两个月前，结衣直接去找灰原，希望将武断推进星印工厂一案的福永赶出项目。就在那时，灰原这样对结衣说。也正是因为灰原的这句话，结衣决定独自对战福永。

"反正他就是想着，这次也说点什么风凉话来煽动我的情绪吧。拜托他别再这样了。"结衣摇摇头，"我该回去了，下午还有新员工的第一次面试呢。"

"哦，我也被招呼去做二次面试的面试官了，不过我拒绝掉了。我可懒得见那些娇惯自己的家伙。"

"我说，小黑你是还在读书的时候就来工作了，所以可能不了解，大学生找工作可是很难的。我当时也是到处投简历，投了一百多家，最后才只有这么一家肯收留我欸。过去可是二十年的就业冰河期，找工作的大学生都很辛苦的，拜托你对他们再宽容大度点吧。"

"小结，我看你是不知道最近的大学生是什么样子吧？"石黑坏心眼地笑笑，"算了，你快去吧。到时候你就该知道，为什么小忍要好好培养你喽。"

娇惯自己的家伙。当天下午，结衣彻彻底底明白了石黑这句话的意思。面试了二十个大学生后，结衣精疲力竭地在面试会场收拾着资料，和她一道负责面试的三谷佳菜子一边过来帮忙收拾，一边皱眉道："早听说他们是白色一代，但没想到这么过分啊。"

三谷性格一板一眼，和结衣同岁。之前她们曾在同一小组工作，如今三谷调动去了运营部门，总算坐上了心心念念的负责人位置。

"白色一代？"结衣歪着头，她第一次听说这个词。

"就是指最近这些权利意识很强的学生。因为卖方市场的情况愈演愈烈，所以去年的内定率已经出现了新高。我面试的学生只投了五家公司，竟然就有三家给了他内定。"

"欸？真羡慕啊。怪不得人事部门表现得那么谦卑，甚至还说公司离车站远，主动给面试生车马费呢。我可是每天早上走着来上班呢！那可是风超大的河堤呀！"

"所以说啊，他们被惯坏了。"三谷翻了个白眼，"履历表和个人展示框全都没写几个字。换了我们那会儿，百分之百会被刷下来。"

按人事部门的说法，以2018年为界，十八岁以下的年轻人大幅减少，学生资源不足的情况已经非常严重了。现在平平无奇的普通大学生都是香饽饽，所以就连甘露寺那种人都能被录用。现在人事部门为了吸引白色一代，可以说是费尽心思，拼命用可以准时下班、带薪休假消化率业界第一、男员工也可拥有三年育儿休假等条件去表现本公司的优势。

结衣也渐渐明白灰原社长为什么要培养、提拔她了。一个能准时下班的管理岗，眼下的确很值得标榜。

"据说我们公司还会看人下菜碟呢。"三谷义愤填膺地说，"你也听说了吧？就是会高薪录用能力强的学生。听说这个制度是专为一个能写数据分析程序的学生制定的。"

"数据分析的技术确实是我们公司的弱点嘛。这种人开发部门肯定很需要。"

"可是，对方要求年薪一千万日元欸！而且我们都

37

答应他了，结果还被他给放鸽子了。听说他又去挑了个规模更大的，什么外资的企业。反正就是选了条件更好的。"

"是吗？这个人谈判能力真强啊。听着像是会发生在国外的事一样呢。"

"但这里可是日本啊。就算是技术再高超，新人还是新人！新人就应该愿意拿低薪，还要能抗高压！既然要入职日本的公司，就应该有这样的觉悟！"

结衣倒是理解三谷的心情，但是听她说话真的很累人。结衣一边将椅子折叠好，一边尝试改变话题。

"说起来，你在运营部门还好吗？那儿和制作部门不太一样，工作内容比较规范，所以应该比较方便准时下班吧？"

"嗯。不过我回去了也不知道该干什么，所以还是留下来加班比较好。"

"啊……这样啊。"

当初为了能让三谷准时下班，自己也是费了一番苦心的。结衣一边回忆着，一边将最后一把椅子折好。

"那……三谷小姐要不然试着学学语言？你性格那么认真，绝对适合学外语。"

学语言吗？三谷皱起眉开始认真思考起来。结衣正准备留下独自思索的三谷回自己的部门，却又被三谷喊住了。还有什么事吗？

"东山小姐，Force 的方案竞标，我们运营部准备派来栖参与。这样东山小姐用起来应该也比较顺手吧？"

"啊，多谢。不过来栖君才刚刚调岗到你们那儿欸，不要紧吗？"

"你也知道，他能力很强的，所以适合一开始就积累跑现场的经验。虽然他现在已经觉得运营部很无聊，天天嚷着要辞职了……"

"啊？是吗……来栖这家伙又在闹辞职啊。"

"东山小姐教育出来的新人怎么一个个都这么以自我为中心呢？大家甚至都在说，东山、来栖、甘露寺是物以类聚呢，你知道吗？"

"这个类聚……听上去怎么怪上不得台面的？"

"就是闲散派员工这一类嘛。最近自我意识高涨的员工越来越多了，我们公司可怎么办好哇。"

三谷说罢，大声叹了口气，走出了会议室。

其他行业是否也如此呢？结衣不太清楚。不过在他们这个行业之中，进行方案竞标之前需要先和客户碰一下大致方向，也就是先听对方讲讲他们需要委托的是一个什么样的案子。

走出竹桥站，结衣不由得惊叹了一声，伸手挡住前额。感觉好久没有来到离皇居这么近的地方了。如此郁郁葱葱的地方，在东京都内实属罕见。春日的气息令人倍感舒适。

"这里就是古时候的江户城啊，真是不敢相信。"结衣说道。此时，她身边的业务部同事大森高志指了指眼前那个架在内壕上的桥说："这儿就是平川门。据说它在过去还被称为不净门，是运送死人和罪犯出入的一道门。"

Force 的总部，就位于距离这道门步行约十分钟的地方。

站在 Force 正门的大厅前，就能体会到其漆黑外墙席卷而来的压迫感。墙面仿佛高级轿车车漆一般闪着光泽，公司墙面上还装饰着盔甲模样的巨大的公司标志。这个标志应该是以战国武将的盔甲为原型设计的，造型十分前卫，看上去有点像《星际大战》的达斯·维达。

大厅外墙同样涂成了极富光泽感的黑色，上面还描绘着众多运动员的剪影，那一个个身影仿佛在一声号令枪响下同时飞奔出去一般。稍远处是一架放映机，正轮番在运动员的剪影上映射出公司的最新服装和武将的铠甲。

"吼吼，真是高科技哦！哎呀，这次又换上西装了欸。"

甘露寺兴奋极了。结衣本来盘算着带他来见见客户能提升他的工作紧张感，结果这家伙放松得不得了。

"别东张西望瞎晃悠！"反倒是晃太郎看上去更紧张些。他还吩咐结衣一定要把甘露寺盯紧了。于是结衣只好把甘露寺拉到了等待席让他坐好。

"种田先生真是一点没变，东山小姐也一样。"

一脸冷静地望着眼前这一切的，正是结衣直到去年一直在培养的新人——来栖泰斗。他相貌端正，头脑聪慧。只不过总把"我要辞职"挂在嘴边，而且想到什么就说什么，过于直言不讳。除去这两点，他算得上个未来大为可期的青年。今年已经是他在公司工作的第二年了。人事部希望他能多多体验各个部门的工作内容，所以从今年春天起，他就被调派到了运营部门。

"我真是受不了这种新派的体育会系风格。乍一看很精英，品位也很好的样子，其实不还是满脑子惦记着练肌肉。专赚那些会花高价买功能型运动服的人的钱。"

一旁坐着的晃太郎没好气地看了一眼来栖。因为他就经常会花高价买功能型运动服。

"而且这家公司的网络宣传片不也说了什么'没有力气就不是男人'一类的话吗？像这种因为性别歧视在网络上引发骂战的公司，你真的想接他们的案子吗，东山小姐？"

"啊，网络骂战的事情，在这儿千万别提哦。"大森用手指抵了抵嘴唇。

"好。不过，如果我们接手了这个案子，那网络宣传片的管理也要我们来负责喽？"

"的确如此。不过客户这边现在挺敏感的……"

该敏感的是看了那种广告还要来谈案子的我们吧……结衣心里想着。但旁边的晃太郎只简短说了一句"明白"，然后一边将资料从公文包中取出，一边压低声音道："东山小姐什么多余的话都不用讲，来栖也是，在我谈到运营价格之前，不许随意发言。"

晃太郎看上去一副心里没什么底的样子呀……结衣刚想到这里，突然听到一阵急促且尖锐的巨大鼓声，还有活力四射的重低音吉他声疯狂敲击鼓膜。

"这是重金属？"结衣捂紧了半边的耳朵问道。晃太郎回答："很多人会在大重量训练的时候听重金属。"此时——

"为司尽忠！死而后已！"

一群男人轮番嘶吼的声音震耳欲聋。

看上去应该是那种会在大厅的荧幕上循环播放的公司介绍短片。

"光听着就感觉血压都高起来了。"来栖小声嘀咕，正当结衣和来栖面面相觑时，一个人高马大、面容彪悍的男人冲他们快速走过来。

"让诸位久等了。"

此人上身穿着一件能够凸显上半身肌肉的黑色上衣，胸前印着那个盔甲的标志。来之前结衣做过调查，他身上穿的应该是 Force 的明星产品。

"您这件上衣就是'武士魂'吧？"结衣说出了产品名称。

"没错。"对方一脸骄傲地点了点头。

"我们所有员工在上班的时候都会穿这件上衣，无一例外。这款产品非常适合支撑我们长时间工作。穿上它，我们从早到晚都能热情似火地投身工作，高强度的工作内容也不在话下！"

"随时进入战时状态，是吧？"结衣问。

"没错！"对方再次一脸骄傲地点头。

"我们公司实行裁量劳动制，并没有规定员工的工作时长。公司的方针是鼓励大家自由地支配时间。所以上班时间也由员工自己定夺。"

自己定夺哦，结衣思索着。

"我们一般都是在这儿休息。"对方一边走着，一边指了指眼前那间四面都是玻璃的屋子。看上去应该是公司健身房。里面有很多身穿黑衣服的男人在跑步机上狂奔。

"大家都要跑步的吗？"结衣问道，"看上去感觉不太像在休息呀。"

"肌肉力量衰弱了，工作的效率就会变低。而且我们并没有把工作和私生活分开。公司食堂会提供一日三餐，如果犯困了，可以去公司地下室准备的氧气舱里小憩。"

"要一直待在公司吗？"来栖问。

"没必要离开公司啊。刚来我们这儿的新人一开始都会有疑虑，不过我们会给他们进行人格改造的，或者换句话说，让他们接受间隔性强化训练，这样很快就能适应了。"

跑步机上的数字眼看就进入十二公里的时速，数字显示已经变红了。

回锅肉大叔的儿子，是不是也在以这样的速度奔跑着呢？如果这次竞标胜利，运营部门就要派员工长期驻扎在 Force 本部了，跑到这样的公司常驻，吃得消吗？结衣思考着这些的时候，面容彪悍的男人又边走边介绍了起来。

"Basic 运营部派来常驻的员工，也都要跑的。"

"要是我被派来常驻，一定立即辞职。"来栖小声对结衣说。

不过有的人应该还挺喜欢这种环境的吧？想到这儿，结衣看了一眼晃太郎，却发现对方正紧盯着甘露寺。看样子是在严密监视，以防甘露寺乱来。

走进会议室，发现里面已经等着两名员工了。虽然结衣拿到了这两人的名片，但是他们都穿着一模一样的黑色上衣，有点分不清谁是谁。甘露寺则一收到名片就开始在名片背面写起了字。结衣一阵疑惑——这家伙究竟在干吗？正在此时——

"欸！种田先生去过甲子园？您打什么位置？现在在哪儿练球呢？"

结衣将视线转回到 Force 的几个员工身上，发现他们几个都很兴奋的样子。看样子是大森透露的信息。

"我是投手。"晃太郎回答道，"后来练坏了肩膀，所以读大学之后就不再练了。"

"东山小姐呢，您平时做什么运动？训练到什么程度呢？"

对方又把问题抛给了结衣。

"我平时不做运动。"

"啊？这怎么行啊。在我们 Force，运动的类别就决定了我们的工作等级，东山小姐要是来我们公司，可就要排在金字塔的最底端了。"

结衣不知该如何回答，只好沉默了。晃太郎大概感觉到了气氛不妙，急忙道："那差不多也该请诸位开始说明了。"

其实 Force 的委托内容并不稀奇。

迄今为止，Force 的目标客户都是硬核运动爱好者。此次他们想以公司创立十周年为契机，将客户扩展到平时不做运动的群体里，扩大自身规模。Force 的负责人讲解得慷慨激昂。整个说明会由晃太郎主导，几乎可以说马上就能顺利结束了……

可是，当 Force 的负责人将记有委托范围的提案委托书递给结衣时，气氛却骤变。

"内容需要修改的话，联系东山小姐就可以吧？"

对方这样问道。

于是，一直沉默不语的结衣回答："您联系我就可以。不过，敝司的加班时间每个月要控制在二十小时以内，所以如果需要电话联系的话，希望贵司可以在下午五点半之前致电。如果晚于五点半，还请贵司改用邮件方式联络。"

这番话说完，结衣发现会议室的气氛突然极度紧张起来。

"你这话……是认真的？"对方脸色大变地问。

"我工作的黄金时间可是深夜，你这要求我做不到。"另一个 Force 员工说。

第三个员工则探出锻炼得极为结实的上半身，望着结衣发起笑来。

"连客户的节奏都跟不上，还做什么承包商？"

究竟发生了什么？这几个人刚刚还在彬彬有礼地说着敬语呢。就连一边的大森也突然失语了。此时，还是那个男人立即反应了过来。

"是我的部下出言不逊，非常抱歉。"晃太郎微微低头致歉，紧接着换了一副犀利的目光抬起头道：

"我基本上一直在公司。请诸位随时联系我。"

"我们可是一分一秒都不想白白浪费的，所以请贵司也能以最快速度回复我们的邮件。"

"别提什么准时下班好吗？打起精神来练练肌肉吧，血液流速变快，也就不会疲劳了。"

Force 的员工们你一言我一语，连珠炮似的进攻着。可是当晃太郎回答"我会尽全力快速回复的，因为我无论睡眠还是洗澡，手机都一定放在手边"的时候，Force 这边的态度就一下子温和了。

"不愧是参战过甲子园的选手。您和我们才是一类人呢。"

结衣终于明白了，为什么晃太郎想让她远离这个案子：因为我这个人，动不动就会触碰到这群二十四小时奋斗的男人的底线啊。

她和晃太郎不也是因为这一点才分手的吗？最终，晃太郎明快地露着笑容道："那么连休结束后，期待随时和贵司进一步商议。"并随即结束了这次会议。

一行人正准备离开会议室时，Force 的员工突然指着桌面上扔着的几张名片问："咦，这些是？"那几张名片背面朝上，用笔写着"脑残怪""迷糊鬼""装腔男"几个字。晃太郎的脸瞬间绷起来，他趁对方还没看清上面的字，眼疾手快把名片收走了。

走出公司大门，大森一副瞬间苍老的模样，道："这家公司有点不妙啊。"

"全都是四肢发达的体育会系。光看眼神就发觉亢奋得要命，是不是磕了药啊？不过，真不愧是种田先生，这种人你都能妥善应对。"

晃太郎则将手中的名片塞到甘露寺鼻子底下问道："这是怎么回事？"

"哦，这个哦。嘿嘿嘿嘿，这是我给刚才的那个武士三人组标注的个人特征。"

"你知不知道这种东西要是被客户看到了会产生什么后果？"

"什么后果呢？会不会意识到关于自己的客观评价，开始学会反省自己呢？"

晃太郎一时语塞，连骂人话都想不出了。他只小声念了句"真是一点用场都派不上"，便大步向前走。结衣喊着"种田先生"，忙赶上去。

"准备工作来得及吗？到连休为止只剩三天了。"

下一次会议定在了五月八日。那是方案竞标前的最后一次协商问询，所以必须要将此次会议中拿到的方案委托书的内容彻底详查，估出预算，然后才能参会。这个工作量还是非常大的。

"如果来不及，我会在连休期间做准备。东山小姐不必担心。"

晃太郎果然没想要休假。如果竞标成功的话，直到合同期满，都要和这个随时进入战争状态的公司合作，至少一到两年。

"我先回公司了。"晃太郎丢下这句话，然后独自走下地铁站。

看样子，他明显想强行打断和结衣之间的对话。订婚之后的那段日子，这个背影不晓得看过多少次了啊……结衣恍惚着，随即又问追上来的甘露寺："拜托你做的会议记录呢？"

"嗯。我写了。不过有点可惜哦，我写的东西自己现在也看不懂是啥了。"

甘露寺一脸不甘心地摇摇头。结衣感觉手腕痒起来了，该不会是荨麻疹吧？正在这时，她眼前出现一个笔记本。是来栖递过来的。

"我做了一下会上的对话记录，要不要用？"

"太感谢了！"结衣感动得差点哭出来，她急忙点了点头。

回到公司后，结衣火急火燎地收拾起其他案子的相关杂事。第二天必须开始为 Force 接下来的会议做准备了。在开始连休前，必须要尽力多推进一些。

然而工作推进得并不顺利。她要求甘露寺以来栖做的会议记录为范本，再做一份记录，结果甘露寺做得简直一塌糊涂。

"甘露寺，会议记录里面不需要写'（笑）'，知道吗？……我说，你在听吗？"

甘露寺本人此刻却在聚精会神地鼓捣着手机，数秒过后，手机开始播放起了民族风情音乐。

"我说，甘露寺，这里可是公司啊。"结衣也有点按捺不住烦躁了，"你放的那是什么？胡琴？"

"是马头琴哦。"

甘露寺哼了一声，突然朗声讲述道："很久以前，一位名叫石的工匠去齐国旅行，路过一棵巨大的橡树。可是，他却根本不睁眼看那棵树。弟子们都问他为什么，石曰：此乃无用之木。"

甘露寺的独白背后流淌着马头琴如泣如诉的旋律。这是在搞什么名堂啊？结衣心想着，硬着头皮准备等他讲完。

"石又解释说——用那木头造船，船会沉；造棺木，棺材会烂。就是因为它长得太高大，所以才一无是处的。可就在那天晚上，那棵橡木却出现在了石的梦中。"

这时，音乐戛然而止，是晃太郎。

"太吵了。"他声音十分冰冷。

"就听我说完呗。"甘露寺丝毫不为所动，"在下其实想说什么呢？在下想说——明明就是没用的东西，偏偏硬要它发挥什么功效，只会缩短它的寿命而已。"

原来如此，结衣思忖，甘露寺这是在反驳昨天评价他的那句"一点用场都派不上"吧？

"你的意思是，它横竖就是不起作用呗。"

"对，就是这个意思。"

"你究竟把公司当什么了！"晃太郎伸出手去想揪住甘露寺，结衣连忙按住他的胳膊。

"算了算了。"

"说什么一点用场都派不上，过分了吧？"

晃太郎拼命挠了挠手臂，沉默着回到了自己的工位上。

"他可真是太爱威胁人了。"自称超强新锐的甘露寺一脸吃惊。结衣觉得应该趁此机会好好和他谈谈，于是摆好坐姿，正对甘露寺道："甘露寺，所谓公司呢，是大家一起工作的地方。团队合作是非常重要的一环，所以应该尊敬你的同事，并且接受上司的指导。"

"我这个人生性接受不了寄人篱下。"

"不是说让你寄人篱下。工作也并不分上下。我只是建议你尊敬那些更优秀的人，要努力填补自己的不足。只有这样才能做好工作呀。"

"哦哦。"甘露寺摆出远眺的模样，看向结衣身后。

结衣也扭过头，可她身后只有白墙。

"然而，东山女士，我们说到底不过只是承包商，不是吗？"

"说到底……是个什么意思？"

甘露寺仍保持着远眺的姿态，用手捂住胸口。

"对于之后的事态发展，在下这双眼睛可是看得一清二楚啊。"

"……之后的事态发展？"

"当初，在下是听从一位在中餐馆里游说的女士所说，才在此就职。她当时声称这家公司能准时下班，工作环境十分友好。结果呢？仅仅是被裁量劳动制的客户吓唬了几句，这位女士便一边自己发着牢骚，一边又把我这新人给拉下水，要求我也去配合对方的工作方式。看来我也要陷入日夜备战、随时待命的状态喽。"

结衣张口结舌。

"能进大型公司就好了吧，那样就能一辈子做上等人了。呵呵呵，我现在争取或许也不晚呢。"甘露寺说着，离开了工位。大概是给手机充电去了。

结衣呆坐在原地，思考着。

真是刺耳啊。星印工厂那个案子也是这样的——刚开始就在种种细节上妥协。她也曾切实地抵抗过。可准时下班的日子还是瞬间就一去不复返，整个团队也被迫走上了长时间工作的道路。

这家公司是以高度保障员工权益为噱头吸引年轻人的。可是，结衣心里很清楚，这种保障非常脆弱，只要些许契机就会瞬间崩塌。

她不想变成福永那样，不想成为一个对客户唯唯诺诺、有求必应的无能上司。

话虽如此，可再怎么高度重视员工利益，赚不到钱仍然无法维持下去呀。

所以，就算客户太过强势，但只要能赚钱，多少就要忍受，不是吗？如今，被推上小主管位置的结衣如此思考着。

甘露寺很讨厌这家公司吗？

结衣拿出从甘露寺那里收走的 Force 员工名片，翻到了背面，对照着来栖做的会议记录。"脑残怪"指的是那种头脑简单四肢发达的人吧，这张名片应该属于那个嚷嚷着让他们去锻炼肌肉的男人。"迷糊鬼"应该是那个带他们参观公司、长相彪悍，并且有些咄咄逼人的男人。"装腔男"指的应该是那个特别爱强调上下级关系的男人。

在结衣眼中，这三个人完全是同一类型，可是甘露寺却区分得很清楚。其实他并不傻啊。第一次遇见他的那个晚上，结衣应该也是同样的想法吧。不然就算她当时喝醉，也不可能把自己的名片递给他的。

他要是接下来再多些干劲就好了。

此时，一阵香气飘来，紧张的神经不由得一阵放松。这是花香吗？正想着，她眼前便出现了一副纤弱的柳腰。

"樱宫小姐，发生什么事了？是和种田先生有什么不愉快吗？"

"没有。只是我刚刚听甘露寺说，东山小姐今天去了 Force。"

樱宫黑溜溜的眼睛凝视着结衣。

"我在 Basic 的业务部门上班时，也曾去接待过Force 的员工……下次再去 Force 的话，能不能也带上我呢？我一定能帮上忙的。我做这种工作要比做内勤助理的工作更拿手。就是……尤其对方是男性的话……"

结衣不知道该怎么回答她，尤其对方是男性……这是什么意思呀？樱宫上扬着双目盯着她，又说："因为感觉东山小姐不太擅长和这类人打交道。"

这句话说得结衣内心复杂起来。樱宫嘴角漾起一丝微笑。

"前东家的上司还说过，有我在，方案竞标都会比较顺利呢。"

"这样呀。"结衣调整了一下气息回答道，"不过，这件事你得和种田先生谈呢。因为现在是他负责培养樱宫小姐呀。"

樱宫不太高兴地撇撇嘴，说了声："好吧……"然后垂着眼帘离开了。结衣稍稍反省了片刻，觉得自己似乎应该教育一下樱宫，让她"先把自己手头的工作做好"才对。可是，刚刚甘露寺的那番话她都还未消化，眼下实在是没什么余力再教育别人了。

而且……樱宫刚才的几句话又把她最近强压下去的郁闷情绪叫醒了。小腹突出就不是女人。小结你这是上了岁数的表现哦。我和你只谈工作上的事……

我这个人啊……结衣暗暗想，我这个三十二岁的女人，或许要比我自认为的，狼狈很多吧？

她抬手碰了碰额头的伤痕，不禁想起在 Force，自己只是提了"准时下班"几个字，就被几个人高马大的男人围起来威逼的场景。当时她感觉自己额头的伤痛得仿佛开裂了一般。

结衣轻轻地做了几个深呼吸，告诉自己：接下来的假期好好休息，把从容的工作状态找回来！

比平时加快速度工作果真有效，连休前紧赶慢赶，总算把和 Force 开会的资料弄完了。二十八号那天晚上下班前，为以防万一，结衣还是问了晃太郎："连休有什么安排？"她想确定晃太郎不会再来上班。

"啊？"晃太郎一脸迷茫。

"我可能要帮忙收拾老家。"结衣说。

于是，晃太郎搔了搔后颈，移开视线回答她："我也有事要做。"

"休息也是一种工作哦，种田部长。"结衣掷地有声地说道。

五月六日，连休接近尾声。结衣正陪着闲得难受、心情糟糕的父亲做断舍离的时候，诹访巧打来了电话。是来通知她，原本要成为二人新房的那个公寓已经顺利解约。押金会退还一部分，但是扣掉为新家购买的家具钱，也就所剩无几了。

结衣重重叹了口气，下定决心要暂时住在老家了。

"说起来，结衣的团队也要参加 Force 的招标会对吧？"

巧就在 Basic 的业务部门工作。"你消息好灵通呀。"

结衣道。

"我们这边的业务负责人是风间，听他说，Force 这个公司很难搞。我们这边也准备连休结束后去那边做最后商谈，可他们却突然把提案委托书的内容改了。所以我同事这边也没能休息，重新准备了一份资料，被折磨得不轻呢。"

"把提案委托书改了？"结衣放松的心情瞬间烟消云散，"怎么回事？"

"听说是项目范围做了重大调整，难道 Force 没联系你们？"

挂断了巧的电话后，结衣急忙打电话给晃太郎，她望着墙上挂的日历。今天是六号。商谈会是八号。就只剩一天半的时间了。结衣把从巧那里听来的消息告诉晃太郎，晃太郎一时语塞，又马上和 Force 的员工联系，询问了关于项目范围调整的情况。

果真，内容做了大幅度变更，商谈所需的资料必须重做。

"为什么不通知我们呢？这样太奇怪了。明明是您这边叫我们去参加商谈会的呀。"

"他们说连休前是打过电话的，可是东山小姐已经下班了，所以没通知到，后来就把这个事情忘记了，想等商谈会那天再聊。"

真的忘了吗？还是想告诉结衣他们——不配合我们的工作方式就是这个下场呢？因为他们通知得越晚，就越会损害到结衣他们的竞争力。

再把所有人叫去公司上班也会浪费时间，所以安排小组成员分头在自家工作。晃太郎的工作效率极高，到了第二天早上的九点，工作已经基本完成。"接下来交给我就好。"他这样告诉结衣。

"你明天别去参加商谈会了，后面的事全都交给我吧。"

看来晃太郎今晚也不打算睡了。结衣内心复杂，既有歉意，又有心安。她此时的精力已经到极限了。

结衣疲惫不堪地倒在客厅沙发上，此时父亲正在用超大音量看《忠臣藏》。

"您是失魂落魄了吗！""此乃将军御所！"屏幕中的武士大喊大叫，十分吵闹。

"你真看得下去呀，这台词听着都烦死人了。"

"说什么呢！《忠臣藏》可是日本人的终极传奇故事呢。你要不要看？最好从头开始看。来来，首先呢先看这一部。"

要是直接拒绝父亲，结衣担心他又要开始闹脾气，那可就麻烦了。于是她只好揉揉惺忪的睡眼，坐在了父亲身边。

伴随着夸张的音乐，《忠臣藏》拉开了序幕。主演长谷川一夫，是一位很久很久之前的老演员了。

这个故事发生在三百多年前的日本。

元禄十四年（1701年）三月十四日，江户城将军居所走廊上，发生了前所未闻的一桩大事。赤穗藩藩主——浅野内匠头长矩，因受侮辱突然行刺了高家家主吉良上野介（吉良义央）。

被逮住后，浅野道明行刺的理由是"心有宿怨"。可是，在将军居所拔刀伤人乃是重罪。浅野情绪失控，第二天便切腹自尽了。浅野家也遭受灭门。然而，另一方面，吉良却没有受丝毫的惩罚。于是，赤穗藩的武士们决定为主人报仇。由此，著名的忠臣藏故事拉开了序幕——

这就是这部电影前半段的梗概了。但结衣实在太困了，一点都没记住剧情。她也没搞懂为什么赤穗的武士有四十七个人。而且，这帮武士的穿着打扮都很相似，结衣完全分不清楚谁是谁。

"在职场上不可以拔刀伤人。"这就是结衣的感想，"虽然不清楚这人究竟是有什么宿怨，总之就是不行。"

"你这家伙，是看睡着了吧！"父亲义愤填膺地训道，"那个吉良就是个欺压别人的坏蛋啊！那个换榻榻米事件，你看了没啊？天皇特使住的屋子是需要提前更换榻榻米的，结果吉良那个死老头，竟然赶在前一天才告诉负责接待的浅野欸！"

"为什么啊？"

"因为浅野只是地方上一个默默无闻的小官。但他遵守武士道精神，并没有贿赂过吉良。结果就被吉良记恨了啊。所以他是故意不告诉浅野的。就因为吉良捣鬼，赤穗藩的武士们被迫长时间劳动，他们将所有的榻榻米手艺人聚到一起，彻夜工作，更换了整间屋子的榻榻米。"

故意不告诉……彻夜工作……总感觉这故事有些耳熟。

"真是无聊。这三百多年过去了还是老样子，欺压他人的手段竟然毫无变化。"

"嗯。不过嘛，这个更换榻榻米事件应该是后人杜撰的。"

"啊？不是真的？"

"据说真实发生的事件就只有拔刀伤人和浅野切腹这两件事。其他的就是各种编造拼凑出来的了。因为浅野其实没说自己的宿怨究竟是啥就死了嘛。所以后来的那些创作歌舞伎呀净琉璃呀一类的江户人就猜想，肯定是吉良欺负他了呗。"

"什么嘛……亏我还挺有共鸣的。"不过，结衣承认，这个杜撰的故事还是非常真实生动的。

她突然想到明天的事，想起晃太郎说的"你明天别去参加商谈会了，后面的事全都交给我吧"。可是，真的应该全都交给一个会被武士三人组盛赞"和我们是一类人"的家伙吗？结衣正思索时，父亲突然问："你刚才说，三百多年过去了还是老样子……你该不会在职场受到什么职权欺压了吧？"

"对呀！确实如此！"结衣把 Force 没有通知他们内容变更的事说了出来。

她本以为父亲会和自己一样愤怒，没想到他却只是鼻子里哼了一声。

"忍了吧。承包商只能尽量妥协喽。"

"欸？可是，爸爸刚才不还支持浅野呢嘛。"

"但他的结局不还是被推出平川门，第二天就切腹死掉了嘛。"

平川门。怎么好像在哪儿听过这个词。好像就是Force 总公司附近的那个建筑吧。记得大森说过它的别称是不净门。那儿不就是以前的江户城嘛。

"公司职员和武士是一样的。"父亲用手在肚子上比画着，"忤逆上层，第二天就没命。结衣，你明白了吗？什么时候都要低头，再低头。低到尘埃。人家可是客户，绝不可失魂落魄、拔刀相向啊！"

"说得也太夸张了。我不会被客户闹得失魂落魄的。"

结衣回到自己的房间，将提案委托书的复印件放进公文包中。她的视线停留在了文件封面的那个盔甲标志上。公司职员和武士是一样的吗……倘若真是如此，那硬着头皮去贯彻自己公司的工作习惯，肯定就拿不下这次竞标了。

可是，她总觉得心里过不去这道坎。

难道真的应该完全配合客户的工作方式吗？

结衣思考片刻后，再次拿起手机，又给柊发送了一条新的调查请求。

"这么晚打扰你真的很抱歉，但是仅此一次，我希望能请你再多调查一下 Force 的相关信息。酬劳翻倍。"

第二天九点，晃太郎和来栖一起来到 Force，却发现结衣已经先来一步等着他们了。晃太郎不由得皱起了眉。紧接着他又看到了被结衣清晨电话叫醒、一道跟过来的甘露寺，表情便更加严峻了。他招呼结衣过来道："不是说了你不用来的吗？"

"这个案子要是完全服从 Force 的要求，不就又走上星印工厂的老路了吗？"

听结衣这样讲，晃太郎按住了自己的太阳穴，每每遇到理解不了的情况，他就习惯这样做。

"事到如今干吗提这个，我不会让事态变成那样的。"

"不好说吧。毕竟种田先生很喜欢顺应那种类型的人吧。"

"结衣。"

晃太郎突然喊了她的名字，眼中燃起了怒意。

"你根本不懂那群人。你也根本不懂体育会系的世界有多苛刻。而且 Force 比我预想的还要更过分。还有，现在他们因为网络骂战那件事，还非常神经敏感。要是再触怒他们，就不好办了！"

"可是我们的新人，"结衣看了看甘露寺，"他们是相信我们能够提供合理规范的工作环境，才加入我们的。"

"比起新人，"晃太郎的语气更强硬了一些，"你的工作方式应该先获得公司其他同事的认同吧，不对吗？公司里不认同主管准时下班的大有人在。你这样做只会让他们看你的眼光更苛刻，你明白吗？"

结衣心想，你不就是其中一个吗？

晃太郎又说道："你需要干出点成绩才行，你得比那些没法准时下班的人干得更好才行。要是达不到目标营业额、拿不到最佳团队奖，你的处境会更艰难。而且，现在的情况是，我们根本没法主动挑选客户。这个案子我会负责的，所以结衣你……"

"我明白你的意思了。"结衣打断他。

晃太郎并没有说错，或许结衣在公司内的处境，要比她原以为的险峻很多。

"可是，我还是想争取一次机会。我不会影响你的。因为我也是为了拿下这个案子才来的。"

晃太郎有些迷茫，眼神显露出迟疑。此时完成访客登记的大森走过来催促"到时间了"。晃太郎只得一脸迷惑地点了点头，还补充道："绝对不要忤逆他们啊。"

口袋里的手机震动起来。终于来了！她看了一眼柊从一大早就陆续发来的信息，感觉心里稳了。信息大致符合她的预想。

——再多用用脑子，别想着投机取巧。

她想起了从石黑口中听到的那句社长的留言，决心忘记额头上的伤痛。

"为司尽忠！死而后已！"

他们穿过响彻着男人嘶吼声的大厅，走进了会议室。等在里面的还是上次的那三个人——"脑残怪""迷糊鬼""装腔男"。他们看着结衣，脸上浮现出坏笑。结衣感觉额头的伤痕又隐隐痛起来，但她不在乎。

采用裁量劳动制，却不让员工自己去"裁量"。嘴上说要让所有人都能运动，还强行把自己的层级观念塞给对方。明明喊结衣他们来参与竞争，可是却一丝重要信息都不肯给。

这个公司在某些地方已经很扭曲了。要是配合他们，准时下班的日子瞬间就会被推倒。

一定要赢下方案竞标。而且，还要贯彻我们自己的工作方式。

"甘露寺。"

结衣转过身小声道。

"好好看着我战斗吧，我会赢。"

一边的来栖突然愣住了。他似乎察觉到了什么，漂亮的双眉紧紧皱了起来。甘露寺则笑嘻嘻地"嘿嘿"了两声，歪了歪头。

"提案委托书有变，这个事好像没能顺利传达给你们，不好意思哦。"迷糊鬼率先开口。

"不，是因为我们这边负责人不在，责任在我们。

幸好来得及修改内容。"

看上去晃太郎准备彻底放低姿态了。很快商谈开始，结衣他们针对现有官网的一些问题进行了诸多详细的询问。可是对方却基本没有认真回答任何一个问题。

"你们是专业的，我们不解释也能懂的吧？"那个装腔男咧嘴假笑着。

这公司的确有问题。虽然不知道具体原因究竟在哪儿。

晃太郎以不被对方察觉的程度轻轻叹了口气，露齿微笑道："是吗，那我们这边再讨论一下内容，之后——"

这样做太迟了。今天得不到确认的话，方案竞标的准备时间就会变短，他们会输。结衣深吸一口气，然后说："其实，我们已经讨论过了。可否允许我提出几点贵司的问题？"

晃太郎怔在了原地。结衣没理会他，而是在平板电脑上点开 Force 的官网。

"首先，在贵司进行市场扩张之前，应该先想办法把因为这个东西导致业绩下滑的局面处理一下，不是吗？"

她用手指着正陷入网络骂战的那条广告——"没

有力气就不是男人，小腹突出就不是女人。"她余光瞟到大森的脸都扭曲了。

"这广告真是太烂了。"结衣做出结论，"首先，性别歧视问题显著。其次，还强调了只要运动就是人上人，不运动就是废柴的价值观，这说明贵司事先根本没做过客观的评价调查，就这么直接公开了这条广告。这也是一大问题。贵司甚至没有讨论过这句'所有人都应该做运动'和贵司的品牌理念究竟合不合拍。"

全身漆黑的武士三人组表情骤变。但是结衣并不准备让步。

"这是我的体脂肪率表。"结衣拿出一张纸。这是她从老家堆积如山的废纸箱里找出来的。"这个表格的数据是我三年前测得的，非常私人，但是今天我特别拿给大家看一下。"

身体脂肪率百分之二十八。肥胖度为普通，不过补充栏写了"请坚持运动"。脑残怪大致看了看这份报告，发出一声嗤笑。

"这份报告写得没错，你确实应该运动了。"

"或许它说得没错，可是我非常抵触运动这件事。小学、初中、高中我都是下课就回家，没有参加任何社团活动。初中时我曾经加入了网球部，但是没能坚持下来。我接受不了每天给前辈捡球这种事，所以三天后就退出了。"

"新人就该去捡球啊，这是老规矩了。"装腔男皱着鼻子一脸嫌弃。

"您说得对。"晃太郎立即应和，用眼神示意结衣别再说下去了。

"可是，我不是体育会系的人，我就是接受不了这种强加给我还毫无来由的规矩。像我这类人，就是贵司接下来要发展的客户群了，不是吗？如果无视消费者的心理，贵司是无法扩大市场的。"

"不运动的人是什么心理，我们可不懂。"脑残怪又笑了。

"对吧？所以贵司在上传这种视频之前，应该先交给我们看看呀。如果我看了一定会忠告贵司：这样的内容会引起网络骂战的。请问您目前的承包商 Basic 为什么就没能指出这一点呢？如果不愿去浪费诸位一分一秒的工作时间，明明应该立即指出来的。"

武士三人组不作声了。晃太郎始终紧盯着这三个人的表情。

"敝司有很多员工都不擅长运动，而且敝司连管理岗的都会准时下班。可以说，我们的生活方式和贵司的员工大相径庭。"

结衣面对着目不转睛紧盯着自己的迷糊鬼，继续说："可是，正因为不同，我们才应该成为贵司的合作对象。"

"可是，你们要是想做我们公司的承包商——"装腔男说到一半，结衣打断了他："敝司不准备成为贵司的承包商。敝司想要成为贵司的合作搭档。"

"搭档？"迷糊鬼反问，他的大脑似乎完全消化不了这个词。

"敝司拥有贵司所没有的网络架构和运营技术，而且还拥有丰富的电子商务知识。所以，我们希望和能贵司建立起相互合作的对等关系。"

如今已经不是江户时代了。生活在封建社会中的武士也早就不存在了。这个会议室里只有一群需要靠互补求得发展的、活在二十一世纪的商务人士。

结衣虽然心里是这样想的，但她仍需不断地暗暗鼓励畏怯的自己。

"我们能共同承担这些问题就好。那么，非常期待接下来的方案竞标。"

走出 Force 的大楼，结衣摸了摸肚子。总算顺利离开这儿，不用切腹了。

"我这一头的冷汗啊。"大森道,"不过,这样一来,我们或许就能比 Basic 抢先一步了。"

商谈结束后,他们在大厅逗留的片刻,结衣将从柊那里获得的信息也都告诉了同事们。

柊从好几个社交平台上筛选了一些疑似 Force 员工的账号,又主要找出几个匿名账号,深挖他们最近是否谈到了这次网络骂战的事。结果这些员工的牢骚比想象的多得多,"这么弄迟早要完啊""公司高层在想什么啊"一类的话比比皆是。如此看来,Force 内部有很多人感受到了此次危机的严重性,现在应该也在急切地寻找解决办法。

那么,就算一个承包商的工作方式和他们不同,但只要他们能够直接指出其中问题,Force 就应该还会选择这样的公司做搭档。结衣赌的就是这种可能性。

更重要的是,结衣要让亲手招来的新人看到她的工作态度。在她心中工作是不分上下的,她会用尽自己的才智,努力打造一个保障员工权益的工作环境。

"甘露寺。"结衣对应该跟在自己身后、"自称超强新锐"的那位道,"你我虽是完全不同的两种人,但是我仍期待着有一天,你会为我们一起共事过而感到高兴。"

社长灰原说给自己的那句话再次回响在耳畔:十年

都过去了，找看你毫无作为嘛。

甘露寺应该也是一个需要花时间慢慢培养的新人。既然如此，自己就应该多些耐心，等待他的成长。

"无论你多少次令我失望，我还是会满怀信心地培养你的。我相信，总有一天，我会为招你来我们公司感到高兴。所以呢，从明天开始，你要自己——"

"哦呵呵。"

一阵笑声从远处飘过来。结衣扭过头，发现甘露寺正在远处招手。"来来！我们来观光一下吧！"他兴奋地大喊着跑向了皇居。

"啊？等一下！还没到午休的时候！还有……会议记录呢？"

"我做了些记录。"一边的来栖把记事本递给结衣，"要用不？"

结衣再一次扪心自问——当初为什么要把甘露寺这货招来呢？

"无论如何，对这个案子来讲，东山小姐是不可或缺的了。"大森对晃太郎说道，"方案竞标时她也会来的吧？"

听到大森这样说，结衣战战兢兢地看了一眼从刚才起就一言不发的上司。

晃太郎抬头看了看大楼上那个黑色的盔甲标志。他的侧脸仍旧因情绪紧张而显得紧绷。这个男人说过："你根本不懂体育会系的世界有多苛刻。"注意到结衣的视线，晃太郎别过脸小声嘀咕："我没自信能保护到最后。"

"保护？"结衣皱起眉，"保护谁啊？"

"求求你了，别再冒险去走独木桥了，好吗结衣？"

他留下这句话就独自先回公司了。结衣望着他的背影，晃太郎的身前还挡着一堵石墙。

那儿就是往昔的江户城。元禄十四年三月十四日，在那座狭小的城中，一位名叫浅野内匠头长矩的武士拔出了刀。这个地方小官吏引发的小小事件，最终演变成了震撼整个江户幕府的惊天大案。

他为什么要那样做，他的宿怨究竟是什么呢？这一切最终仍是谜。

但结衣并没有那么喜爱《忠臣藏》，所以还不至于始终对这个谜念念不忘。

"不过呢，我这次没有拔刀就解决这件事了哦，浅野先生。"

结衣这样对那位生活在三百多年前的武士说。随后，她向着竹桥站迈开了步伐。

第二章

超级乖乖女

随着一声"干杯"，几个倒满啤酒的杯子撞在一起。和 Force 商谈顺利结束的第二天，大家在公司附近的居酒屋召开了一场迎新会。可是——

"甘露寺！等一下！现在还不能喝！"

晃太郎大声喊住甘露寺。

"而且，干杯的时候，自己杯子的高度不能超过比你身份高的人，快调整一下！再做一遍！如果你对面是客户的话——喂！你听没听啊？"

"种田先生，您说的这个做法属于昭和时期的风格了。甘露寺是平成生人[1]。"

贱岳八重调侃道。她是年长结衣两岁的前辈，而且志向是成为公司的第一个女高管。不过，她去年刚刚生下一对双胞胎，眼下正在短时出勤。从四月份开始，她在结衣手下担任项目负责人。

"不不不，贱岳小姐，你看见甘露寺的杯子了吗？这家伙在碰杯的时候，杯子举得比我高出好多，而且还发出特别奇怪的声音……"

"您是说我刚刚喊的那声'耶'吧？"甘露寺夹了一口下酒菜，嚼了起来。

"就算你是平成生人，在面对客户的时候也应该重视规矩礼仪！喂，那个菜你不许全吃掉！你把筷子放下好好听我说！"

结衣单手捂住耳朵，喝着啤酒。至少在迎新会上能暂时逃脱对甘露寺的管教负担。

甘露寺本人却皱着眉说："可是哦……部下越听话，感觉上司就越无理取闹欸……眼下已经是全球化社会了，酒杯高低这种事还要如此纠结，难道不应该请种田氏您先思考一下吗？我建议您去参加管理岗的培训课

---

1 昭和时期指1926年12月25日—1989年1月7日这段时间，平成时期则是1989年1月8日—2019年4月30日。

程哦。"

"我干吗要听你的话去参加什么培训啊！"

"呵呵呵，算了，快喝酒吧。"甘露寺手拿啤酒瓶，把瓶口举得老高地倒酒。果不其然，啤酒泛着金黄色的光芒，溢出了酒杯，还打湿了慌忙端起杯子的晃太郎的手。晃太郎气鼓鼓地抹了一把手上的酒水，踢开椅子去洗手间了。

坐在结衣边上的来栖笑嘻嘻地说："真有趣哦。"

"那是因为你不用教育新人啦。"结衣欠起上半身，将毛巾递给贱岳。

"哎呀，我说的不是甘露寺，是种田先生。那个人不是超级无聊的嘛。"来栖继续说，"他确实很有工作能力，这一点我也非常钦佩。但是其他方面可以说毫无长处了吧？为什么东山小姐当初会和他交往啊，真是不可思议。"

这个话题结衣此刻真是不想聊。她实在不想让自己那段惨痛的恋爱经历传得连新人们都知道。

"不过呢，努力忍耐着不去用权力欺压甘露寺的种田先生看上去太好玩儿了。就在两个月前，这个小组还一副满满的黑心企业气场，现在已经不是一般地清白了，而是对员工清白友善到无与伦比的地步了。真的好有趣啊。"

来栖一副事不关己的口吻，但在结衣看来，他才是"白"得无与伦比的那种人。明明都入职第二年了，还是一有不高兴就公开发表辞职言论。结衣倒是希望他多少能拿出点凭自己的能耐去解决问题的气魄来。

"Force 的方案竞标结束之后，来栖君要不要找家客户公司常驻一下呢？"

"我不想去别家公司上班，太不自在了。"

"我二十多岁的时候也常驻过两家公司呢，总共待了三年吧。"

"不，我不干。"来栖很坚持。

等到团队领头人晃太郎回来后，新人们开始一个个做自我介绍。最后一个是樱宫。看到樱宫将柔顺的头发随手别到耳后，吾妻怪叫了一声："好可爱！"

"我在上家公司工作过三年，今年已经二十五岁了，但还没有什么工作经验。"

樱宫表情羞涩地看了一眼坐在一边的晃太郎。

"能跟随种田先生这样工作优秀的男士学习，我真的太幸福、太幸福了。啊，但是……我有点笨笨的，希望大家都能帮帮我！我一定努力加油，尽量多做力所能及的事。"

"好，加油吧！"晃太郎十分利落地回道。随即响起热烈的掌声。

嘴上说着应付不来女下属，看上去倒是交流得挺顺畅的。今天下午还看到晃太郎在亲自教樱宫做报价单。

自我介绍结束后，樱宫快速绕过桌子，跑到了来栖身边。

"您是来栖先生吧！"她拿着一只空酒杯，又双手端起酒瓶，"我给您倒酒吧。"她说着便斟起酒来。啤酒泛着细密的泡沫不断被倒入杯中，非常完美。"女招待"这个词突然闪现在结衣的脑海中。不行不行，不能对人有偏见。

来栖默默地看着樱宫，回了句"我不能喝酒"。

"真的假的？啊呀，对不起哦。那我给您点杯软饮吧。"

"我自己点就行。请给来杯姜汁汽水。"来栖对服务员说道。樱宫看着他，表情有些吃惊。但她立即又转身对结衣说："种田先生愿意带我去参加 Force 的招标会了。"

晃太郎同意了？结衣感到有些意外。

"樱宫小姐，你应该知道 Force 是一家什么样的公司吧。真的没关系吗？他们都是练体育的那种员工，而且还有职权霸凌的倾向……"

"我很清楚。那边对年轻女孩很温柔的，不要紧。"

结衣感觉自己肚子里一阵拧巴。但是对方还是新人，结衣就简短回道："是吗，那就请樱宫小姐代替甘露寺来做会议记录吧。"

樱宫刚刚离开，来栖就说："她怎么像个女招待一样。"原来来栖也这么想吗？结衣突然感到一阵不安。她的视线和桌子对面的晃太郎刚好对上，于是眼神示意他出去谈谈。

这家店门前便是一条主干道。来往车辆的灯光不断打在二人身上，显得光影斑驳。或许是全球变暖的影响吧，眼下才刚到五月，却已是炎炎夏日了。白天暑气逼人，到了晚上倒是会凉快下来。

结衣问晃太郎，是不是真的要带樱宫一起去参加竞标。晃太郎逃开她的视线回答："她倒是没甘露寺那么差，但也基本什么都不会。就连 Excel 表格都不会做。真搞不懂她在 Basic 三年都干了些什么。不过她确实很讨 Force 那边的人喜欢，这是事实，也是我今天接到 Force 电话的时候，那边的人告诉我的。说如果樱宫在你们那儿的话，开会就把她也带来吧。貌似是 Basic 的业务部门告诉他们的。"

"明明什么都不会，带她去有什么意义呢？就坐在那里赔笑吗？"

"按你的做法，肯定是拿不下 Force 的。"晃太郎低头看着结衣，"这么说吧，我可不是为了我自己才一定要赢的。这是石黑告诉我的，无论如何，都要达到目标营业额，这为的是救社长于水火。"

"救社长于水火是什么意思？是你们一起跑步的时候从小黑那儿打听到的吗？"

"比那时候还早。"不知为何，晃太郎面带愠色，"总而言之，结衣那天的一番伙伴发言，搞得 Force 那边的气氛比之前更僵了。现在除了 Basic，可能还会有其他一些公司参与竞标，而且对方不疼不痒地就能把我踢走。今天打过来的这通电话也是充满了压迫感。不过，带上彩奈，他们的态度应该会稍微缓和一些吧。"

"彩奈？是谁？"结衣反应了一会儿，才意识到晃太郎指的是樱宫，"称呼得这么亲昵？"

"她自己要我这样喊她。"

结衣大受震撼："你这个称呼算职场性骚扰了啊，种田部长！"

"干吗用那种眼神看我……好好，那我公开场合还是喊她姓氏行了吧。"

这个说法，就好像还有私下相处的场合一样。他们什么时候走得这么近了？结衣忍不住问出口：

"这种社团经理气质的女孩子，很受体育会系男生喜欢吧。"

晃太郎一脸"你真麻烦"的表情。"眼下工作这么忙碌，别搞什么偏见。"说罢便返回了店内。

我没有，真的没有对她搞偏见。可是——结衣却想到，他们两个是不是休息日也会见面呢？不，这倒是不至于吧。可是，她又想起当时询问晃太郎连休有什么安排时，对方那个不自然的态度，忍不住心塞起来。

说到底，他为什么会觉得我对樱宫有偏见呢？是因为我已经三十二岁了吗？可是晃太郎不也已经三十五岁了！他是不准备再和自己重续旧情了对吗？

结衣突然感觉脚下有些不稳，她刚扶住店口的门帘，就看到贱岳走了出来。

"野泽果然没来。"黑框眼镜背后的那双眼睛乜斜着，"那家伙想什么呢？"

"倒也没什么。"结衣站直了身子，"不过蛮可惜的，这次迎新会就是为了欢迎他们这群新人的呀。"

野泽花是贱岳负责教育的新人。

她和做过无业游民的甘露寺以及跳过槽的樱宫不一样，是彻彻底底刚走出大学校门的新人。虽然只有二十二岁，但是做事很有章法，研修成绩也是名列前茅。"我可是请老公帮着去托儿所接了宝宝，拼命挤出时间来才参加迎新会的欸。"

"因为现在是下班时间嘛，她不想来也没法逼迫她呀。"

"要真是她自己不想来那就算了，可是感觉也不像那么回事呀。这样吧，明天你找她谈谈好吗？她差不多也该把近期工作目标写好了。这个工作也需要副部长来催促哦。拜托啦！"

贱岳强势地安排结束就回到了店内。野泽那么老实的一个孩子，究竟有什么不好参加聚会的事呢？结衣疑惑地思索。没过几秒，贱岳又折了回来，皱起了鼻子。

"呃，该怎么说呢……你的隐私好像被曝光了。"

"我的隐私？"

该不会，是谁把自己和晃太郎的旧情泄露出来了吧？

结衣回到店内，发现几个新人都一脸尴尬地看着她。就连知道结衣和晃太郎谈过恋爱的吾妻和来栖也是一脸愕然。吾妻开口道："结婚的事情……告吹了？就是，你和 Basic 的诹访巧……"

原来是这件事。结衣斜睨了一眼晃太郎，结果坐他边上的樱宫表情僵硬地说："不好意思，是我说的。我和 Basic 的诹访先生关系很好，所以我和他讲了辞职跳槽的事情之后，他亲口告诉我的。我真的没想到大家竟然还都不知道……"

"听说是他先出轨的？还是和公司一个二十来岁的女孩子？"吾妻继续在伤口撒盐，"樱宫小姐还说，诹访现在跟那个小姑娘正交往呢，你知道这件事吗？"

结衣根本不知道。之前和巧通电话时，对方完全没提过，可是……

"当然知道啦。"结衣努力掩饰着狼狈，她只能这样讲了，"总之呢，我恢复自由身了，想追我的人可要趁现在哦，哈哈哈。"

结衣顺着桌子和墙壁之间的空当走向自己的座位，晃太郎追在她身后小声问："诹访先生和三桥小姐正在交往的事，你还不知道吗？"他或许在更早之前就听樱宫说过了。

"我不是说了吗？我知道的呀。"结衣还在逞强，但总觉得自己好像已经被识破了。

被如此戳到痛处，气氛有些沉重起来。结衣坐回到自己的位置，感觉到了隔壁来栖的视线。

"怎么？"结衣问。

"没什么。"来栖耸了耸肩。

"对了，来栖对公司办迎新会这件事怎么看？是不是现在的年轻人都不太乐意参加了呢？"

"是啊。"来栖答道，"运营部的迎新会我也没参加。"

"咦？那你为什么参加了我们这边的？"

"因为东山小姐邀请我了嘛。"来栖端正清秀的脸庞波澜不惊，"我之所以愿意参加招标会，也是因为东山小姐。反正到时候肯定会闹得天下大乱的，绝对没错啦。"

这家伙还蛮可爱的。结衣想。然后她又打趣道："好哇，那等我们赢了竞标，来栖君就去 Force 常驻吧！"

"绝对不要。"

来栖再次干脆回绝。

也是啊……结衣叹了口气。就算要常驻，也得先改变 Force 才行啊。如果 Force 根本不尊重他们这边的工作方式，那就只好退出竞标了。

第二天一早，野泽战战兢兢地出现在了会议室。她脸蛋小巧，梳着很适合她的波波头，脸上还戴着一副银色的细框眼镜。结衣准备随后再问她为什么没去欢迎会，她先读了读野泽交上来的那份所有新人都要写的工作目标。

沉默着阅读完，结衣问："这个，是你自己写的吗？"

"是。"野泽小声回答。

"但内容基本是照搬了之前发给大家的参考案例啊。虽然刚刚入职,谈目标可能是很难的事,但你在这家公司就没什么想做的事吗?就写写眼下想做的事也可以。"

"想做的事……"野泽一脸迷茫地推了推眼镜,"比如说是什么样的……"

"比如说做一些项目计划,或是接待客户,还有想分配到哪个部门一类的。"

野泽沉默地低着头。

"或者是去探索网络媒体的一些新方向,又或者是想要去接触海外的一些业务,这些都可以。"

野泽还没有回答。等待期间,结衣又低头看了看她的简历。她想进入这家公司的原因完全是按常规的模板写的,兴趣也很普通,就是读书。和甘露寺或樱宫那种个人问题直接写在脸上的新人不同,野泽身上没有什么明显的问题,所以很难把握住她的特性去指导她。

"那个……"野泽开口了,"东山小姐觉得什么样的目标比较好呢?"

"我吗?我当时写的是想要打造一家所有人都能准时下班的公司。哦,对了,当时贱岳小姐负责带我,她看到我的目标就怒道：你这种想法怎么可能马上实现啊！"

"那个，我不是那个意思，我是想问，东山小姐觉得我应该有个什么样的目标比较好呢？"

结衣正思考着野泽这句话的意思，对方就又忧心忡忡地继续道："我妈妈说，我应该选择一个能在门禁时间之前完成的目标。"

"妈妈？"结衣有些疑惑，"近期目标的事，野泽和妈妈聊过？"

"我家的门禁时间是晚上七点，如果没法准时下班，我就赶不上了。妈妈一直反对我进 IT 业，她觉得这个行业太黑心。我是从人事那里得到了能准时下班的保证，才好不容易进了这家公司的。所以，我其实真的很想参加迎新会……"

"可是，你已经是成年人了，门禁这种东西，就算打破一次又何妨。"

"不行的不行的。"野泽把波波头摇得像拨浪鼓，"我的手机上装了 GPS，所以去了哪儿马上就能被查到。要是我妈跑去店里找我，那就太丢人了。"

"哈哈哈，不至于吧！"结衣笑了，可是野泽并没笑，难道这是真的吗？"野泽，你妈妈怎么想并不重要，你应该先重视你自己的想法。"

野泽再次陷入沉默。那之后结衣又试了很多办法，可是结果都一样。

面谈结束后，结衣去找贱岳问道："门禁的事你听说了吗？"

"你也听说了是吗？"贱岳叹了口气。

"野泽的妈妈好像怀疑我们公司是黑心企业。"贱岳说。

为避免被其他新人听到，结衣和贱岳来到走廊的自动贩卖机旁。

"野泽入职前，她妈妈连着三天来检查咱们公司晚上几点关灯欸。"

这执行能力太强了。结衣自己入职的时候都没做到这种程度。

"而且她妈妈还监视我们公司的内部邮件。她要求野泽把密码都告诉她了。我明明说过，这样从安保角度风险很大，绝对不可以的……之前不是有过报道嘛，有个刚刚入职的新人因为过劳自杀了。所以她妈妈特别警觉。这个心理我倒是理解，可是监控邮件真的不可以啊。"

"也是……现在的父母都这么操心子女吗？"

结衣突然想起自己深陷星印工厂那件案子时，父亲说过的话。

——死在第一线是我们的心愿，我们也是做好了这番觉悟在工作的。

结衣因为过劳曾徘徊在生死边缘，这件事父亲并不知情。她也没解释过额头的伤。父亲只是觉得自己在职场上过得平安无事，那女儿也不会有问题。

"问题是，野泽根本没法用自己的头脑想问题啊。"

贱岳又重重叹了口气。正在这时，吾妻跑来找结衣。

"Force 那边来了电话。"

晃太郎曾说过，Force 的电话都由他来接听。但是眼下他去了其他公司，并不在工位上。

"对方说了，要是种田先生不在，就由东山小姐来接听。"吾妻催促道，"对方听上去很急。"

没办法，结衣只得回到工位接起电话，对方劈头盖脸就是一番说教："不是说过了吗？我们一分一秒都不想浪费。"这声音……是那个脑残怪，"你是跑过来的吗？要是行动这么迟缓，就必须练练大腿肌肉了。"

真是多管闲事，结衣想。但是想到对方未来有可能是自己的客户，于是忍下脾气问："请问您有什么事？"

"我说的事很重要，做好笔记。要是传达出了错可不行。"

那不是发邮件过来比较靠谱吗？结衣心里这样想着，手上慌忙找笔。

"哦，竞标改成十七号了。"

"欸？"结衣将台历拉到眼前，"记得贵司之前定下的日期是二十号，对吗？"

之前明明说商谈后再过两周举行方案竞标，至少得有一定的准备时间啊。

"因为我们负责宣传的高层领导二十号那天没时间。"脑残怪理直气壮。

他指的是这次决定竞标成绩的高层吗？高层的安排固然重要，可是结衣这边的安排就可以如此遭受无视吗？

"哦，还有，转告一下种田先生。他明明随身带手机，可是接听我们打过来的电话竟然赶不到五秒之内。这可不行。"

"敝司的种田现在正在和其他客户开会……"结衣将台历拉近，用手指比画着时间。今天是十号，也就是说，他们只剩五个工作日了。正想到这儿，电话那头的脑残怪又说："如果是Basic，就算在给爸妈办葬礼也一样会马上接电话。"说罢，对方便挂了电话。

那还搞什么竞标啊，直接和 Basic 续约不就好了？结衣把听筒放回原处，忍不住骂道。明明还没签合同呢，真是好大的官威哦。

——敝司不准备成为贵司的承包商。敝司想要成为贵司的合作搭档。

看来，对方彻底无视了结衣的这一番发言。结衣想，至少也得让新人们明白她的想法……

她的目光扫到了桌子上那份甘露寺的近期目标上。

"让世界迈向下一台阶。"

上面写着这样一行字。在达成这个目标前，至少别再让上司每天给他打叫醒电话了吧。

结衣整理了一下情绪，给晃太郎发送了一封 Force 的时间变更邮件。她准备尽量把竞标的进度再赶一赶，于是打开了电脑。可是还没过五分钟，人事那边就打电话过来了。

"毕业生的二次面试已经开始了，您现在在哪儿呢？"

管理岗就是这个样子的啊，结衣又把电脑关上了。她手头的工作真是完全没有进展。这家公司在招收毕业生时需要经过两次面试，第一次由工作在一线的员工主持，第二次由部长级别的员工主持。结衣已经参加了第一次面试，以为自己不用再去了。没想到这次人事又请她去，理由是："有东山小姐在场，学生们会比较放松一些。"

走进面试会场，她发现石黑已经一脸不高兴地坐在面试官席位上了。看上去是被硬拉来的。"太迟了吧！"石黑发着牢骚。他手边放着一本《NG[1] 提问集》。

这本"提问集"上写着：不要询问业务之外的事，禁止提一些家庭、思想观念等可能和就职歧视相关联的问题。问求职者爱读什么书也不行。

"这不就是什么都不让问吗？"

石黑对着一同负责面试的人事负责人吼道。原来如此，稳住这个平时问题发言多多的男人，也是结衣参与第二轮面试的作用。

不出所料，面对一个提出"育儿假可以休息三年是真的吗"的男生，石黑假装没听见般地哼了一声。"来我们公司的话，的确可以休三年的。"结衣马上说，还悄悄踢了石黑一脚。花费两小时，面试了六个人之后，结衣问一旁精疲力竭的石黑："社长陷入水火之中是怎么回事啊？"

石黑确认人事负责人已经离开后回答："你是听种

---

1 英文 not good（不好的）的缩写，意指该提问集中的问题均不适合向面试者提起。

田说的吧。"他那双菱形的眼睛微微眯起来。

"有一部分高层提议，要让公司恢复裁量劳动制。"

"啊？可社长十年前就决定废除这项制度了啊。"

一直到结衣入职为止，这家公司都是采用裁量劳动制的。工作时间全凭个人来管理，也从没有加班补贴这种东西。这种就业形态在资金较少的创业公司中比较常见。

据石黑讲，灰原社长当时就是不分昼夜，从早工作到晚的。当时石黑还是学生，为了追随社长，他也强迫自己过度劳动，结果弄坏了身体，一辈子都离不开医院了。灰原曾亲口说过，录取在面试时称要打造所有人都能准时下班的公司的结衣，就是在石黑病倒后不久。

"高层认为，加班时间限制在每月二十小时以内，这样不可能成得了业界第一，而且给股东们的印象也不好。这帮高层根本就不知道这种日本式的裁量劳动制效率有多糟糕，反正他们都是一帮生活在那个白领工作效率无人问津的温暾时代之中的员工罢了。"

石黑用手指弹了弹那沓学生简历说："都是你和种田的错。因为你大张旗鼓地摔了一回，阿忍才会焦心公司环境的改善，他太着急了。"

"啊，是我的错吗？星印工厂那个案子不是高层搞砸的吗？"

"总而言之呢！你就这么转达种田：'要是有赎罪的态度，那就将非管理岗的员工加班时间控制在每月二十小时以内，但是要赢利一个亿！'那帮高层只要看到成绩了就会闭嘴。就算是小结你这样不中用的一个人，也应该明白眼下事态多紧急了吧？"

结衣的目光落在那沓简历上。

明明听说进了这家公司就可以准时下班，结果一入职却发现公司改成了裁量劳动制。对于这些学生来说，这简直是在诈骗吧？如果真到了那步田地，她自己会第一个辞职的。可紧接着她意识到，马上辞职——是不可能的。

她已经和甘露寺约好了，她相信他，要教育他成长。或许甘露寺并没听进去，可这是她立下的誓言。

"话虽如此，刚才那些事，你都是什么时候和种田先生讲的？"

"什么时候？就是星印工厂交付日过了一个星期的时候吧。那之前是我把喝得烂醉的你送回家的，于是那天他跑来还我打车钱。我就告诉他，比起还钱这种小事，你得更关心业绩……"

"等一下，为什么是小黑送我回的家？你从哪儿冒出来的？"

"干吗像形容只虫子一样形容我啦。是种田给我打了求救电话。他说你喝得烂醉，想送你回你老家，但是他已经没脸再去你家了。当时我都换上睡衣了，牙也刷好了，是特意出了趟门把你送回去的欸。不过我也没见到你爸妈啦，我只是把你推到家门口就走了……你不记得了哦？"

完全没印象了。结衣有些心虚地问："烂醉，是个什么程度？"

"反正我到现场的时候，你一直责难种田。说巧才是真的好男友，都是晃太郎害你和巧分手了什么的，还说根本不相信晃太郎了什么的。反正和以前也没什么区别，你就是一跟男人分手就疯疯癫癫的。"

结衣感到一阵头晕目眩。她为什么要那么说啊？

"你还说，决不去晃太郎家，他家又小又破啊什么的……"

她说得这么过分吗？看来那时候她每天逼迫自己努力，到最后一刻，绷紧的弦终于断了，她就开始不住地对自己眼前的晃太郎发泄无处排遣的怒火。

"算了，也没什么的。"石黑语气轻松。

"对于阿忍来讲，小结可是一颗重要的棋子。所以

97

你现在要是结婚生子可就麻烦了。"

在这个管理之鬼眼里，果然只有效率高低。结衣心底突然涌上一股怒气。

"你该不会是故意这么说的吧？你看准了我烂醉不记得发生了什么，就编了这些话。"

"哎呀呀，被你发现了？那我这么说，你们会重修旧好吗？"

这个……结衣沉默了。应该不会了吧？

晃太郎一到任务交付前眼里就只有工作，除了工作其他一切都不关心。的确，她现在并不相信他。她知道不可能轻易改变晃太郎的秉性。

差不多该回去了。结衣整理了一下简历站起身，此时石黑又说道："Force 的竞标，必须要赢。"

"你说得简单，他们职权霸凌的情况相当严重，尤其是对我。"

"所以才需要种田嘛。把他挖来咱们这儿太对了，他可以做你的挡箭牌啊。那家伙属于传统型体育会系，受什么苦都能扛住，来到社会之前就已经接受了人格改造。"

"受什么苦都能扛住……"这说法好残忍。不过，晃太郎的确是这种人。

结衣又感到略微安心了些。晃太郎之所以要求结衣远离 Force 的案子，是因为听从了石黑的命令，想要帮结衣挡枪啊。

"不友好不合规的部分全都交给种田，小结就还和平常一样准时下班就好。接着拿下一亿五千万的营业目标。我想让那个软弱阿忍赢啊！"

结衣走进制作部，发现晃太郎已经回来了。她从部长座位后面经过时瞄了一眼晃太郎的电脑屏幕，发现他正在制作竞标汇报用的资料。

"这是 Force 方案竞标用的资料？"结衣问。

"是啊。"晃太郎点点头。

他竟然都不会发牢骚抗议竞标改时间的事呢。也是，他不会的。他今天一定也想好要工作到很晚了。如果一开始一切都按照预定的时间推进，其实根本不用这样勉强赶工的。

结衣耳边还回荡着电话里那个脑残怪的声音。晃太郎一直都在忍受那种语言暴力啊。此时，石黑的话浮现在脑海。

——让他做你的挡箭牌。

不友好不合规的部分全都交给他，为的就是保护住眼下这个维护员工利益的职场。这样真的不矛盾吗？

结衣突然觉得胃很不舒服，可能是因为还没吃午饭吧。她虚弱地坐回到自己的位置上，却发现桌上放着一个用方布包好的午餐盒。

"突然被叫去开会，我就在外面吃了。这份午餐送你。来栖"

盒子上的便签这样写着。真是帮大忙了！结衣感觉心里一暖。她刚打开盖子——

"啊！这个！这个我爱吃！"她身后突然伸过来一只手，是甘露寺抢走了饭盒里的煎蛋卷。

"来栖氏说了，他之后会来取个资料什么的，到时候就把这个可可爱爱的午餐盒收走。"甘露寺嚼着煎蛋卷，"哦呵呵，师傅漏洞这么多，也挺适合做报联相哦。"

我什么时候成他师傅了？结衣想问，但又懒得听，于是想想便作罢。

来栖在傍晚时分来了。因为 Force 又改了竞标时间，所以结衣他们紧急拜托运营部做了一份支出计算表，来栖就是带着这份表格来的。

"谢谢你拿来的午餐，太治愈了。下次一定请你吃饭啊。"结衣把洗好的午餐盒还给来栖时说。"不用了。"来栖板着脸回答。他这个人就是如此，心里高兴时反而会摆出这样一副表情。

"说起来，网上的就职论坛里有人谈到东山小姐了哦。"

　　来栖用自己的手机点开求职网站，拿给结衣看。他用手指着的地方写着："女主管面试时，问我喜欢喝什么酒。"

　　来栖读了后面的部分："'感觉这家公司有可能会逼着员工陪酒应酬……'上面是这么写的哦。"

　　估计是那个学生吧？接受面试的时候表现得太过紧张，结衣想缓和一下气氛，于是就搭话说："我比较爱喝啤酒，你呢？"石黑那人也就罢了，结衣一直觉得自己是代表了公司友好温和一面的，结果竟然被误会了。她不由得有些沮丧，就在这时——

　　"不好意思，我家孩子在幼儿园好像发烧了。"贱岳走了过来。

　　"哎呀，这可不成，你快早点回去吧。"

　　"真抱歉了。今天没有完成的部分我明天会补上的。还有，野泽的事也辛苦你了，一定要帮她赶上她家的门禁时间哦。"

　　送走了贱岳，又再度向来栖道谢后回到座位，结衣突然听到部长席传来一阵手机铃声。晃太郎迅速接了起来。

"早些时候没能马上接听，非常抱歉。"晃太郎说道。恐怕又是 Force 的电话吧。

"好的，我会明确和她讲的。"他又说。

该不会，对方在和晃太郎抱怨刚刚结衣态度不好吧？

其实不用石黑提，结衣也感觉自己已经在拿晃太郎当挡箭牌了。

结衣端起马克杯喝了一口凉咖啡，好苦！她皱起脸。这次又轮到她自己的手机响起来了。是妈妈打来的。

"结衣，你今天早点回来，宗介他们要一起来吃晚饭。"

"欸？他要来吗？"最近父亲和哥哥处得不太好。父亲天天在家里蹲着不出门，总是找碴插嘴孙子的教育。

"要是结衣不在，他们俩可能又要吵起来了。"

"但是我这边挺忙的，马上就要参加竞价了，我也不知道能不能早回。"

如果早回去就要受父亲和哥哥的夹板气，那还不如留下来加班。结衣抬头看了看自己桌上堆积如山的资料，突然听到晃太郎的声音："你回去吧！"

看来他已经接完电话了。

"竞价资料我来做。其他工作也都交给我吧，你准时下班就行。"

晃太郎果然是受了石黑之命，把不合理的部分全都一个人扛下来了。结衣并不想再给晃太郎增加负担，可是倘若她不下班，组里的其他人可能也很难准时下班吧。

"啊，好啦，妈你好啰唆，我知道了，我回就是啦，好吧！"

结衣说完这些就挂了电话。

"那个……"

不知何时，野泽已经站在了她桌边。

"东山小姐是在和妈妈讲电话吗？说妈妈啰唆，真的没关系吗？"

"的确不太好啦，但倘若不偶尔反抗一下，就只能全部顺着她的意思走了呀。"

"偶尔，反抗一下……吗？"野泽陷入了沉思。

"我这边最近发生很多事，只能暂时住在老家。我特别想赶快搬出去，恢复自由。但是我现在的积蓄太少了，所以在攒够搬家费之前我还没法离开老家……啊，我竟然对野泽发起牢骚了，不好不好。"

"没有，我听了感觉很新鲜。"野泽有些慌张地扶了扶眼镜，"我完全不知道其他家庭是什么样子的。甘露寺先生也说过，已经成年了还要遵守门禁时间很奇怪——那个，我家真的很奇怪吗？"

"嗯……怎么说呢，反正一家有一家的过法吧。"

从上司的角度来讲，结衣给出这句评价也算是尽力了。毕竟她无法介入到新人的私生活里。

"近期目标已经写好了吗？如果写不出来的话，我们还可以再聊聊。"

"我明天能交。"野泽又恢复了那个心烦意乱的表情。难得这个老实孩子主动跑来找自己搭话，感觉应该再和她多聊聊才对。

可是，职场上是严禁询问对方家庭的。加上，现在再不赶紧反馈一下运营部拿来的支出计算表，可能就赶不上准时下班了。

结衣伸了个懒腰，坐回到了自己的座位。

结衣刚要打开老家的大门，就听到"哇哇"的大哭声。我来晚了？结衣想到这里，走进了客厅。

"小结姑姑！"侄子突然冲过来抱住了她的腿。

此时父亲坐在沙发上，架子端得满满，哥哥则面对着他，怒气冲冲地叉腿站着。

"孩子才三岁！怎么能动不动就突然吼他？哪有个大人样子？"

"还不是因为你们不管教！"

父亲一脸不悦。大概是被抢了上风吧。

"爸的那些教养根本就不是教养，只是暴力！我和结衣从小吃了多少苦头啊，是吧？"

"啊，嗯，是欸。"结衣被迫点头。一边的母亲小声提醒——

"结衣，别再火上浇油了，快劝劝他们吧。"

可是，事实就是如此啊。

当时还做着公司职员的父亲，即便是找不到一根领带，都会对着妈妈大骂："不许浪费我的时间！"孩子们吵嘴哭闹时，他从不问原因，只会丢下一句："我在家的时候就闭嘴让我好好休息！"其实，因为父亲很少回家，所以结衣是很依恋他的。然而，父亲只要在家，说不上何时就会突然发火，必须一直观察他的脸色生活。

"我什么时候暴力对待过你们？"父亲回敬哥哥。

"说起来，爸爸为什么要吼他呀？"结衣一边给侄子擦着鼻涕，一边问嫂子。

"这孩子说太热了，想开空调。但爸爸说，男子汉这点热要忍住，不能那么没耐性。然后又开始批评我。这孩子就说了一句：最讨厌爷爷了。于是爸爸就发火了，吼着：你这是对长辈说话的态度吗？"

"怎么跟三岁的孩子这样说话，太没大人样了……"

再说了……结衣擦擦额头的汗。今天的确很热啊。新闻都在播，今天有好几个人中暑送医。因为温室效应的影响，现在的气温就是要比以前高。

父亲可能已经上年纪了，所以对炎热不太敏感。想到这里，结衣又觉得父亲有点可怜。她倒是能体会父亲不服老的那种心情，可相比之下，还是侄子的命比较重要。

"好嘞！我这个从小没耐性的人这就开——空——调——喽！"

结衣找到遥控器，按下了按钮。

"最近爸爸真的有点凶。宗介看到他那个样子，就总会想起小时候。"嫂子静静地说，"他说，感觉自己一直都是父亲的出气筒。"

其实，结衣也这么觉得。

每次父亲对着家人出气，都是在他彻夜加班之后。现在想想，那不就是他压力最大的时候吗？尤其是哥哥，就因为是男孩，所以被骂得更狠。

"自以为是家长就大摆威风，一不高兴就只会大吼大叫地骂人。这种滥用暴力的时代早就结束了！我劝你早早接受吧！"哥哥说。

　　Force 的那群人突然浮现在结衣眼前。那帮黑衣武士不停地传达着这样的信息：不配合我们的工作节奏，你们就只能工作更长时间。

　　"算了，你别再来我家了！"父亲怒吼了一声，上二楼了。

　　哥哥也回敬道："你也别想再见孙子了！"说罢快速走向玄关。

　　"怎么连宗介都在放这种狠话啊！"妈妈跟在哥哥身后，带着哭腔，"算了，反正结衣早晚也会让我们抱孙子的。"

　　"啊？"怎么还殃及池鱼了？

　　哥哥似乎是怒气上脑，驳道："结衣能让你抱孙子？她第二次订婚不是又吹了！"

　　家中此刻简直是一派地狱场景。结衣将一脸怒火的母亲留在身后，送嫂子去了玄关。她承受着已经提前离开家门的哥哥刚刚戳中的自己的伤痛，对嫂子说："抱歉，今天大家都有点控制不住情绪……"

　　"虽然结衣在替我们说话……"嫂子一边给结衣侄子穿着鞋，一边说，"但是妈妈也要天天看爸爸脸色生活吧。这个家庭对孩子的成长太严苛了。"

人都走了，结衣站在空荡荡的玄关重重地叹了口气。除非爸妈彻底改变观念，否则这样的家庭关系实在很难缓和。而且还会给结衣带去更多结婚生子方面的压力。

虽然不太乐意，但结衣还是准备去二楼找父亲聊聊。她正仰头看着楼上，手机却突然响了。

是晃太郎打来的。结衣以为是 Force 那边又有什么事找，但并非如此。

"野泽的母亲打电话过来，问我他女儿为什么还没回家。"

还没回家——结衣抬头看看墙上的表。可是，现在才七点半。

"她还说是那个东山唆使的，总之情绪有点混乱……啊，稍等。"

晃太郎的声音飘远了一会儿，又马上拉回。

"樱宫说，野泽是和甘露寺一起走的。"

"樱宫现在还在公司？"新人可是严禁加班的啊。"为什么？"

"她拜托我帮她看看近期目标要怎么写。"晃太郎说完便挂断了电话。

其实，结衣心里多少有点数。她记得野泽说过，自己其实非常想参加新人欢迎会。然而……居酒屋里却没有他们俩的身影。看来并没有来这儿啊。

究竟跑哪儿去了呢？她试着给这两个人打电话，可是谁都没接。

结衣又折返上海饭店所在的那栋大楼前，却正巧碰到从地下走上来、嘴里嚷着"饱了饱了"的甘露寺。原来是到这儿来了，而且看样子已经准备回去了。紧接着，野泽也一边说着"好久没有外食了呀"，一边走了上来。原来野泽会那样笑呀，结衣还是第一次见她那副样子。

"野泽……"结衣有些严厉却又带点怜惜地喊住她。野泽的笑容消失了。

"为什么不接电话？你妈妈已经联系到公司了，问我们为什么你还不回家。大家都在找你。"

野泽顿时面色苍白。"对不起，可能是手机没电了。"

"你妈妈还说，都怪我教唆你……"

野泽低下了头。结衣对她说过："门禁这种东西，就算打破一次又何妨。"她该不会就把结衣说的话一五一十都告诉妈妈了吧。再乖总该有个限度啊……

"那个……我只是想试试在下班路上和同事一起吃个饭啊。"

"那你如实告诉妈妈就好了呀。什么都不说，她当然会担心你。"

野泽按开了手机电源，结衣看到她的手机屏幕上全是妈妈打来的未接电话。

"可是，我还从来没有反抗过妈妈……我应该怎么做呀。"

"你可不可以自己动脑想想呢？"结衣忍不住加重了语气，"如果总想着听从什么人的说法，那你肯定也写不出近期目标的吧？要是不会主动思考，你就只能彻底听从上司的安排了。"

野泽咬着嘴唇，点点头，向车站走去。

我是不是话说得有点重了？结衣有些迟疑。这时，甘露寺却挺起胸膛拍着巴掌道："不愧是师傅！我和你想的一样欸！要是对上司言听计从，最终就只能被公司榨干了。"

我倒是希望你能有点可榨的东西呢……结衣望着紧跟在野泽身后走远的甘露寺，如此想道。这时身后突然有人拍了一下她的肩膀。是晃太郎。

"那不是甘露寺吗？野泽呢？"

"我已经找到她让她回去了。"

"真的是……"晃太郎叹了一声，屈身重新去系跑鞋的鞋带。看来他是跑着找了一阵子野泽，正准备返回公司。

"我也回去了。不论在家还是在公司都要劝架，真的好累。"

"你现在有空吗？我有话要和你说。"

结衣心跳急促起来。万一晃太郎这时候告诉她，自己正在和樱宫交往，结衣不晓得自己会是什么脸色。

要是还站在这儿，肯定会遇到上海饭店的常客们。于是两个人过了马路，走到了河川的围栏边。水面闪着黑色的光辉，一阵风吹起，将水面吹起涟漪。

晃太郎还没开口，结衣就急忙说："那个……两个月前那天，就是我喝醉的那次……我想跟你道歉。"

她不知道如何开口告诉对方，自己什么都不记得了。迟疑了一会儿，结衣说："后来我想起了自己当时说过的话……"她假装自己有印象，"不过赶上年初就忙起来了，也没找到时机和你道歉……我想说，我和巧分手，并不是晃太郎的错，我当时说得太过分了，对不起啊。"

晃太郎沉默了一会儿，然后"嗯"了一声，低下了头。

"是我光顾着工作，冷落了他。这个错在我，所以被劈腿了也正常啦……"

"不，这不正常。"晃太郎低头盯着自己的脚说，"我们交往的时候——我也光顾着工作，但是结衣并没有劈腿。你干吗还对他那么客气？竟然还和他联系，难道你对那个出轨的家伙还有感情吗？"

还和他联系——晃太郎指的大概是结衣从巧那里听到了 Force 信息的事吧。

"那是因为我们的新房要解约，得做很多善后处理啦。和感情没什么关系的。"

"没关系？"晃太郎的脸色瞬间沉了下去，紧跟着就是一番趾高气扬的批判，"我们和 Basic 现在可是竞争关系！决不可以和对手公司的人搞什么藕断丝连！"

他在意的是这个啊……结衣的心冷了下去。这个男人的脑子里真是塞满了工作。

紧接着晃太郎又说："算了，也没办法。对那种准备了超豪华新家的男人还有感情，这也正常。但是，千万别稀里糊涂地把我们这边的信息泄露出去啊。"

"我怎么会泄露信息啊。我看是晃太郎你太在意那个房子了吧？对了，我确实抱怨过晃太郎家太小，所以你是对这件事耿耿于怀对吗？"

这个男人至今还住在原来租的公寓里，和结衣分手后也没换过地方。他觉得住哪儿都是一样。这个想法在他们订婚的时候他就告诉结衣了——"婚后就住我现在租的这个地方就行，虽然小，但反正我也很少回去。"

回过神来，结衣发现晃太郎正皱眉望着她。

"你真的记得？那天晚上你都和我说过什么话，你全都想起来了？"

"嗯，当然……差不多吧。"

"那就好。"晃太郎低下头，"那我们谈工作吧……按照运营部的说法，这次 Basic 的团队全都是男员工，做好准备要完全配合 Force 的所有要求。"

"……呵，拍马屁团队吗？不过，竞标是要看了方案内容才能决定的吧？"

"Basic 目前还在和他们合作，他们对 Force 的实际情况更了解。再这么下去，我们必输无疑。所以，从现在起做什么都是至关重要的。方案竞标，能不能按照我的安排去做呢？我选择的做法你未必赞同，但是我一定能赢，所以请交给我吧。"

结衣沉默了。她望着晃太郎那前所未有的认真神情，问道："你这也是为了社长吗？为了阻止公司改换成裁量劳动制？"

"为准时下班的管理岗挡箭，赢得竞标，我觉得我能做到。"

原来他这样做的目的真的是服从石黑的命令啊。结衣叹了口气，又问："你刚才的那番话，是作为上司命令我的吗？"

晃太郎摇了摇头。"是作为同事，拜托你。"

结衣只能同意了。毕竟忍受 Force 的高压电话、加班很晚去做竞标材料的，都是这个男人啊。晃太郎表情缓和了下来，又补充了一句："到时候可别带甘露寺去啊。"然后就塞上了耳机，跑步离去了。

方案竞标当天，结衣站在 Force 会议室门口，感受到一股比以往更加高压的气氛。

脑残怪和迷糊鬼神经兮兮地不停摆正椅子。而且结衣还注意到，只有正对屏幕的那个位置摆着曾经出现在网络广告中的黑色老板椅。

"敝司负责宣传的高层马上就到。"身后有人和她说话。

结衣回过头，发现身后站着一个彪形大汉。

这个人比晃太郎还要高，颧骨仿佛恐龙一般突出。结衣虽不是甘露寺，脑子里却也飘过"恐龙男"这个词。晃太郎小声告诉结衣：这位就是宣传部部长。随即深鞠一躬："今天请您多指教。"

"你就是种田先生吧？甲子园的话题今天不可以提。"恐龙男冷漠地说。

"今天参会的高层当年参加甲子园可是首战败北。

如果说错了话，恐怕你们的报告很难顺利推进哦。"

晃太郎沉默了片刻，随即答道："好的。"结衣正思考着晃太郎那时候究竟晋级到什么程度时，对方又将目光落到她身上。

"你是东山小姐吧？"

"是的。"结衣刚回了一声，肩膀就被人推了一把，回过神来时，她发现自己已经被对方从会议室门口推远了。

"你坐那儿。"

对方指了指走廊上的铁皮椅子。"能听到里面的声音就行了。"

这是为何？结衣抬头，发现晃太郎正看着她摇头，表情仿佛在说"别忤逆他们"。

"你去坐到那个能让董事看见你的正面座位上。"恐龙男指了指樱宫。

"好的。"樱宫微笑道，"我就坐在发表报告的种田先生身边对吧。"

排在樱宫后面的是大森，最后是来栖。正当指派座位时，走廊深处传来巨大的脚步声。恐龙男立即冲到结衣面前把她挡住。越过男人的肩膀，结衣窥见一个胸膛厚实的中年男性。

虽然看不太真切，但估计那个人就是 Force 的董事了。看上去大概四十来岁。

只有这个人穿着西装。他被一群浑身黑衣的武士簇拥着走进了会议室。站在入口的晃太郎立即鞠躬行礼，樱宫也十分驯服地低下了头。来栖咕哝着："一个个都像克隆人，长得一模一样。"紧接着就被晃太郎按着脑袋也低下了头。

走进会议室前，晃太郎对着结衣的方向小声说："交给我吧！"大门随即在结衣眼前关上了。

为什么只有自己不能进会议室呢？报告刚一开始，结衣立即明白了其中原因。

她听到那个仿佛是董事的声音喊了声："彩奈！"看来这两人在 Basic 做外包的时候就认识了。

"那个被网暴的广告，你怎么看呀？我想听听年轻女孩子的真实感受哦。"

这个董事音量惊人，嗓音又粗又哑。樱宫好像是站起了身，结衣能听到拉动椅子的声音。

"我觉得超级可爱的。"樱宫的声音清脆甜美，"为什么会被网暴呀？真是想不通呢。"

结衣简直怀疑自己的耳朵。她在会议上曾经大批特批那条广告，这件事樱宫明明知道。

"对吧？！"

董事的大嗓门轰轰直响。"会对我们那条广告啰里吧唆的肯定都是些上岁数的女人！我们这些高层开会的时候都看过了，根本就没看出哪儿有问题，你们也这么觉得吧？"

"是的。"一个小小的声音回答，听上去像是装腔男。

"结果吧，还被批得这么狠，真是受不了。甚至还有什么拒买运动，还有大量投诉，搞得这帮员工好几周都没好好睡觉了，多可怜呢！嗐，当然，没能管理好承包方，也算我这帮员工的失误了。"

"我也会好好练腹肌呢！因为不想被人说不是女人呀。"

"彩奈当然是女人喽！"董事更大声地回答，"又年轻又可爱，还这么乖巧！"

结衣独自坐在无人的走廊里，整个人都有点瘫了。晃太郎当时说"要比我预想的更过分"，结衣这回真的理解了。

这儿不仅是一家体育会系的公司，还是一家留存了江户时代封建糟粕的公司。委托方是人上人，外包方是奴才。男尊、女卑……

"竟然如此封建，你吓了一跳吧？"突然，结衣身边传来一个声音。

是个穿着衬衫、身形瘦弱的员工。结衣还是第一次在这家公司看到穿成这样的员工，不由得吃了一惊。对方似乎看穿了结衣的心思，苦笑道："我穿上那件上衣会显得更单薄，所以公司就说还是别穿了。"

这个人的模样看上去更适合坐研究室。他弱不禁风的样子很像个研究员。

"原来，这儿还有不是体育会系……风格的员工呀。"

"我任职于开发部门，负责新商品的开发和已有商品的改进工作。"

对方将名片递给结衣，似乎不想被里面的人听到一般压低声音："不过，运动医学博士，这种头衔，在这家公司根本不值一提。在运动方面没什么成绩的人就毫无发言权。所以说实话，自创业以来，武士魂这个产品基本毫无进步。"

"欸？可是，不是刚出了最新产品吗？"结衣记得迷糊鬼之前说过的。

"最新的地方只有设计部分。因为委托了比较有名的设计师去设计。功能方面其实只有非常细微的改变。市场之所以缩小，也不光是被网暴这么简单，其实消费者们早就注意到，我们的产品已经不够先进了。"

这位"研究员"迅速地一口气把话说完，语气里充满不甘。

"我认为，想要扩大市场，就应该去精进技术，保护那些在酷暑之中运动的人的生命。我其实已经提出过，要从相关公司那里购买这项技术，可是公司的高层全是一些老古董，坚持认为能忍得住热才能更强。"

"……呃，请问，您为什么要告诉我这些呢？"

"啊，真不好意思。"他不好意思地笑笑。

"我从宣传部那里听说了，您在上次商谈的时候提到了我们公司主页的一些问题。我非常赞成您的意见。其实不只是我，这家公司的年轻人都是这么想的：眼下这个时代早容不得那种广告了。不出所料，捅了大娄子，大家连假都没休成。为了应对投诉，大家几乎二十四小时不睡。结果这时候还要横生出方案竞标这种东西……就在这时，您来公司宣布——应该准时下班。"

所以 Force 才会不爽啊，怪不得提案委托书的内容变了都故意不通知结衣他们。

"但……大家其实都不是什么坏人。只是因为这次的事情给大家太大压力了。"

"请问……"结衣一边关心着房间里的会议进度一边问道，"您的意思究竟是……"

"我希望贵司能赢得这次竞标。希望像您这样毫不畏怯、直指公司弊端的人，能够为这里带来一阵新风，所以我才和您讲了这么多。就算拿下了工作在一线的那些员工也不行，因为他们说话并不算数。除非那位高层点头，否则贵司必然无法赢得这个案子。我会支持你们的，加油！"

"原来如此。"结衣点了点头，"非常感谢您的提醒。"

那名"研究员"离开后，结衣再次瘫坐到了椅子上。原来如此，只要能让那个高层点头就好了啊。

……可是，该怎么办才好啊？他们公司自己的员工都对那个高层唯命是从，其他公司的人又哪能置喙？

会议室里的报告情况似乎渐入佳境了。她能听到里面Force的员工发出"哦哦"的赞叹。报告里有那么讨喜的部分吗？结衣开始回忆起了报告内容。正在这时，她的手机震动起来，拿起来一看，是贱岳发来的消息："野泽的母亲来公司了。"

啊？为什么？

结衣正在疑惑，会议室的门突然打开，恐龙男走了出来。

他再次挡在了结衣面前，不让走出来的高层领导看到结衣。那位领导在一群黑武士的簇拥下离开了。

结衣望着最后一个走出来的黑武士，一瞬间以为自己看花了眼。

那是晃太郎。他在做报告的时候脱掉了自己的衬衣，把里面穿着的那件武士魂露了出来。

"你买的？"结衣问。

"我之前就有了。"晃太郎回答。

穿上Force的神圣铠甲，意思是，表达自己的臣服？

"还顺利吗？"

"不清楚，不过我已经尽力了。"晃太郎的额头渗着汗。

正在此时，那个装腔男走了出来，敲了敲晃太郎的胳膊，似乎是在确认他肌肉的紧实度一般。

"你们的提案内容做得不错。再加上，你这件八年前的老版武士魂，就连我们公司的员工也未必有呢。如果接下来还能再派彩奈来我们这儿常驻，那我们高层应该也会选择贵司的。"

"那可的确是了。"晃太郎言辞含混地回答道。

结衣感到浑身一阵恶寒。她终于清楚地意识到，赢得胜利之后，究竟是什么在等着他们。如果再这么一味恭顺下去，那派樱宫来Force常驻的可能性就非常高了吧？

Force 的员工都散去后，结衣道："我觉得还是输掉比较好，我们来商量退出竞标这条路吧？"

"你说什么傻话？"晃太郎驳回了结衣的意见，对站在走廊的樱宫道，"你今天做得不错。多亏有你在，气氛非常好，报告也完成得很顺利。多谢了。"

樱宫白皙的面颊染上两抹粉红。"真的吗？……好开心。"

"种田先生。"结衣急切地说，"不能让新人去那样的……"后面的话，她不知道该怎么继续说下去，于是她做了个深呼吸，道："……那样的，歧视女性的人中间工作。我们培养樱宫，不是为了让她像女招待一样地去逢迎他们。"

听罢，樱宫一脸惊愕，晃太郎催促她先去乘电梯。随即又折返来面对结衣道："她只会这些，所以她必须要做她力所能及的事。你明白吗？我们必须赢！都是为了保住你，所以大家才这么——"

"光是保住了我，就去牺牲他人，这有什么意义？"

"那你告诉我该怎么办？！没法准时下班的话不要紧吗？"

晃太郎突然狂怒的样子吓到了结衣。他似乎意识到自己声音太大了，于是羞耻地移开视线，大步追樱宫而去了。

此时，结衣忽然感觉有人在看着她。她转过身，发现恐龙男也站在走廊中。不知他是否听到了刚刚的争吵。恐龙男脸上挂着笑，令人感到毛骨悚然。随即，他身边的部下说了一句"差不多到时间了"，于是他便转身向着和晃太郎相反的方向离去了。

回到公司，结衣一口气都没歇，立即走进野泽和她母亲等待的会议室中。

"请问，今天又有什么问题了呢？"

结衣话音没落，野泽的母亲就抢白道："这孩子说要搬出去住。"

野泽的母亲一开始说话，情绪就十分激动。她瞪着瑟缩在一边的女儿说道："我不让她这么做。她竟然说我'好烦'，吓了我一跳。我质问她是谁教她的，结果发现又是东山小姐在教唆她——说偶尔要反抗家人，是吧？"

"教，教唆？您这么说有些太夸张了吧……不过，我想知道为什么野泽不能独居呢？"

"我们家小花不懂拒绝呀。如果上司命令她加班，或者逼着她陪酒，她也不知道该怎么拒绝。如果不是我二十四小时盯看她，她肯定会被逼过度劳动的，也可能会因此抑郁自杀呢！我家这孩子就是不会自己动脑想事情呀。"

这难道不怪母亲提前一步把一切都掌握在手了吗？难道不是野泽的母亲在禁止女儿自己动脑思考吗？

"嗯，我明白您的心情。但是公司这边，还是应该让您女儿自己来判断吧？而且有我在，我也会帮助她的。"

"你看看，这叫我怎么放得下心？"野泽母亲把一张纸递给结衣。

"这是你们昨天群发给了所有组员的邮件，对吧？写的是明天要去 Force 开招标会。我一查这家公司，发现他们因为性别歧视臭名昭著。万一你们拿下了这个案子，万一还要派我家小花去那边常驻……我一想到这里，简直心都碎了。就算她转岗去运营部，也有可能遇到这种事吧？"

野泽还在把公司的邮件给她妈妈看吗？之后一定要严肃警告她一次了。结衣正想到这儿，野泽母亲又掏出手机递到结衣鼻子底下，继续说道："还有，这个。刚刚的新闻。"

新闻又怎么了啊……结衣想着，低头一看，发现手机上写着"因性别歧视引发网络热议的 Force 公司终于发布道歉信，但内容毫无反省之意"这行标题。

"啊……"结衣下意识惊呼了一声。那条推特下面的数字已经飙至两万五千了，这条新闻正在以惊人的速度扩散开去。

"和这种公司打交道，我们做家长的怎么能放心？所以我们家孩子要辞职。"

"……啊，您先少安毋躁，我失陪片刻，马上回来。"

结衣走出会议室，快速跑到部长席位，用力拍了拍晃太郎的肩膀。

"就刚才，Force 针对那条广告发了一封火上浇油的道歉信。"

晃太郎迅速在电脑上搜索到了这条新闻，不由得眉头紧锁。

Force 宣传部门发布的这封道歉信称得上毫无反省之意，只写了因为大量的批评导致正常的工作受到阻碍，不得已只好暂时下架网络广告，目前正在准备新的广告。

这封道歉信是在今天的招标会结束后发布的。其中措辞更像是在埋怨批评他们的一方。

"确实不太妥当，但我想应该不会影响我们竞标。"

晃太郎说。

"如果网暴规模进一步扩大，对方施加给我们的压力可能更大，说不定会到绝顶程度……"

"全都交给我就好，石黑先生说了，要我做你的挡箭牌。"

"就算守得住我，常驻员工怎么办？"Force 可是指名要樱宫去常驻的。

"那你说该怎么办？我们公司要变成裁量劳动制，就袖手旁观？"

"如果 Force 不改变观念，我们就不能派员工去常驻。"

结衣坚持道。听她这么讲，晃太郎一副心不在焉的态度。

"可恶，怎么还没联系我！明明说了今天会告知竞标结果的。会不会是因为忙着救这封道歉信的火，顾不上这边了？"

晃太郎似乎还要再去和其他客户会面。他一边拽过公文包一边说："想让那些甚至都不愿意让你参会的家伙改变观念，这可能吗？还是说你有什么好办法？"

办法——结衣一直在想。

可是晃太郎和自己手头都有几个案子要跟，而且还要教育新人。已经忙成这样，还想再去思考如何改变那家封建主义公司，他们实在是没有那个余力了。

可是，站在牺牲他人的基础上去建造一个可以准时下班的公司……结衣觉得这样毫无意义。

野泽的母亲还在等着她，总之先解决野泽的问题吧。站在会议室前，结衣小声做了一番深呼吸，走了进去。

"野泽想怎么做？"结衣首先问道，随即伸手制止住野泽母亲抢话，"要服从你妈妈吗？"

"我……"野泽的嘴唇颤抖着，说不出话。

结衣等了一会儿后说道："我明白了，那你就听从你妈妈的要求，辞职吧。"

野泽的肩膀抽动了一下，但仍然迟疑着不知如何开口。

"不过呢，以后不论你遇到什么事，都不能恨你妈妈哦。就算一辈子住在老家，就算永远没办法和同事一起吃饭，这些也是野泽你自己做的决定。所谓工作，其实就是要对自己的人生负责。"

野泽扶了扶眼镜，张开嘴，似乎想说些什么。

"我说，你说话就不能再温柔一点吗？"野泽的母亲插嘴道。

"可是，如果无法用自己的头脑去思考，她未来也只能是对他人言听计从。"

"我会保护这孩子的。"

"在我看来，您这样的所谓保护其实是在折磨女儿。"

结衣忍不住语气强硬了起来。正在这时，野泽突然带着哭腔大声说："请，请您不要责怪我妈妈！"

野泽一脸下了决心的模样，看着结衣。她嘴唇发着抖："我们家是单亲家庭。我爸爸在我读初二的时候就去世了……他明明喝不了酒，但因为客户是酒商，所以只好每晚都去应酬，很快就把肝喝坏了。妈妈一直在后悔，总说要是早点注意到就好了。所以她才会这么担心我。所以……我才不愿意违抗她。"

说完了这一番话，野泽意识到自己在顶撞上司，于是低下了头。

结衣说不出话来。她想起那本《NG提问集》，上面明确写了，不可以询问员工的家庭情况。所以，她对野泽的家庭一无所知。

结衣沉默着，野泽的母亲突然轻声说："公司不承认是工伤。因为那家公司是裁量劳动制，他们认为加班属于自愿行为。可以作为凭证的公司内部邮件也被删除掉了。没有决定性证据证明他是不是遵从上司要求才去应酬的。我先生就算身体垮了，也没有说过公司一句不是。他只说眼下太不景气，多少勉强自己一下也是没办法的事，他是为了保护我们，为了保护重要的一切……"

野泽的母亲掏出手帕，擦了擦眼睛。

"小花，是先生牺牲了自己的生命保护下来的，我们重要的宝贝。"

这句话狠狠打在结衣胸口上。她突然想起了那天的哥哥和嫂子，为了保护自己的孩子，他们也开始反抗父亲了。

"东山小姐，我想和妈妈谈谈……今天可以申请早退吗？"

结衣点了点头。于是野泽便护着母亲一起离开了会议室。

屋里只剩下结衣一个人，她小声叹了口气。总觉得自己越来越讨人厌了。总没耐心听别人说话，一旦火气上头就只知道斥责对方。这样下去不就和爸爸一样了吗？

可是，眼下结衣也没时间反思这些了。她的手机响了起来，是柊发来的信息。

"关于 Force 这起事件，迄今为止一直呈观望态度的新闻媒体官方号现在也开始在推特上发声了。明人可能会有大量相关的新闻播放出来。"

真的是承受不住了……结衣两手遮住脸，又拼命去掐着眼角眉心，简直头痛欲裂。

"所以呢，我就来喝止痛药了！上啤酒！我今天赶上半价啦。"

结衣气势满满地高举起手。王丹看到后一脸不甘心地回到了厨房。

"啊，还有，请给我一份青椒肉丝套餐，榨菜要大份！"

上海饭店还和平时一样，坐的净是些常客，大家都在各自喝着酒。

要看必须趁现在了。结衣插上耳机，用手机看起了《忠臣藏》。她想通过讲讲观后感，和爸爸好好聊聊。不论公司还是家庭都有这么多必须要解决的问题……结衣感觉胃都很痛。

"哦！你在看《忠臣藏》啊！"饺子大叔凑了过来，"你看的这版是谁演大石内藏助？"

"谁？《忠臣藏》难道还有那么多版电影吗？"

"当然啊，简直多如繁星。哦，你这版是长谷川一夫，经典版本。"

结衣不禁感慨——上了年纪的男性果真都爱看《忠臣藏》啊。

"这种改编的东西不能信哦！"爱吃辣大叔插嘴道。

"忠臣藏的故事太偏袒赤穗藩啦。其实赤穗事件是应该理性看待的，这才是当下常识。我可是个纯粹的史实派！"

这么说来，父亲确实也提到过，忠臣藏的故事里有很多地方是编纂的。

"不过，浅野在工作场所砍伤吉良，这件事属于史实吧？"

"虽然是史实，但问题出在动机上。"

明明是夏天，爱吃辣大叔却依然在点火锅吃。

"浅野这个人呢，貌似是个非常易怒的家伙，所以现在很多说法都认为吉良并没什么错。"

"那吉良的职权骚扰[1]呢？"

"没有没有，根本就没有那方面的证据啦。吉良这个人其实可能是个好人欸。"

---

[1] 根据日本厚生劳动省的定义，职权骚扰指，凭借自身地位、专业知识，以及人际关系等职场优势，在正常的业务范围之外，给人造成精神和肉体痛苦，恶化职场环境的行为，包括施暴等身体攻击、威胁等精神攻击、过度要求、干涉个人隐私等。

"但是，在工作场所吵架不是应该各打五十大板吗？为什么只有吉良没受处罚呢？"

饺子大叔激动地质问爱吃辣大叔。

"所以我才说，忠臣藏太偏袒赤穗藩了啊。在廊下拔刀就是要受严惩。所以只有浅野切腹也是理所当然啊。毕竟吉良根本就没拔刀呢。"

其实，结衣一开始看这部片子的时候也是这么想的，就算有什么"宿怨"，在职场上突然拔刀也是不对的。

"越是平时看上去很老实的人，突然发起火来才越恐怖呢。结衣也要小心这种人哦。"

听完了大叔们的一番话再去看《忠臣藏》，结衣对整部影片的印象都产生了变化。

收到朝廷命令，负责接待天皇御使的浅野内匠头向负责指导工作的吉良上野介请教。但是吉良却拒绝教他，只说："没有一步一步地去指导，你也应该知道怎么办。"

这一幕本来应该使人对吉良的坏心眼产生厌恶。可是在经历了野泽事件之后，结衣又有了新的想法，这个浅野，或许并不会用自己的头脑去主动思考。

而且，吉良还对那些拼命想要守卫主君的赤穗藩家臣们说过："浅野大人整日被你们这群乡下武士围着，也很辛劳啊。"

结衣意识到，自己也对那个拼命想保护女儿的野泽母亲说了类似的话——

"在我看来，您这样的所谓保护其实是在折磨女儿。"

或许，结衣自己也很不甘心吧。

结衣也想像野泽母亲说的那样，不去顺从 Force，将准时下班贯彻到底。可是，这种事却很难做到。她因为烦心这件事，就暴露了自己的情绪。

Force 的员工们，或许也是一样的。公司明明采取的是裁量劳动制，可是却不让他们自己去"裁量"，大家一定都很不甘心吧。所以才会对结衣产生敌意，并一味地向晃太郎索取过度的忠诚心。

要将 Force 的员工们从无尽的加班中解放出来，要制止职权骚扰行为，还要赢得竞标。

什么样的策略能够从天而降，解决所有问题呢？不可能吧……怎么会呢……结衣一边这样想着，一边环视店内。此时大叔们的对话在结衣耳边响起。

"我喜欢那一段！就是吉良看上了浅野夫人，想要强抢武家的贞淑之妻。看得人又紧张又兴奋。"

"人到中年也没啥夫妻温存可言了，所以就会变得像青春期时那样追求刺激呢。"

结衣突然想起了那个年龄都能做樱宫爸爸的 Force

董事喊着"彩奈当然是女人了",不由得又是一阵恶寒。此时,大叔们突然都不作声了。结衣一脸疑惑,却看到王丹走过来把啤酒杯放到桌上,面无表情地看了一眼大叔们,然后离开了。

"还以为又要被冰镐扎了!"大叔们抚着胸口舒了口气。

对哦。这家店是决不允许谈论这种话题的。

王丹以前住在上海,那边的环境是女性要比男性更强势,所以王丹决不允许客人发表男尊女卑的意见。常客们也会非常注意,尽量避免谈及性骚扰相关的话题。

结衣喝起了啤酒。白色泡沫热烈地奔涌向喉间。就在那一瞬,灵光乍现。

有啊!能够解决所有问题的策略,当然有的!

结衣三口两口快速扒完那份青椒肉丝饭,立即给晃太郎打了电话。

"辛苦了,我希望能和恐龙……不是,是和委托方那边的宣传部部长联系一下。"

"现在吗?而且还是突然联系对方部长?"晃太郎的语气有些吃惊。于是结衣便将自己的想法告诉了他。

虽然是她刚刚想到的点子,不过在和晃太郎陈述的过程中,整个策略在她心里也逐渐清晰起来。

"如果这个提案能通过，那我们就不用对他们言听计从了……我是这样想的。"

光是赢下案子是不行的。那并不能成为业绩。如果不能一直平稳推进到交付日、不能给运营部门的员工一个安全的常驻环境，他们仍旧无法获得公司内部的表彰……结衣把这些也都统统说了出来。

晃太郎苦恼了片刻后回答"我知道了"，然后又补充道："但是，你不能一个人去。"

电话挂断后，结衣没有喝掉剩下的啤酒，而是一直在等。五分钟后晃太郎发来一条消息："三十分钟后竹桥站集合。"

到了 Force 之后，结衣和晃太郎在那个滚动播放公司简介影像的大厅等待。大概听了十次激昂无比的金属乐和"为司尽忠！死而后已！"的大吼声之后，恐龙男终于出现了。

他看了一眼结衣，有些吃惊地问："我听说你每天都要准时下班的啊。"看着对方那个庞大的身躯和冷淡的表情，结衣突然感觉有些胆怯。可是眼下决不能逃！

"是的。"结衣站起身，"但是今晚无论如何都得和您见一面。"

"要是想问竞标的事，那结果还没出来呢。我们一整天都在应对投诉，根本没那个时间。"

"是贵司白天发布的那篇道歉信吧？我在新闻上看到了。请问，那是贵司高层的意见，还是宣传部部长您的想法呢？"

"是高层的意见。"恐龙男的脸颊抽动了一下，回答她。

果然如此！想到这里，结衣又问："那么，如果我们有办法平息这一事件的话，您愿意和我们聊聊吗？"

恐龙男沉默了片刻后，简短地说："那就听听吧。"

"就贵司在道歉信中提到的新广告的制作方面再做一个补充发表，您看如何？"

结衣感觉到坐在她身边的晃太郎紧张了起来。她继续说："就写：我们将以新一轮网络广告的制作及公开为契机，起用以女性为中心的网络架构团队，处理我们的网络相关业务。"

恐龙男无动于衷地反问："这种司空见惯的把戏，能平息这场风波吗？"

"不，光是这些当然不够。还要再加上：其中的核心女性并不年轻，也不顺从，更不可爱。哈，这么说感觉好像有点语病。不过请写上：这位主管呢，对性别歧

136

视问题十分在意，体脂肪率高达百分之二十八。"

"你这是在说自己啊。"恐龙男道。

"我可没这么说哦。其实我这个人属于过于顺从的类型，反而会惹人担心呢。"

晃太郎在她身边小声叹了口气，估计是在想：提这个干吗呢？

"你的意思是，要我让贵司赢得这次竞标，对吗？"恐龙男的眼神变得锐利起来。

"我也没有这么说。不过呢……"结衣从公文包中取出公司简介，摆到恐龙男面前。这是她拜托晃太郎在公司打印出来的资料。

"敝司和网络视频公司也有合作关系，如果我们拿到这个案子，也能拜托合作公司负责制作一个不会引发网暴的广告。您看如何呢？这样既能防止贵司的市场占有率进一步缩小，也能帮助员工们从应付投诉的超时劳动中解放出来，而且还能吸引一些对贵司的灵活应对产生好感的新客户。这样一来，敝司也能获取更多的预算。这算是一箭三雕，不，是四雕了，您看如何？"

然而，恐龙男依旧沉默不语。接下来才是关键。

按照和晃太郎商量好的步骤，到这一步时——

"我反对。"晃太郎说道，"你这种荒唐的提议，

Force 怎么可能接受呢？请想也忘记她说的这些话吧。快，我们还是回去吧。"

究竟怎么做才是真的为公司着想，这时候，由 Force 的员工自行判断才可以。

虽然那位"研究员"说，就算是把工作在第一线的员工拉进来也是徒劳，但结衣并不这么想。

如果 Force 的员工们无法遵循自己的意志，去说服那位高层，那么这家公司的根本性质就无法改变。以后，他们仍会强行要求外包公司去顺从他们的工作模式。

恐龙男的表情仍是毫无变化，他说："为什么要对我说这些？"

结衣咽了咽口水，额头的伤疤又隐隐有些痛，但她没有丝毫犹豫，立即回答："宣传部部长之所以不让我进会议室，并不是为了把我排挤在外，而是为了提高敝司赢得这次竞标的概率，所以才这样做的吧。我想，您大概也觉得维持眼下的守旧体制是不行的，是不是？"

恐龙男仍旧沉默着。

正在此时，那阵金属重低音响了起来，紧接着又是一阵"为司尽忠！死而后已！"的狂吼。

在此定胜负吧！结衣紧盯着恐龙男的双眼，道：

"就算是上司，也应知错就改，救公司于水火。这才是真正的忠诚，不是吗？"

恐龙男仍未回答。片刻后，他将目光转向了晃太郎。

"我也打过棒球。"他露出大大的牙齿说，"如今，我还会次次不落地观看甲子园和大学棒球赛。所以，十四年前种田选手突然离开棒球场的事，我至今记忆犹新。你还做球员时候的报道我也都读过。像你这样优秀的棒球手，为什么没有选择成为职业球手呢？"

"我在最后一场比赛时打伤了肩膀。"晃太郎一如既往地这样解释道。

"也可以打业余棒球，或者进棒球俱乐部的吧？有很多选择不是吗？"

晃太郎苦笑了一声，不再作声。

恐龙男也没有再追问下去，只是说了一句："我们这也算是有某种缘分吧。"

直到挤进了竹桥站人满为患的地铁车厢，晃太郎都没有说话。他只是站在结衣面前护着她，空出一定的空间来，不让她被人群挤到。

"那个宣传部部长……"晃太郎的声音在结衣头顶响起，"今天早上我做发表的时候，他也在一边不时地替我说话。所以刚才的提案，他也一定会和高层讲的……干得真漂亮。"

过了一会儿，结衣才反应过来，晃太郎是在夸奖她。

"你还真能和那样的人平等对话啊，我就做不到。"

晃太郎的胸膛近在咫尺，结衣能够闻到那种令人怀念的温暖味道。

"我得在这站换乘了。"结衣说，"明天公司见喽。"

要是能邀请晃太郎一起去喝一杯，该多好啊。可是她说不出口。

背后那一侧的车门打开了，结衣下了车。她其实还想再和晃太郎多说几句的。正在这时，晃太郎喊了一声。

"结衣。"

她转过身，看到晃太郎从车子里稍稍欠出身子。

"只要我们两个人联手努力，这个案子一定能拿到预料之外的好成绩！"

这个深爱着工作的男人，露出仿佛已经赢得胜利一般的笑容。

"这样，结衣就能正大光明地准时下班了！"

结衣这才发现，自己被夸奖后一直在笑。她用力地点了点头。

"晃太郎，谢谢你陪我一起，谢谢你肯做我的挡箭牌。"

这句真心话，结衣今天总算说出了口。

晃太郎为什么愿意做自己的挡箭牌呢？

这个男人明明很少准时下班，难道真的会打心底里想去阻止公司采用裁量劳动制吗？结衣觉得不大可能。还是说，他一心想要救社长于水火？还是……单纯为了顺从石黑？

难不成，是为了我？

难道他是觉得要对结衣当时受的伤负责，所以想保护她，让她免受伤害？但结衣又觉得这样想的话有点太自作多情了。就这样思前想后，结衣走出了站台的检票口，向家的方向走去。此时，她突然注意到一根巨大的柱子背后倚着一个人。

那儿站着的竟然是心烦意乱的野泽。

"欸，怎么了？发生什么事了？你一直在这儿等着我吗？"

野泽该不会被逼急了，要在这儿对她拔刀吧？结衣不由得有些退缩。

"我有事要对东山小姐汇报。"野泽的眼神十分严肃。

"刚刚，我有生以来第一次忤逆了我妈妈。我把想说的话全说出来了——希望取消门禁，希望能偶尔和同事一起出去吃饭；要是一直对妈妈言听计从，我将来也一定会变成对上司和客户言听计从的人。我是这样对妈妈讲的。"

"是吗？"结衣吃惊之余频频点头，"你很厉害了，能把这些都说出口。"

想要违抗父母所制定的生活方式真的很难。结衣在这方面也是吃尽了苦头的。

"我也想好近期目标了。"野泽又说，"我要赚大钱。"

"欸？"结衣反问，"赚大钱？"

"我想在漫展上尽情地买买买。想要做到这一点，必须要钱，要赚大钱呀！"

"虽然我不是非常听得懂，但这就是野泽的近期目标了，对吗？"

"没错！"野泽精神饱满地回答。

"这样哦，我明白了！我的近期目标也是尽快搬出老家呢，那我们就一起加油赚钱吧！"

听结衣这样讲，野泽露出了灿烂的笑容。她对结衣鞠了一躬，转身进了检票口。

结衣目送着野泽的背影，不由得也笑了起来。赚大钱哦。这么写的话贱岳一定又会发火：近期目标写这个，怎么做得到啊！

不过，那么侃侃而谈的野泽，还是第一次见呢。结衣的心底不由得涌起一阵期待。

哪个新员工都有家人，都会有人担心他们在新的公司做得好不好、有没有挨欺负。父母将心爱的子女托付给了公司，作为上司，结衣深感责任重大。不过，教育新人真是一件很有成就感的事呀。结衣回家的步伐也不由得轻快了起来。

然而，刚走进客厅，她就发现父亲还在看《忠臣藏》。结衣的心情瞬间灰暗了下去。今天他看的是由森繁久弥饰演吉良的电视剧版本。

结衣想尽量从比较愉快的话题谈起，于是说："对了，之前那个案子，不用搞得那么剑拔弩张就顺利推进了哦。"紧接着她将今天早上的招标会和刚才的提案都一五一十地讲了出来。

可是父亲听着听着表情却愈发不悦起来，听到后来，他干脆站起身。

"呵，晃太郎还是太不成熟了。急着想赢，所以根本没有冷静下来掌握好全局。"

结衣被狠狠泼了桶凉水，很不开心地反问："什么意思？"

"公司就是属于男人的，就算女人耍点小聪明也改变不了。搞不好可是要倒大霉的。"

"说什么呢？干吗表情这么可怕。"

"你呀，《忠臣藏》好好看过了吗？"

"已经看到那个松之廊下事件了。可是，《忠臣藏》也并没有遵循史实不是吗？"

"那你说，为什么这三百多年来，日本人会这么狂热地推崇这部作品？你稍微动脑子想想啊。我呀，也是为了保卫家庭一直忍耐了很多事的呢。"

你说的那些和我说的这些有啥关系？可是，父亲的那句"搞不好可是要倒大霉的"，却深深刺痛了结衣。

不论是结衣还是晃太郎，都相信只要让恐龙男动心，就能撬动董事的意志。所以他们目前的心态是很乐观的。那个董事毕竟也是商务人士，他最终应该会做出利于公司的判断的。

可是，结衣这样想，难道太天真了？

"区区乡下武士！"

结衣听到了吉良的牢骚声。

父亲又接着开始看《忠臣藏》了。吉良不断逼迫浅野接受无理的长时间劳动，而且还拼命愚弄他，迫使他拔刀相向。

"如此一来你只能切腹，你家会被抄，你要是真的有这样的觉悟，那就来砍我吧。"

这些都是杜撰。这一幕在历史上并未发生过。没有证据证明吉良职权骚扰了浅野——爱吃辣大叔是这么说的。他还说：吉良说不定是个好人呢。

然而，即便史实如此，受父亲那番话的影响，结衣也开始动摇了。隔着手机的屏幕，画面里那个年老的武士正紧盯着结衣。他眼睑下垂，仿佛在问结衣：

你做好斩杀我的觉悟了吗？

第三章

高规格留学生

结衣和晃太郎拜访过恐龙男的第二天，Force 公布了网络广告制作的新信息。

　　"Force 即将重获新生。为拓展电子市场，我们准备起用女性高管，尊重多样的表达形式，并着手积极促进意识革新。此外，为了让对运动望而却步的人也能享受运动的乐趣，我们已经在进行新商品的开发工作了。"

　　开早会时结衣读到了这段报道，不由得松了口气。因为前一晚父亲说的那句"搞不好可是要倒大霉的"，结衣一直紧张得不得了。不过看上去恐龙男已经成功说服了 Force 的董事。

　　"看来，想要重生就必须要先死一次啊！"

甘露寺抱着双臂，大言不惭地说道。

"那么，武士三人组真的做好了切腹的准备了吗？"

"甘露寺，我看你也切次腹重生一下吧，我愿意做你的介错人哦。"

"哦呵呵呵，种田氏，不劳您费心。在下还是十分爱惜自己的。"

晃太郎压住了他的手臂。一眼就能看到他胳膊上缠着绷带。估计是为了防止伸手挠疹子吧。

"这是东山小姐的点子吧？"大森改了个话题，"对手团队应该全是男性，所以情况对我们非常有利。这次我们应该能胜过业界第一的 Basic 了。"

"完成上半期的目标——一亿五千万！这样也能照顾到运营部。"

晃太郎的这句话仿佛是在对他自己讲。

"网络广告的制作如果也能委托给我们，那这次的最佳团队奖就势在必得了！"

"种田先生去年就拿了 MVP 是吧？"贱岳表情复杂地问道，"这次可能会拿下个人加团队双料冠军呢。种田先生才刚被挖角过来，就能做得这么优秀，真是比不了啊。"

"不，我觉得应该不会啦。公司也要注重奖赏平衡的。"

晃太郎虽是如此回答，但是看他那锐利的双眼，估计就是奔着双料冠军去的吧，结衣这样想着。想成为结衣的挡箭牌，或许是源自他对结衣的那份愧疚感。

不过，与此同时，他的自尊心也非常强。完美完成上面指派的任务、夺回工作能人的称号，这方面的愿望同样也很强烈。

"种田先生一定能赢的！"樱宫双手合十，一副祈祷的模样，"我相信种田先生！"

结衣本想点头赞同樱宫，但是父亲那句话突然像过电一样划过她的大脑。

——晃太郎还是太不成熟了。急着想赢，所以根本没有冷静下来掌握好全局。

结衣碰了一下手机的屏幕，画面闪现出一张专辑的封面。上面是一个身穿消防衣服的男人。

结衣抬起头，正碰上晃太郎的视线。他表情有些惊讶，似乎不明白结衣为什么不认同樱宫的说法。他仿佛在问："昨天晚上我们两个人之间那种胜利的喜悦和命运共同体的感觉都跑哪儿去了？"

"总之，接下来就是等待 Force 的联系了。我们一定能赢的！"

大森胸有成竹地总结道。散会后，野泽出现在结衣身边。

"我今天也一定会好好表现的！"

她一脸沉迷地张望被逼着去擦白板、动作迟缓的甘露寺，以及站在他身后当监工的晃太郎。

"如果我们得了最佳团队奖，就能多拿奖金对吧！而且个人的绩效也会涨对吧？我也想尽快把工作上的技巧都学到手，多做贡献！然后赚钱赚钱！"

奖金这种东西，基本拿到之后就直接用来搞庆祝会了。进公司第一年的绩效奖金也是杯水车薪。就算拿了最佳团队奖，也不会反映在个人的绩效里。虽是如此，但是下定决心要按自己的想法而活的野泽看上去真的很有朝气。

人是会变的。Force不是也能改变吗？结衣相信自己的判断。

父亲一定是过于走极端了，毕竟他自己已经不再工作了。他虽然说着"公司就是属于男人的"，可事实上，恐龙男还是接受了结衣的提案啊。

"我还真不知道，东山小姐竟然喜欢《忠臣藏》呢。"

结衣侧过脸，看到身边站着的那个四肢修长的男青年。他黑发剪得短短的，一对鲜明的黑色眉毛下面，是一双惹人亲近的明亮双眸。

他是来自越南的留学生包顾恩，二十三岁。他在日本的大学院里学习电脑工程。在校期间他和人事部门申请了三个月的实习。人事也提醒结衣他们，要好好培养，尽量保证顾恩毕业后能留在公司。

"顾恩才是欸，你竟然知道《忠臣藏》呀？"

"是！其实我本来就是因为在视频网站看了日本时代剧，才开始学日语的。尤其是《忠臣藏》，能够帮助我理解日本人的精神内涵。忠臣藏有好多相关的电影，而且也有同题材的歌舞伎、净琉璃、落语……还有歌谣曲，名字是《三波春夫的大忠臣藏》。"

顾恩指了指结衣的手机。他真的很了解这些。她手机上的那张专辑封面，就是扮演身穿消防服的大石、摆出复仇那一幕经典造型的一位过去的歌手。

"用'苹果音乐'去搜索的话，这张专辑排在第一位。"

父亲要求她看的电影才看了一半。结衣总也抽不出时间来看，所以就在公司一边工作，一边寻找相关音乐来听。毕竟，父亲那句"为什么这三百多年来，日本人会这么狂热地推崇这部作品？你稍微动脑子想想啊"引发了她的关注。

"那可真是一出杰作啊。连讲谈、浪曲都会有这段故事呢。歌唱忠臣藏的三波春夫是个天才！在田村家切腹自尽的那首浅野辞世曲，充分体现了田村的惋惜之情，我都不知哭了多少回……"

"我还没看到那部分，但是松之廊下那段倒是反复看了好多次……"

听罢结衣的话，顾恩静静点了点头，然后朗声高歌："拔出此刀时，便将死生悬于一线。"

他唱的就是有名的松之廊下事件。浅野无法再忍受无尽的工作和变本加厉的愚弄，最终对吉良挥刀斩去。结衣也忍不住和顾恩一起高歌起来。

"千代田城郭幽幽，啊啊松之廊下，花儿含恨总被风吹去……"

"你干什么呢！顾恩！"一个恼火的声音响起来，原来吾妻正站在门口向里看，"我要求你写给客户的那份敬呈委托书，你写了没有啊？"吾妻的语气有些颐指气使。

"那个，我们这边委托别人的话，应该不需要又'敬'又'呈'的吧？不然从语法角度来看也太奇怪了。"

"我凭什么要你教？你口气也太大了！"

吾妻说完便走开了。顾恩有些困惑地看着结衣。

"我只是发表一下疑问而已啊。"

"你说得没错啦。"可是，吾妻应该觉得顾恩是在嘲讽他吧。"不用加上'敬呈'就可以。不过因为一些公司习惯了加上这两个字，所以比较难解释啦。"

顾恩的两条黑眉毛挤到了一起。

"我能和您谈谈吗？"他问。

"现在吗？"前一天的招标会以及和野泽母亲的面谈花去了她不少的工作时间。所以她希望能把时间花在解决案子上。不过……关怀实习生也很重要……结衣犹豫了片刻，决定自己把焦虑消化掉。

"好呀，你说吧。是遇到什么困难了吗？"

顾恩张开嘴巴刚要说话，可不巧，原本应该去参加其他会议的晃太郎却突然折返。"Force那边紧急联系我们过去一趟。"

"虽说是告知竞标结果，但倘若真是如此，就应该由一直以来的那三个人联系啊。"晃太郎盯着桌子的一角道，"可为什么这次却是要见宣传部部长，而且还是直接面见？"

"是想就昨天提案的事情再做一下补充说明吗？……但是他明明还有其他工作要做的呀。"

结衣看了一眼手机。雅虎新闻的快报栏里并未出现

Force 的字眼。看来有必要好好分析一下，Force 这家公司所受的创伤究竟恢复了几成。

"我说了可以我一个人去，但是对方却说一定要和东山小姐一块儿过去。"

"哦？我知道了。"结衣转头面对顾恩，"你还没去见过客户吧？这次也是个好机会，一起来吗？路上我们可以聊聊你想说的话。吾妻那边我来跟他说。"

因为顾恩的职业计划是做技术工程师，所以就由吾妻来指导他工作。结衣和晃太郎商量之后，觉得顾恩的沟通能力这么强，即便是吾妻应该也能相处得还不错吧，所以就决定由吾妻来教育他了。

可是，几个人在地铁里摇摇晃晃的时候，顾恩却说："吾妻先生似乎非常讨厌我。"

"吾妻对谁都是那种态度啦。再说，没有人会讨厌你的。你又懂礼貌，工作方面也很努力，而且理解能力还那么强。"

结衣说到这儿，突然想起了甘露寺。明明都是日本人，和甘露寺却简直无法沟通。想到这儿结衣又是一阵胃疼。出门之前她有交代甘露寺把商谈会议的记录再誊写一遍，但是如果没人看着，他很可能就偷懒打盹去了。

"东山小姐，我希望将来入职了这家公司，下班后能去一个正创业的朋友那里工作。可是，吾妻先生说，人应该为了一家公司奉献自己，绝不该有二心。"

"二心……这说法……咱们又不是武士。而且我们公司并不会约束员工搞副业。"

社长之所以制定了"每月加班总量不可超过二十小时"的目标，也是出于担心长时间劳动过后的员工眼界和思维会变狭窄。尤其是这些属于核心角色的技术工程师，公司更是从今年春季开始设立了奖励机制，鼓励他们积极走出去，学习新的技术。

"毕竟，那是吾妻嘛。"晃太郎说，"就前一阵子，我不帮他善后他都没办法完成自己分内的工作啊。所以他根本不可能拿到公司给的副业奖励金吧。"

"这么说的话，让顾恩去其他公司多多积累经验，不是才更好吗？"

"一般人都不乐意看到后来者居上吧？这和东山小姐这种擅长借力的人有本质不同啦。"

"那至少下了班去喝个酒扩充一下人脉喽，像我这样。"

"你的人脉不是只有一帮喝得醉醺醺的大爷吗？"

为了缓解前去 Force 的紧张感，结衣和晃太郎便下意识地开始互相调侃起来。

"吾妻先生对我说：'你这家伙根本不像日本的员工。'"顾恩垂下了头。

"日本的员工，是吗？"结衣下意识皱起眉，"……他指的是什么样的员工？"

"总之他说能受上司喜欢才是最重要的……樱宫小姐也是这么说的：女孩子做不好工作才比较容易受宠爱。我实在是理解不了。日本不是少子化吗？所以年轻劳动力不足，对吧？接下来，人还会越来越少的。我觉得这种事不分国籍性别，只要工作能力差，国力就会相应地越来越差，不是吗？"

"你说得很对。"晃太郎一脸严肃地说，"不管男人还是女人，只要工作能力差，这种部下我就不要。"

"私生活上可不是这个原则了。"结衣小声嘀咕。

晃太郎瞪了结衣一眼，又对顾恩说："吾妻的话你无视就好。"

一行人走出竹桥站，被猛烈的阳光照射着。皇居树林的绿叶仍旧青翠欲滴，但气温已达夏日的酷热。顾恩一边走着，一边回头看着皇居，不停感慨：

"啊呀，这就是千代田城吗！"

"那片矮石墙背后，就是松之廊下吧。从正宫大殿的大厅，到面见将军的白书院，之间有五十米左右的距离。这条走廊非常豪华，有无数绘着松树与千鸟的拉门。哎呀，真想穿越时空，现场看看当年浅野和吉良之间究竟发生了什么！"

"松之廊下，是说《忠臣藏》吗？"

晃太郎丝毫无惧阳光照射，走得飞快。结衣一边拼命追赶他，一边说：

"据真实历史记载，吉良似乎没有职权骚扰过浅野，是吧？"

"除了赤穗藩家臣的笔记外，似乎再无职权骚扰的相关记录了。所以现在大多倾向于没有职权骚扰。不过，也有可能是当时没人敢写什么对吉良不利的内容吧。毕竟吉良是将军的亲戚呢。"

"不过，突然去砍那样一个身居高位的人，浅野也有点太冒失了吧。"

"毕竟浅野身为武士，有着身为武士的尊严嘛。"

"你们俩从刚才开始就在聊什么呢？"晃太郎一脸不悦地问。

反应过来时，结衣发现他们已经走到了 Force 的大楼前。晃太郎去前台办理访问手续时，顾恩一直紧盯着前台背后的那堵墙。那儿装饰着黑色武士帽的标志。

"日本的运动员似乎都很爱自称武士呢。不过这个标志是参考了哪个时代的武士呢？只看头盔部分的话，比较像战国时代。"

"啊，是欸，但是这家公司的风格又是严禁以下克上的。"

"那就是江户时代喽。总之是元禄以后。"

稍等一会儿后，恐龙男便走了出来，他请结衣一行人落座大厅沙发，开门见山道：

"总计五家公司参与了招标会，最终是贵司拔得头筹。"

结衣紧握拳头，小小地摆了一个胜利的手势。晃太郎也激动地要站起来。然而，恐龙男却伸出手让他们稍等。

"不过，还剩一家公司。"

"是 Basic？"晃太郎仍保持着正要起身的动作。

"没错，贵司还要和 Basic 最终决斗。我很感谢东山小姐。多亏她，这次网络骂战总算平息了下来，不至于闹到要董事们召开道歉会的程度。所以，下一次竞标，我们想让 Basic 准备一套和贵司同类的方案。"

也就是说，要看提案内容来定胜负？要准备新的讲解报告需要耗费大量的时间，眼下自己的日程表已经塞得满满当当了，真不知还有什么空再做报告。结衣内心沉重起来。而晃太郎只简短回答："明白了。"

"虽然 Basic 要对网络暴力这件事承担责任，"恐龙男说，"但他们毕竟是现行承包商。所以一部分不想再增加业务量的同事还是很支持 Basic 的。那边业务部的男性职员也深得我们高层的喜爱。但是，我还是希望能通过我们自己来改革公司体制，并真正地平息这场风波。贵司如果要趁机夺取机会，就应该抓住这一点。"

把一同参加竞标的公司信息透露给它的对手，这么做显然有违道义，但是这位宣传部部长却尽可能多地透露了一些信息。结衣正疑惑他为什么要这样做，只见恐龙男将宽大的双手交握在膝上，向着晃太郎的方向探出身子。

"但是呢……我们那位高层非常厌恶东山小姐。可以说到了憎恶的地步。"

晃太郎的眉毛又皱了起来。

"可是，您刚刚说，多亏了东山小姐，贵司才不至于召开道歉会……"

"种田先生，我想您一定明白的，在体育会系的世界里，上下关系就是全部。三年级学生就是神，二年级是人，一年级是奴隶；球队的女经理连冷板凳都没资格坐。我们都是受了这样的教育长大的。可以说早就被洗脑得深入骨髓了，对吧？"

晃太郎只回答了一句："嗯，您这样说也没错。"他点了点头，盯着恐龙男的表情十分谨慎。

"幸运的是，我在读大学的时候遇到了一位彻底否定这种教育的指导者。他告诉我，如果一直在接受不合理的训练，人的能力到达一定程度后就无法再进步了。实际上，国外那些非常活跃的职业运动员，会根据自己的判断去进行选择，只要他们自己认为有必要，甚至会违抗教练的指令。毕竟胜利才是最重要的，对吧？"

恐龙男在征求晃太郎的同意。晃太郎犹豫片刻后，回答："是的。"

"然而，Force 时至今日仍然保持着最为传统老套的体育会系规矩。不论有多么不合理，只要接到命令就必须遵从。每个社员本身没有任何裁夺资格。这就是敝司高层的想法。"

"也就是说，由承包方，而且是一位女性员工提出意见，贵司高层从本质上就无法接受，是这样吗？"

听结衣这样讲后，恐龙男点了点头。

"我来这家公司至今已有十年了，从入职那天起，我就努力想要从内部去改变公司性质，但总是事与愿违……最终，不论高层还是底层，都回到了他们最习惯的那种传统的上下关系之中。然而，不去修正高层的错误，只靠底层的长时间劳动去坚持，这样会产生前所未有的巨大压力。这种压力还会再度向下，也就是向承包商施压。"

恐龙男看了看脸色愈来愈僵的晃太郎，随即将视线转回到他们公司的那枚改造成现代风格的黑色头盔标志上，接着说："但是，这次倘若不去进行一次彻底的革新，Force 就会彻底垮掉。所以我是强压下了高层的反对意见，在今早举办了那场发布会。结果我的宣传部部长一职已经被拿掉了，下个月开始我将接受调职。"

结衣一时语塞。父亲的那句"搞不好可是要倒大霉的"再次回荡在她耳边。

"这并不是东山小姐的错。我只是在用自己的方式向公司尽忠罢了。仅此而已。"

"为司尽忠！死而后已！"嘶吼声再次回荡在大厅。这些身穿黑色武士魂"铠甲"的人，他们口中的"尽忠"，究竟是为了什么？结衣感觉脚下一阵不稳。

晃太郎沉默地望着自己摆在膝头的双手。

恐龙男有些忧郁地望着晃太郎，然后突然用仿佛在和后辈讲话一般的口吻问："想赢吗？"

晃太郎有些惊慌地抬起眼，才反应过来对方是在问自己。他忙回答："是的！当然想赢。下一次我们一定会在招标会上提出更好的方案。"

"Basic 声称自己已经组建了一个全部是女性成员的团队。"

恐龙男这次将目光投向结衣，说道："刚才他们业务部门的人带着组员们来过了。那些女性成员看上去全都是刚刚入职、还不太熟悉工作的类型。看来 Basic 真的很会抓我们公司董事们的喜好啊。"

"这……"结衣再次哽住。

表面上装出一副展示多样性的模样，其实是把冷板凳都没资格坐的社团女经理祭出来了。樱宫去年还在 Basic 的业务部门工作。她可能也被编进了这种队伍里吧。

"只有形式上符合了让女性管理层也参与进来的说辞，但其实这些女性仍旧只能做后援。负责业务报告的全是男人。一开始参与竞标的时候也是一样。年轻的女性只用来做接待专员。我能告诉你们的就是这些了，祝你们成功。"

身形壮硕的恐龙男离开后，大厅陷入寂静。这时顾恩开口道："网络业界也要搞接待应酬吗？是要在工作时间之外去接待吗？接待专员是什么意思呢？该不会还要强求性服务吧？"

结衣觉得一定要认真回答这位远渡重洋而来的外国男性，于是她说："首先，我们这一行很少会有接待应酬的。我们公司基本不会这么做。我也从没做过这种事。"

"为了逢迎客户，Basic什么都做得出来。但是我们只会在遵从社长方针、不用接待应酬这种手段的情况下，去赢得胜利。"

听到晃太郎也这样讲，顾恩似乎松了口气，但他接下来的话却又让结衣心情沉重了下来。

"就是要贯彻公司自己的武士道精神，对吧？"

在《忠臣藏》里，浅野内匠头就是坚持贯彻武士道精神，所以才没有去贿赂吉良。也正因如此才遭受记恨，被迫长时间工作，还受到各种侮辱。最终他对吉良挥刀相向。然而，他挥出的刀又被当时在场的梶川与惣兵卫拦下，于是带着遗恨失败了。这就是松之廊下那场争执的始末。

不，其实没有职权霸凌，只是因为浅野这个人性格比较易怒罢了。

出了 Force 的大楼，一行人向着平川门走去。正在此时，有个员工在他们身后喊着"东山小姐"追了上来。

"宣传部部长被调职了，您听说了吗？"

是招标会那天和结衣搭话的"研究员"。他也给晃太郎递了一张印有"研发部"几个字的名片，然后带着结衣一行人走向远离公司的一片地方。

"那位宣传部部长的手法很高明，当时成功将武士魂推上了热门经典，可以说是 Force 成长过程中的一大领军人物。年轻员工现在都很慌张，没想到如此重要的人物只要稍做反抗也会落得那般下场。"

结衣低下了头。是自己把宣传部部长害了。

"我还是想说，我真的非常希望贵司能赢得这次竞标。如果能有您这样一位准时下班的女性主管坐镇，Force 一定会获得新生的。说不定连不被看好的功能改善业务也会获得批准。"

晃太郎一脸认真地回答"研究员"道："我们明白您的想法了。不过，她也有很多项目要做。"

晃太郎是什么意思？难道想要第二次将结衣踢出这个案子吗？

"那请您务必优先考虑敝司的案子。""研究员"再次对结衣重申后便离开了。

"那个人就是给我们提供情报的员工？"

晃太郎盯着那个人走远的背影问道，见结衣点头，他面露不悦之色。

"那个宣传部部长，还有刚才这个'研究员'，他们为什么都非要挑唆你出头啊？"

"因为只凭他们自己的力量，很难违抗高层吧。"

听到结衣这样讲，顾恩的神色再次暗淡下来。

"我一直觉得日本是先进国家，那种不合理的社会规则只存在于时代剧中。我真的能在日本工作吗？"

他的视线落在眼前的东京奥运会海报上。为了招待大量涌入的外国客人，最近的公共设施增加了不少英语和中文的招牌。结衣想起了恐龙男说的那句话："国外那些非常活跃的职业运动员，只要他们自己认为有必要，甚至会违抗教练的指令。"

于是她回答顾恩："我们公司不一样。如果你觉得哪些地方不合理，可以直说。如果想要准时下班，想要经营副业，也完全可以。我们会努力让这样的公司环境持续下去的。"

"那是什么意思？"顾恩又问。但是结衣和晃太郎都没有回答他。

因为再这么下去，我们公司也有可能改成裁量劳动制。这句话，他们都说不出口。

回到公司后，他们马上开了个会。从晃太郎口中听闻Basic的战略之后，大森咬着嘴唇。"这不就是在向客户献媚吗？Basic这次负责业务的男性是谁？"

"不知道，其实我早想问了，这类消息难道不应该是你们业务部门去收集的吗？商谈会的时候也是……你们什么都没调查啊，工作能不能认真点！"

看到晃太郎牢骚不断，结衣道："之前巧……诹访先生告诉我说，负责业务工作的人姓风间。樱宫小姐认识他吗？"

大家的视线瞬间都落到了樱宫身上。她有些苦恼地笑笑，言辞含混地说："啊，知道。但是我们不是同一个小组，所以不太熟……真抱歉，我没能帮上忙。"

"这可伤脑筋了。东山小姐，你能不能再去问问诹访先生啊？"大森一脸快要哭出来的模样。

"啥？！"发出声音的是晃太郎，"诹访先生也是业务部门的吧！他不可能泄露对本公司不利的信息啊。拜托你们自己去调查！"

"可是，要是曾经有过婚约的人向他打听，他也有可能无意识说漏嘴啊。"大森仍不让步，"说不定诹访先生还对东山小姐余情未了……"

"不要不要。"结衣也摇着头，"我们是和平分手的。我不想再联系他了。"

但是，坐在她身边的来栖却说："就是，东山小姐肯定做不来那种色诱一样的事啦。"

结衣看他一副非常了解自己的模样，又忍不住有些恼火。

"我可没说我做不来。不就是套情报吗？我能做。但是我不会搞色诱一类的卑劣手段。我可是入司十年的老员工了，有的是更高级的办法。"

结衣当场拨通了巧的电话，对方立即接了起来。

"喂？结衣？怎么这个时候联系我，发生什么了？"巧的声音非常温柔。

"啊，这个，也没什么特别的，就是想随便聊聊啦……你最近怎么样呀？"

"我一直想联系你。"巧停顿了一下回答，"我真的很想你。"

"欸？"结衣有些慌张，她把手机凑到耳边，结果却碰到了扬声器。一阵手忙脚乱，竟怎么都无法将扬声器关掉。"啊……可是，我听说你正和三桥小姐交往啊。"

"我们已经分手了，"巧的声音在结衣耳畔隆隆作响，"我还是离不开结衣。"

大家都听着呢！快别聊这些了。晃太郎用嘴型提醒结衣。

"呃，不是，这个，怎么说呢，我们毕竟在竞争公司……"

"今天就想和你见面。地方就定在我们第一次约会的那家法国餐馆吧？我现在去预订晚上七点的座位。我会一直等你来的。那回见啦，也请替我向种田先生问声好。"

巧挂断了电话。温柔的声音还在结衣耳畔回荡，搞得她一时动弹不得。然后她突然想起自己还在工作——而且大家都听到了，于是她急忙挤出一个笑脸，把手机放了下来。

"不好意思，不知怎么回事，突然就聊起了私事，搞得没能找空打听关于风间的事情……"

"诹访先生可真不愧是头牌业务人员。"贱岳说，"他该不会是准备通过色诱来笼络结衣，反过来攫取我们这边的情报吧。"

"巧不是那种人啦。"结衣感觉到了晃太郎的视线，回答贱岳，"当然，我肯定是不会去的。搞外遇的男人怎么能再见呢？之后我会拒绝他的。不过巧……"

"你们真的已经分手了吗？"大森滑着手机，在脸书上搜索起了"诹访巧"三个字。这人倒是在这种时候找情报找得很积极。

画面上立即出现了诹访和三桥的合照。三桥举着食指上的订婚戒指面对镜头露出微笑。那枚戒指和结衣当时收到的一样，都是巧在他很青睐的一家经典品牌那里定做的。他们两个都已经发展到这个程度了吗？结衣一动不动地盯着屏幕出神。

"我可是阻止过你的欸。"来栖耸了耸肩说。

"对了，种田先生。"大森似乎突然想起来一般地说，"Force那边提出希望能在第二次竞标之前一起吃顿饭。我本来想拒绝……但是对方态度实在太强硬了。"

"为什么到现在才说？该不会是答应下来了吧？"

"我们公司的方针不是拒绝应酬接待的吗？"贱岳问。

"就只是吃顿饭而已啦。Force那位高管说，想好好犒劳东山小姐。的确，也是多亏有我们，Force才免去了开道歉会的下场。所以想款待一下我们也是合情合理的嘛。"

犒劳？晃太郎一脸惊诧地对大森说："不可能，那个董事可是极度厌恶东山小姐的。"

"不过，从公司的角度来说，对方应该还是想让我们公司胜出的吧？那岂不是应该早些见面更好？实际见到了东山小姐之后，对方一定会很喜欢她的呀。"

"可是，第二次竞标之前吃饭……这根本上是……喂甘露寺！不许睡！现在还在开会呢！"

"总之我们就乐观对待这件事吧？客户那边说明天有空，东山小姐有什么安排吗？"

估计大森是不愿意去打电话回绝 Force 吧，所以一副木已成舟的口吻。

"我忘拿记事本了……现在去取。"结衣说罢走出了会议室。

她听到晃太郎在身后说了一声："大家休息十分钟。"晃太郎其实一直都反对开会中途休息的。

就稍微逃离片刻吧。

结衣没有回到自己的工位上，而是去了逃生通道。石黑出差了，并不在公司，她也没人能商量。

逃生通道照射不到阳光，十分寒冷。结衣坐到地上，用双手捂住了脸。

这可真是一记出色的反杀啊。结衣想。

巧应该意识到了。身处敌方公司的前订婚对象，在两家公司准备对决的节骨眼上打来电话，目的就只有一个了。虽然自己一再强调不会搞什么色诱手段，可是……我大概就是在试图掩盖被出轨的不甘情绪吧。

或许，巧也一样心有不甘。他最后说"替我向种田先生问声好"，意思是不是在提醒结衣，你怎么能为了那个男人的业绩就来利用我？

因为你还没放弃啊。她想起之前父亲说的话。

的确，结衣要是在这之前接受了险些过劳死的晃太郎所选择的生活方式，和他步入婚姻殿堂的话，也就不会有之后和巧的这些互相伤害了。

她又想起了陪父亲一起看的那部《忠臣藏》的一幕。在松之廊下的那场纷争当日，浅野内匠头的正室阿久里鼓励了深受吉良职权骚扰、痛苦不已的丈夫。她说："今天的仪式结束后，你就等于完成了自己的任务。所以请努力过好这一天吧。"

事已至此，就相信大森的话，乐观对待明天的会餐吧，只要能熬过那场聚餐……赢得竞标、达到目标营业额，让一个管理岗位都能准时下班的团队拿到最佳团队奖。这样一来，董事会可能就会再三思，是否还要让公司退步回到裁量劳动制上去。准时下班的习惯可以继续，也能给新人们一个友好的职场环境了。

最重要的是，晃太郎的命也能保住了。

如果公司变成裁量劳动制，这个男人一定会工作得停不下来。向星印工厂交付的那天结衣就发过誓了，不论发生什么，她都不会再让那个男人去"那一边"的——决不会让他过劳死。

　　"你怎么跑到这儿来哭了。"

　　头顶响起一个声音，随即一瓶矿泉水就塞了过来。看来晃太郎是紧跟着她找过来的。

　　"我没哭。"结衣接过矿泉水。晃太郎坐到了她的身边。

　　"我从以前起就超级讨厌那个出轨男。我们也在项目招标会上见过很多次了。那家伙满嘴甜言蜜语听得人想吐。你可不要被他的花言巧语给骗了哦。"

　　"种田部长最受不了那种做事方法了，是吧？"

　　"但是东山小姐就很容易被这种人说动，也很容易被花言巧语迷惑住呢。"

　　"可能是吧。因为某个人从没对我说过这些，所以我就没什么免疫力吧。"

　　晃太郎沉默了。他低头看着自己的手问道："要是说了，会有什么改变吗？"

　　这次换结衣沉默了，因为她也不知道。

　　两个人订婚之后，双方父母见面的那天，晃太郎因为过劳倒在了家里。当时结衣问他："工作，还有和我结婚，究竟哪个更重要？"晃太郎回答"当然是工作"。要是当时他没有这样回答，要是他对结衣说过哪怕一次的"我爱你"，难道……他们就不会分手了吗？

答案恐怕是否定的吧。要按照那个样子结了婚，反而是在加快这个男人成为工作狂的进度。最爱的人会在自己眼前消失———一想到自己要面对这样的未来，结衣就害怕得不得了，最终选择了逃避。

"花言巧语啊，要真的想赢过 Basic，这种事我不是做不出来呢。"

说出这句话的一瞬间，Force 那位董事的脸突然闪现在结衣的脑海中。她额头的伤疤突然痛了起来。她喝了一大口水，努力平复情绪，然后下定决心般说："吃饭就吃饭吧。花言巧语也好，热情招待也好，我都会去做的。"

"怎么了？这么突然？"晃太郎惊讶地问道，"你是不甘心吗？是觉得自己刚才输给诹访先生了？"

"不是的。是因为我也想赢。我不想让公司退回到裁量劳动制。"

"你不用去的。我来对付那个董事，我一定能让他对我满意。"

"但是，这次被指名的可是我啊。而且 Force 的员工也都期待着我能为他们公司带来新风气呢。所以，就仅在饭局上让我收买一下那家伙就好了啊。"

"你做不到的。"晃太郎皱着脸，"我就是因为太明白这一点，所以才一直要做你的挡箭牌。所以拜托你这次就先退后吧。"

"我能做到。"结衣强势地打断了晃太郎的话，"我一定能忍住的。"

晃太郎一脸疲惫，用右手拼命地搓着双眼，陷入了沉默。他应该是最清楚的，现在 Force 的要求绝不能忤逆。不论多想保护结衣，赢不了竞标一切也都没有意义。

结衣抓住了晃太郎的肩膀拼命摇晃。"你振作点啦！"她是在模仿晃太郎。以前结衣消沉的时候，晃太郎总会这样鼓励她。

"我一定能做好的。拿了最佳团队奖的奖金之后咱们去哪儿庆祝？你先好好想想哦。"

晃太郎瞄了一眼结衣，喃喃道："你怎么还是这么倔啊。"看来是接受了现实。

"还有，下一次招标会，我们就用奥运会去做亮点，怎么样？"结衣继续聊起了自己的想法。那个高层总不会无视国外吹进来的风吧。

晃太郎只听她说了这么一句话，就立即理解了结衣的言外之意。结束十分钟休息，回到会议室后，他在白板上写下了第二次竞标的策略。

"虽然 Force 不是日本奥运会的官方赞助企业，但是之前碰头的时候提到过，可以准备做一波埋伏营销。"

"就是蹭别人便车的营销。"来栖对有些听不太懂的新人解释道。

"他们还说过要在代代木那儿开一家旗舰店。这也是能让外国游客接触到 Force 这个品牌的绝佳机会。在此之前，我们可以按照今天 Force 的补充发布，架构一个多元化的网站主页，为他们创立一个符合国际化大企业的品牌形象……我们就按照这样的设定去竞标吧。"

"顾恩怎么想？"

"我觉得很好。在外国人眼中，日本人的人权意识本来就很落后。如果 Force 还不能觉察到这一点，我觉得在奥运会期间获取商机的风险就很大了。如果能从之前的那场舆论风波中走出来，重建形象的话就好了。"

"顾恩先生真厉害啊！"樱宫不由得感叹道。结衣听罢也觉得顾恩的一番回答十分可靠。

"你自己要来日本工作，还这样贬低我们日本，凭什么？"吾妻突然说。

顾恩的脸色瞬间变得苍白，情绪也低落下去，埋起了头。

"吾妻。"晃太郎立即道，"没人问你意见。"

结衣立刻感到不妙，果不其然，吾妻眼中燃起怒火。

"可是这家伙明明就是个外国人，有什么资格一天到晚指指点点的？"

"你是不是又自卑心态发作了？"晃太郎一脸不耐烦，"眼下这么忙的节骨眼儿，别闹了行吗？"

"不对！我这是在教育他！"吾妻顿时怒不可遏，"因为这家伙遇到什么事都只会批判，那他干吗还要来日本？"

贱岳叹了口气，一副劝导的口吻："吾妻呀，咱们现在很缺新员工的。眼下这个时代，都在期待着能有更多优秀的外国留学生入职呀。"

"可是，他既然在我们日本的公司入职，就该有个日本员工的样子，要谦虚恭顺地讲话。我……我可是，我可是为了顾恩好！"

结衣察觉到了吾妻的态度，于是急忙缓和气氛道："我理解吾妻的情绪。关于新人的教育方法我们之后再聊。顾恩，谢谢你刚才提的意见。那么我们回归正题……"

然而，不晓得是不是因为会议被打断所以有些着急了，晃太郎语气焦躁地说："顾恩对日本来说可比你有用多了！他在越南最顶尖的河内大学学习计算机工程，马上就能拿到硕士学位。他日语说得比你准确，还有能力去做副业。我们公司的营销部门也希望能请他过去。相比之下，你的强项呢？就只剩下出生在日本而已了对吧？"

笨蛋！结衣暗暗想。

这个男人果然是改不了。一旦进入工作模式，整个人就变得毫无人性可言。而且在他心里，废柴就是一辈子都扶不起来的。

"也不用这么说啦，吾妻做得也不错的。"

结衣虽然努力打圆场，可是吾妻已经彻底火了。

"哦！是吗！反正等到外国人大批地涌进来抢饭碗，再加上什么AI，我这种人就是迟早失业！"

结衣正想着，现在或许该立即把吾妻拉出会议室谈谈，突然——

"嗯？我刚刚听到有人说什么AI？"

正打着盹儿的甘露寺突然睁开眼。"我想抒发一下个人意见行吗？"

"不行。"

179

晃太郎立即打断他。于是甘露寺伸开双臂舒展了一下说："听说从今年开始，入职考试引进了 AI。也就是说我们这些新人是被 AI 选择的家伙呢。吼吼吼吼，真是太值得骄傲啦。"

"只要甘露寺还没被踢出公司，吾妻大概就是安全的吧。"贱岳抱着胳膊说。

"闭嘴闭嘴闭嘴！你们别这么瞧不起人！"

"够了！"晃太郎的声音在整个会议室轰轰作响，"眼下这么关键的时期，我们都要为了达成营业额拼命，别被这种无聊的小情绪拉低小组效率，你给我出去。"

晃太郎的声音其实并不大，但是给人一种吾妻再这样吵闹下去，很有可能会挨揍的感觉。于是吾妻站起身，抱着自己的笔记本电脑离开了会议室。

"我去安慰一下他吧。"樱宫也站起身。"不用管他。"晃太郎阻止道。可是樱宫却说："没关系，吾妻先生只对我特别喜爱，很照顾我的。"说罢她也走出了会议室。

顾恩的表情仍旧很僵。

他大概很后悔来这家公司做交换吧。

"一个一个都这么不省心！"晃太郎咬着牙板起脸，再次开始在白板上写字，力气大得整个板子都在抖动。

最焦躁的就是他呀。结衣如此想。

会议结束后，结衣将顾恩领到摆着自动贩卖机的走廊深处。

"换个人来带你比较好吧？"结衣从自动贩卖机里买了罐咖啡递给顾恩。

"没事，不用的。"顾恩回答，随即又补充道，"但是，我是为了成为一个具备国际性品质的工程师，所以才来这儿的，并不是为了做日本的职员才来的。"

我懂。结衣想这样说，但是她还是把话咽回去了。毕竟从顾恩的角度来看，结衣也是一名日本职员。

"顾恩只要做自己就好。正是因为你不是日本的职员，所以我才希望你能活用属于你个人的观点角度去工作。"

"您真的这么想吗？"

顾恩问道。他的双眼仿佛深夜的大海，昏沉幽暗。

"'一起吃饭'，这个说法听着倒是轻巧，可在我看来，其实就是在应酬接待，是被客户强迫在下班后还要工作的一种体现。连这一点都无法反抗，我觉得你们追求的是能二十四小时一直不休的上班机器，而不是什么不同的观点角度。"

面对这个能力比自己高出很多的留学生，结衣产生了强烈的败北感。

"我觉得很难堪。"结衣只好说了实话，"……可是，今天早上你也和我们一起去了Force，我想你能明白。我现在所对抗的事物，还停留在更原始、更微不足道的阶段，远不及顾恩的期待……"

委托方是人上人，外包方是奴才。男尊、女卑。要反抗就会倒大霉。这种封建秩序在这样的国家仍旧存在。同为日本人，自己的工作方式都无法获得认可，她这个样子，真的能保护连价值观都迥异的外国新人吗？

"明天的接待，请带我一起去吧。"顾恩说，"我想亲眼看看。"

"这不行。人事部提醒过，不能让交换员工加班。"

"是想对我隐瞒这家公司真实的工作情况吗？"

他太强了。结衣实在说不过他。正在这时，大森踉踉跄跄地走了过来，他用手撑着自动贩卖机，夸张地叹了一大口气。

"Force又来电话了……说明天饭局要带上新人。"

"啊？"结衣感觉一阵晕眩，"他们什么意思？你拒绝了吧？"

"那个高层，说准备做一些跟运动相关的青少年教育业务，所以想和年轻人聊聊。樱宫说她要去，甘露寺也说他挺感兴趣，想去看看……"

"那我也要去。就算您阻止我，我也会去的。"顾恩说罢，又鞠了一躬，感谢结衣买给他的咖啡，然后向着制作部办公室走去。

"种田先生的意思呢？"

"他挺苦恼的，但是又说如果新人们也一起去的话，东山小姐就不会胡来了。"

"哦。"结衣叹了口气。她明明打包票说自己能搞定，但还是被晃太郎怀疑了。

带顾恩一起去，真的合适吗？

结衣正头痛时，突然收到一封邮件。是柊发来的。

"我有急事需要和结衣姐谈谈，今晚有空吗？"

还有一封业务部的邮件。

"锦上制粉紧急联络，要求我们快速给出提案。"

这是结衣去年负责网页架构业务的客户。她下意识地胡乱搔搔头发。自从当了主管，"急"这个字她已经见过多少回了呢？其他的工作仍是堆积如山，Force的二次竞标工作又只能推给晃太郎去做了。

打开上海饭店的大门，种田柊已经在吧台附近坐着等她了。因为他很少走出家门，所以皮肤异常白皙。结衣刚在柊身边坐下，对方就关切地问："竞标的情况怎么样了？"

"该怎么说呢，既说不上顺利，也说不上不顺，很难说呀。来杯啤酒！"

王丹很快就端着酒杯走了过来。结衣还点了糖醋虾仁，可是王丹并没有转去厨房下单，而是盯着柊。

"这是晃太郎的弟弟？他俩长得真不像。"

"是吗？我还觉得挺像的。笑起来的时候都很像那种小学男孩子。"

"晃哥还会笑？"柊表情有点憋屈，"他在家可从来不笑。唯一一次见他笑，还是他打最后一场比赛的时候吧。当时赛到第九回合，情况不太妙，结果他竟然笑了一下。"

那是他肾上腺素爆发时的表情。如今一到快要交付时，他仍然会露出那种表情。

但是结衣刚才要说的并不是那种表情，她想起的是和自己闲聊时晃太郎的神情。正当她思考该如何形容时——

"结衣呀，快别再想晃太郎的事了。来见见我弟弟，治愈一下吧。喂，王子！"

"弟弟？"

中国以前不是推行独生子女政策吗？结衣正想到这儿，就看见一个绝世美青年从厨房走了出来。身形颀长，但胸膛厚实，腿也很长，简直像港片里的武打明星一样。结衣看得心旷神怡，一口酒下肚，麦香四溢。

"他叫刘王子。"王丹在空气里比画着弟弟的名字，"因为和我同父异母，所以姓氏不一样。"

王丹的过去应该也很复杂吧。虽然结衣很想知道为什么会有同父异母的弟弟，但是在他弟弟面前问这种问题又不太合适。

"王子哦，这名字真厉害啊，很适合他。中国叫这个名字的多吗？"结衣问。

"哈哈哈哈！"刘王子有些刻意地大笑了几声，歪了歪漂亮的脸蛋。

"就是那种跟风起的潮名，只有我姐会坚持这么叫我。我挺讨厌自己这个名字的，所以一般都用英文名'Eason Lau'。我妈妈是动画深度爱好者，所以才给我起那种名字啦。不过也是因为教育环境的关系吧，我日语说得比姐姐好。"

刘王子侃侃而谈道。又从胸前的衬衣口袋里拿出一张名片，递给结衣。上面写着公司名称——

"Blackships"，边上还绘有一个蒸汽船的标志。

"我在上海经营一家提供营销自动化系统的公司。不过中国市场已经是一片红海了，所以我准备来日本发展。"

营销自动化，其实就是将繁杂的电子营销业务自动化处理的一类系统。结衣他们公司接下来正准备主抓这方面的业务。也就是说，对方会成为他们的竞争对手啊。结衣微微有些酒醒了。

"我这次是为了招募员工来日本的。日本企业中那些掌握决定权的老一辈，并不太信任我们中国人。所以，我需要招募一部分日本的年轻人入职我们公司，起到一定的桥梁作用。毕竟只要有工作能力，国籍和经验都不是问题。"

"经验不是问题……"柊喃喃道。

"日本企业很喜欢招募类型相同的人，排斥类型不同的人，对吧？而且一旦排斥某个员工，就不给人家第二次机会了，也太可惜了。我觉得这对于我们来说正是个好机会。"

顾恩的脸立即浮现在结衣眼前。再这么下去，他估计就要被其他国家的企业抢走了。

"您不必担心，我是不会对您的部下出手的啦，毕竟您是我姐姐的好朋友呀。"

虽然刘王子这样说，但是结衣注意到柊一直紧紧盯着名片上的那个黑船的标志看。目送刘王子离开他们桌边回到厨房后，结衣问："要是柊感兴趣的话，我肯定很乐意把你推荐给我们公司人事部的，怎么样？"

"那怎么可能呢？"柊一脸惊讶，"我不会在那个我过度疲劳而失眠的时候告诉我人不睡觉死不了的哥哥手下工作的。"

"……是哦，也对啊。我太欠考虑了，对不起。我是看你好像对海外企业蛮有兴趣的，所以有点着急了。"

先进国家的少子化进程都很猛烈。接下来，那些工作能力强的年轻人可能愈发会成为各方抢夺的焦点。最终只有抢到更多优秀人才的企业才能残存下来。

"结衣姐也一样啊，快忘了我哥往前看吧。我觉得泰斗君就蛮好呀。"

结衣反应了片刻泰斗是谁，然后才想起他说的是来栖。酒喝到一半差点把她呛到。

"泰斗君每次见到我都一直在讲结衣姐的事。"

"你知道我们俩年纪差了多少吗！之前我倒是开玩笑逗他说要不要一起去泡温泉，来栖立即否决了，他说他不喜欢年龄比他大的女性欸。"

"来栖不就是那种人吗？越高兴越傲娇。"

"好啦，这个话题快打住吧。"结衣觉得话题越聊越偏了，"对了，你要和我谈什么呢？"

柊突然不作声了，他望着没动筷子的榨菜，声音低沉地说："爸爸上周做了心脏手术。因为动脉硬化。据医生说，是他常年忙于工作，睡眠不足，血压一直居高不下导致的。"

"欸！"结衣见过晃太郎父亲很多次，"我不知道发生这事了，伯父还好吗？"

"不，术后状态并不太好，还有其他一些部位的血管情况也很糟。但是我们始终联系不上哥哥。连休第一天的时候他回了趟老家，结果和爸爸因为一些小事吵了起来，后来就再也不回复任何信息了。"

"总觉得有点奇怪啊。"柊说。的确，晃太郎一向很孝顺，这种反应并不像他。

"但是，如果是结衣姐说的话，我觉得他会听的，因为他现在好像还喜欢着结衣姐。"

"这可不好说啊。"结衣内心深处钝疼了一下，"我已经不再相信这类的事了。"

她在来上海饭店前给巧发了信息，告诉他自己还是无法赴约，很抱歉。

"但是，毕竟是小柊拜托我去做，我会照办的。"

柊看上去放心了不少，于是他们的话题又回到了Force上。结衣提到了那个董事，令柊想起了自己之前就职那家公司的分店长。于是他一脸恶心得要吐的表情说："如果这次对方有什么过分举动，一定不要沉默。要用手机录下来然后扩散到网上去啊。就凭Force当下的风评，轻而易举就能搞垮他们的。"

年轻人说话就是极端。结衣摇了摇头。

"我不会那么做啦。毕竟对方是我们公司的重要客户，而且Force垮了，我们也就完不成目标营业额了。"

"你会后悔的呀。"柊的声音突然尖锐起来。

"换了我是会这么做的，我总在想，要是当时能把那个分店长杀了该多好！"

柊提到的分店长，就是他刚进入社会时工作的那家公司的上司。他对着当时还是新人的柊反复辱骂"你是个废物"长达两年，将柊逼得险些从车站站台上跳下去。还是柊自己悬崖勒马，辞掉了工作。从那以后，他一直闭门不出，躲在家里整整两年。

"那个分店长，还在你原来的公司上班吗？"

结衣问道。柊沉默着点点头，擦了擦眼睛。

"一想到将来可能会在职场上再见到他，我就好害怕回去工作。"

都已经过去两年多了，柊竟然仍旧如此痛苦。这样的状态的确很难回归职场。想到这儿，啤酒的苦味和酸味一同刺激起了舌尖。

第二天一早，Force 给大森发来一封邮件。

"酒宴在我们公司举办。"

据说这样安排的理由是：宴会结束后可以马上开始工作。看来他们真的很顽固，连喝酒都不能走出公司。

"如果是在 Force 的会场举办，至少不用我们这边出钱了。"

大森仍然坚持着乐观的说辞。可是一想到要在那帮连休息时间都在跑步机上狂奔的黑衣武士的围绕下，度过好几个小时，结衣就郁闷得要命。

当天，和其他客户碰面后直接先去了 Force 的结衣在公司门前等待其他组员。到了眼前也还是不想进去啊……正这样想着，她突然被来栖拍了拍肩。

"结衣姐，那个……我发现了这个。"

来栖表情阴郁地把手机递给结衣。上面是展示业界各种小道消息的论坛。

"这个，说的是樱宫吧？"

他点开了一个关于 Basic 的帖子。

"去年辞职的 S，是个公司蛀虫。"

"据说这位女性同多名男性保持暧昧关系，引发司内争端，导致整个公司不得安宁。"来栖解释道，"把社团弄得一团糟，被称作社团蛀虫，把公司弄得一团糟……"

就是公司蛀虫……

"这上面还说，她之所以从 Basic 辞职，是因为陪睡被发现了之后产生纠纷。"

"陪睡……"结衣皱起眉，"我觉得不至于吧？"

正在这时，晃太郎也赶到了。听来栖讲述一番后，晃太郎一脸不耐烦。

"不就只是传言吗？比起这个，你那领带怎么系的呀！哎算了算了，我帮你重新弄弄。"

晃太郎把来栖领带结的位置一下子拉紧，来栖一脸窒息地举高手机，"重要的是这部分啦！这部分！"一从晃太郎的魔爪下逃出来，来栖就点开了樱宫的脸书，把樱宫的动态展示给他们二人。

在动态回复栏里，有不少 Force 的员工留言："真可爱！"樱宫也回复他们："开心！"看上去互动得相当频繁。虽然单凭这个不能说她就会去陪睡——可看上去显然有点越界了。从一些人的角度来看，她似乎的确有可能顺应要求，提供性服务。

结衣接过来栖递过来的手机，滑动查看着樱宫过去的动态记录。看上去这种和 Force 员工之间的互动是从她就职 Basic 起就一直持续下来的。

"种田先生有指示她这样做吗？"

"没有，我唯一指示过的就是上次招标会让她一起来，而且还要在我们目之所及的范围内活动。"

"结衣小姐。"

来栖扯了扯结衣的袖子。原来是大森领着一众新人过来了。

"没时间再谈这个了。"晃太郎摇摇头，"后面我会找她聊聊的。"

"可是，最好要事先提醒到位吧。"

结衣催促着新人们走进大厅，又对走在最后的樱宫说："借一步说话？"

然后她说道："今天樱宫不用站出来做什么。晚上我来负责招待，你不用勉强给大家赔笑脸的。"

樱宫沉默了片刻，然后抿起嘴回答："我并没有勉强啊……"

她这是什么意思？"公司蛀虫"这个词仍在结衣大脑的角落里回荡。

"而且吧……"樱宫眼神有些游移，"我觉得反倒是东山小姐不在比较好。他们真的很讨厌你欸。他们喜欢的可是我这一款的，不会工作但是长得很可爱。"

看来，樱宫瞧不起的是自己。

但是，樱宫的那句"他们真的很讨厌你"，却十分尖锐地扎进了结衣耳朵里，震得她头痛。

"樱宫！你怎么能……"

晃太郎一时也找不出什么词来责备她。

于是樱宫略点了下头，快速穿过结衣和晃太郎之间的空隙，径直向大厅走去。

"你之前不是说了会好好教育她工作吗？"

"你不也一样！"晃太郎反驳，"他什么时候开始喊你结衣姐了？"

"你说啥？欸？哦，你说来栖？现在有必要聊这个吗？他就只是跟着小柊一起喊顺嘴了呗。"

"那家伙也是个男人，别让他会错意吧？必须给他树立起边界感！"

眼下可不是纠结这些的时候。但是，他们两个人情绪都很紧张，心态也比较烦躁。

"得马上去前台登记一下，不然就要迟到了。"

大森呼喊道。结衣一肚子疙瘩地跟随着晃太郎走进了大厅。

晚餐会的会场是位于 Force 地下的一个极具纵深的多功能厅。据说这儿平时是用来开早会或者举办司内柔道社团活动的。

一整面的榻榻米上摆了一排外卖送来的日料。白色的墙壁上绘着墨彩。在肆意泼洒出来的诸多黑点之中，画着一道宛如蛇一般蜿蜒遒劲的黑线。

"这个画虽然是现代艺术风格，但画的是松树吧。"顾恩小声说。

"日本人真爱松呀。"顾恩又说。结衣也端详起了墙上的黑色松树。松象征着长生不老。画这样一种植物，体现的是希求古老的事物能永存于世的愿望。

结衣他们到达会场后，众多 Force 员工很快也抵达了会场。

除了那个武士三人组，负责网页运营的员工也到场了，其中也有那位"研究员"。此外，还有一些看上去刚刚入职的新人。甘露寺、樱宫和顾恩就面对着新人入座。

然而，并不见恐龙男的身影。明明还没到正式调职的时间，却已经被排除在外了啊。

"东山小姐坐那儿。"大森指着最深处的一个位置。结衣立即明白自己会坐在谁旁边了。此时晃太郎在她一边小声道："我也坐在你边上。发生任何事都有我接应，放心吧。"

听到晃太郎这么说，结衣总算安心下来。不过，是她自己要求承担招待责任的，今天，她不会再拿这个男人当挡箭牌了。

结衣小声地做了个深呼吸。

"微笑，微笑。"

对方再怎么守旧离谱，毕竟也是个公司职员。好好交流，应该不至于听不懂。

拉门一推开，场内的黑衣武士们齐刷刷地站起了起来。结衣也站起身。那位董事走了进来。

Force 宣传部的董事。那个厌恶结衣的家伙。

第一次近距离看到他，其实要比想象中年轻。或许是因为时常锻炼身体吧，能看出他衬衫之下的体形十分强壮，身穿的昂贵西装也非常合适。虽然那张晒黑的脸上长着皱纹，但却像古装剧里的演员一样气宇轩昂。

"大家干吗干等着，既然早到了就开始呗！"

董事脱了上衣，笑容十分亲切和善，根本看不出和上次招标会是同一个人。

此时晃太郎用手肘碰了碰结衣，她马上反应过来，向前一步跪坐到董事身边。

"您好，初次见面。我是制作部的副部长，鄙姓——"

"哦是吗？"

对方大声打断了结衣的自我介绍，盘腿坐下。根本没有抬头看她一眼。结衣递上的名片被他随手扔到了饭菜旁。

"彩奈呀！"董事大声嚷道，"你怎么坐得那么远？啊呀，我知道了！是因为你长得太可爱了，所以被赶到角落了对不？哦哟，女人的嫉妒心真是令人作呕。快过来！"

樱宫立即站起身，大声说着"我给您倒酒"，跪坐到了董事身边。结衣在一旁安静跪坐着，等着樱宫斟完酒。

"那我们来干杯吧。"结衣再次试图搭话，结果董事用下巴对着武士三人组的方向动了动。"你来，干杯致辞！"

"好的！"三人组里的迷糊鬼飞身站起来，摆出满脸快活的微笑，举起了自己的酒杯。

"嗯，多亏我们采取的日常战时状态，此次终于克服了来自大众的投诉风波！接下来，我们也要努力奋斗，全速冲刺，让每个人都穿上武士魂！"

"好好锻炼身体，工作速度也能提高，怎么工作都不会疲劳！让 GDP 青云直上吧！"董事补充过后，大声笑了起来。

"我们也非常期待 Net Heroes 能够提出更加优秀的方案……为司尽忠！死而后已！"

顺利完成致辞后，迷糊鬼坐回到自己的位置。看到他那副轻舒了口气的模样，结衣感到胸口一痛。看来，Force 的员工们也是一样紧张啊。

"说起来，那个不忠诚的家伙已经被贬了是吧？那人叫什么名字来着？"董事说道。可是谁都没接话。脑残怪和装腔男都一声不吭。

"怎么了、怎么了？干吗都这一副苦瓜脸。彩奈，你来我边上坐，来，就坐这儿。"

"是。"樱宫正准备坐过来，结果却打了个趔趄，于是董事一把揽住了她的细腰，还说了声"危险哦"，直接把她搂到了自己膝盖上。樱宫微微一笑，只说了一句"吓了一跳呢"。

结衣转头看了一眼晃太郎。晃太郎表情也很迷茫，不知道是不是该阻止对方。但是他并没有任何动作，看上去是对忤逆的行为还有些犹豫。

"那个!"结衣张口道,"我给您斟酒!"她端起啤酒瓶。

"谁把这老女人喊来当陪酒女的?"高层对着坐在自己膝上的樱宫说。

看来对方就是故意要无视自己。估计是想看看结衣如何出招。

"来,喝酒吧。"结衣高举着瓶子将酒灌进董事的杯子里。她没有像甘露寺那样大大咧咧地倒酒,一副很小心的模样。可是高层却立即弹起身。

"你倒我西装上了!"

樱宫也立即让到一边,离开了他。结衣看樱宫已经逃离魔爪,连忙摆出一副惊慌失措的样子,道歉道:"实在抱歉。我们公司一向没有和客户一起喝酒的传统,所以我还不习惯……"

结衣望着樱宫这样讲。此时迷糊鬼似乎也察觉到结衣可能是在默默地表示抗议,于是有些为难地对董事说:"今天咱们只是一起吃饭,陪酒女这个词的确有点不合适……"

结衣顿时放松了一些。她想尽力将自己的意思通过后背传达给身后脸色发白的晃太郎——没关系,我并不准备忤逆他,我会尽量平和地去做的,但是,我不能让他这样去占樱宫的便宜。

或许是被这个连酒都倒不好的女人出的奇招震惊到了吧，董事的表情也缓和下来，说了句："算了，没事了。"

"我以为一个三十多岁的女高层得是什么穷凶极恶的老太婆呢，没想到你还挺年轻嘛。"

看样子这个人迄今为止根本连看都没看清过结衣。此刻这个董事一脸好奇地望着她的脸，笑道："你长得挺可爱嘛。不用那么唯唯诺诺的，我会好好调教你的。"

调教……是个什么意思？结衣正在思忖，跪坐在她斜后方的晃太郎却突然站了起来。他快速移动到董事身旁，正坐后道："托您的福，非常感谢您给了敝司一个再次竞标的机会。"

"哦哦，你哦，你之前是不是打过棒球？还去了甲子园？你读的哪个高中？"

"您过奖了，我们高中不是什么值得一提的学校……"晃太郎采取的仍是卑微路线。

"那真可怜哦。能不能去甲子园可是决定了男人的地位呢。看你这长相，应该是个投手吧？看脸就是个顽固家伙。不过嘛，人生来就分三六九等。"

董事侧过来，探出身子伸手去摸晃太郎的胳膊和肩膀。

"哦！体魄不错！我可是到了四十岁还在俱乐部球队打球呢，而且还和退役的专业选手打过比赛哦，你也加入个棒球俱乐部吧。"

"没办法，我肩膀有伤，已经练不了投球了。现在只能跑跑步……"

"哦是吗？那你们当了我们的外包，你就去我们公司健身房跑步吧。"

结衣看到桌子远处的大森露出一个松了口气的表情。不愧是晃太郎，很受喜爱。或许结衣的温和手法也有一定效果吧。看样子接下来只需要再做个不错的方案，就十拿九稳了。

此时董事又将目光投向他的部下们。"喂。"他招呼道。

只见装腔男表情有些僵硬地用膝盖蹭到了晃太郎面前，对他耳语了几句。结衣只隐隐听到了"Basic"这个词。

究竟说了什么？结衣有些不安。她感觉装腔男似乎在刻意回避与自己的眼神接触。

晃太郎立即走到结衣身边。

"他们的二次竞标有附加条件。这个条件已经传达给 Basic 了，所以在酒席正式开始前希望也和我们说一下。这里有点吵，我们会在走廊聊……结衣。"

晃太郎努力压低声音接着说："我马上就回来，你要相信我，绝对不要忤逆他们。"

等到晃太郎和装腔男走出了房间，董事便一副舒适惬意的模样说："开始吧！"

正疑惑要开始什么，此时 Force 的一位新人突然站了起来，脱掉上衣，裸露出了上半身。坐在房间一角的顾恩双眼惊得大睁，结衣也愣住了。

她的确听说以前的公司职员会在宴席上裸露上半身。可是……那都是很久以前的事了，如今竟然还有公司会这么做？

"在宴会上检验新人的肉体，这是我们公司的传统。喂！你小子肌肉练得不错嘛！"

"我父亲就是死在公司的！我也有觉悟，要把生命奉献在岗位上！"

该不会……结衣后颈的汗毛都立起来了……这个孩子，是回锅肉大叔的……

董事一脸满意地说："对！这才是武士。"

紧接着又有几个新人陆续脱掉了上衣。几个社员摸着这几具线条优美的肉体，啧啧称赞。

"喂！"回过神来，结衣发现董事的视线落在了坐在一角的一个身材纤细的年轻人身上，"你也要脱！"

被点到的是来栖。他脸颊一阵抽动，端坐着将视线落到结衣身上，眼神仿佛在说：这人是认真的？

"他是我们公司的员工。"结衣欠起身子说。

"你们不是想跟我们一起工作吗？那你们带来的新人也得让我好好调教啊。"

"不过，他已经是老员工了……"结衣话音刚落，突然就意识到——糟了。

"那，那边坐着的是新人？"董事理所应当地指了指外国青年，"他？"

顾恩的脸瞬间僵住了。决不能让他做这种事！可是该如何在不忤逆董事的前提下让他放弃呢？结衣心急如焚地思考着。

正在这时——

"哎哟哟，这真可谓是超酷炫的日式宴席嘛！"

那个胖墩墩的小个子男人站了起来。完蛋了，结衣心想。在这个节骨眼甘露寺冒了出来，绝对完蛋了……

"那就让我来为大家表演一番，炒热气氛吧！"

"你快算了！赶紧坐下！"结衣试图阻拦，可是他们座位离得太远了，甘露寺根本听不见。

甘露寺挺起胸膛，开始大声唱起了歌。还是所有人都知道歌词和旋律的——那首《萤之光》。可能是联想到这首歌一般都是商店打烊时才会播放，所以场上的气氛瞬间跌到了冰点。

"快停下！"大森也试图阻拦。可是甘露寺却仿佛喝醉了一般，一直唱到第三段。

正当整个房间已经进入到快散场的气氛中时，董事突然怒吼道："喂！那个饭桶！"

"你不是新人吗？快别再唱了，赶紧过来把衣服脱了！来啊，脱！啊！脱！啊！"董事开始拍手催促，"明明是个男人还不脱，你是女人吗？"

甘露寺虽然仍旧干笑了几声，但是随着打拍子的声音越来越响，他那原本游刃有余的微笑也逐渐消失了。"脱！啊！脱！啊！"带着拍子的喊声包围了甘露寺，在结衣看来，他就仿佛被群殴了一般。

甘露寺是代替结衣在保护顾恩。

"大家都停手吧！"结衣喊道，可她的声音却被淹没在巨大的拍手声中。

"我马上回来，"晃太郎说，"你要相信我，绝对不要忤逆他们。"可是——

结衣感觉自己胸中的火山沸腾着岩浆。

那股火瞬间奔涌而出，猛烈地灼烧着她的内脏。

我要保护他们。不论是樱宫还是来栖，还有顾恩、甘露寺，我统统都要保护好，决不能让他们受这种荒唐的骚扰。

反应过来时，结衣发现自己已经站了起来，正对着董事的方向。

"我脱。"她说，感觉仿佛从喉间喷出火焰一般，"我替他脱。"

既不忤逆客户，又能保护新人们的办法，她也只能想到这个了。

"呵，你挺有胆量的嘛。"董事脸上泛起一个微笑，"不过，反正你最拿手的就是脱吧。"

结衣不懂他这话是什么意思。打拍子的声音停止了，会场陷入寂静。

"那个被贬了职的家伙，可是我的左膀右臂呢。是不是你投怀送抱，所以他才倒戈的！老实交代！"董事的表情变得认真起来，"你和他睡过了对不对？"

结衣哑口无言，这个人究竟从哪儿冒出的这些念头?

"他尽到了自己的忠义，"结衣勉强回答道，"多亏他，你才不必去召开道歉会的吧?"

"我有什么必要道歉吗？"董事皱起眉，"我又没

204

做错什么。"

"你们不是要进军世界领域吗？既然如此，还在搞这种性别歧视……"

"这可不是歧视。实际的分工情况就是如此。"

董事理所当然地说。

"你做什么梦呢？女人怎么可能和男人做一样的事？你快醒醒吧，都多大的人了。"

这张脸，结衣曾经见过。那是她小学时的教导主任，在给孩子们上道德教育课时的表情。

"所谓陪酒女呢，"董事这一次又面对着自己的属下们开讲了，"以前就是要被抱着搂着，陪着喝酒的。这样做她们公司的员工才能抢到客户呢。我年轻的时候可是在广告公司工作过的。那时候从早到晚二十四小时都是战备状态，客户说什么我就一定会做到。这就是属于男人的战斗。这种事，你们女人干得了吗？Force 也来过女员工，但是大部分都辞职了。她们根本就跟不上我们的男人的速度和持久度。"

董事站了起来，向结衣跨出一步，逼近她道："我听说，你从来不加班？"

随即，他装模作样地学着结衣的样子，嘟着嘴说道："人家要准时下班啦！"然后大声喷笑起来。

结衣全明白了。

这个董事针对的一直是她。为了不让晃太郎在场阻拦，还特意将他引了出去。

敢忤逆就会倒大霉。所以要以儆效尤，对结衣用尽侮辱的手段。这就是这家封建主义公司的处事方法。

"像你这种废柴女人，亏你们公司会雇你哦。我在杂志上读过你们老板的访谈，说什么裁量劳动制很不合理，装模作样的。看那副弱鸡样子，像个女人似的，就是什么所谓的宅男吧？嗤，反正搞 IT 的家伙都那副德行。"

灰原的确略有些懦弱，可是，他绝不会让自己的员工脱衣服的。灰原为了避免让自己的员工过度劳动，所以才会一边倾吐不满，一边努力奋斗，拼命要带领员工们走进新时代。

他不该被这种封建余孽所侮辱。

"既然明白现实有多残酷，就别再来找骂了。反正你也没法像男人一样工作，那就至少拿这玩意儿为人力不足做点贡献吧。"

董事那强壮的胳膊伸了过来，用一种有些怪异的柔和动作碰了一下结衣的肚子，调侃道："现在已经是下班时间喽，半吊子职员。"

结衣越过董事的肩膀，看着他背后雪白的墙面。黑色墨点描绘的松树在眼前蔓延开来。

"你实在太过分了。"结衣嘴巴一动，声音自己就溜了出来，"你这家伙，押田阳义！"

那是董事的名字。来 Force 之前，结衣在大森那儿看到了他的名片，记在了脑子里。当时，她是为了能和客户处好关系，为了能和 Force 一起工作，所以才记下的。

但是，这些事现在早就从结衣脑子里消散殆尽了。

"来栖！"结衣扭过头。

"我都拍下来了，从他们喊脱掉脱掉的时候就开始拍了。"来栖回答。

真不愧是如今的年轻人，IT 技术的结晶从不离手。

结衣摘下手表，扔到榻榻米上。然后开始脱起了上衣。

"这可不太好啊。"脑残怪说，"要是做这种事情的视频爆出去了，这次我们公司可就……"

"这种事情是什么意思？喂，你说，什么意思？"

脑残怪沉默了。结衣一边脱着上衣，一边用余光看向回锅肉大叔的儿子。他一脸呆若木鸡。迷糊鬼和装腔男看上去都是一副快要哭出来的模样。

可是大家还是一句话都说不出。明明知道这样不好，但却还是什么都说不出。

这叫什么武士？结衣开始解起了衬衣的扣子。

"欸？你还真要脱吗？"押田还是那副调侃的语气，"我可没让女人也脱哦，你要非得陪睡就再选个时候吧。"

可是结衣没有停下，这次她只想一把火烧垮这家公司。

结衣曾经想：《忠臣藏》里的浅野内匠头为什么就那么心急火燎呢？只要再过一天，一天就好，他为什么就忍不了呢？但是，如今结衣终于明白了。

衬衣脱掉，现在只剩吊带背心了。就此忍让，只会失去自我。

"你们以为我是什么人？区区一个承包商的女人，有什么能力告发我？啊？"

押田大骂那群恳求他的部下。

"承包商、承包商。"结衣瞪着押田道，"你要对一起工作的人抱有敬意！"

顾恩正在看着自己，结衣能感受到他强烈的视线。

"我叫东山结衣。我和你的劳动方式不同，但我们都是日本的公司职员。"

还剩最后一件，脱掉之后一切就都结束了。正在结衣把背心卷起到肚脐的位置时，她突然想起了在商谈会上拿给 Force 看的那张体脂肪率测量表。

那是和晃太郎刚订婚的时候，结衣在一家贩卖家电的商店里测的。晃太郎看到她那个体脂肪率百分之二十八的结果后，笑着说："结衣啤酒喝太多了。"可是，那晚去居酒屋，结衣说要减肥，于是一个劲儿只点乌龙茶的时候，晃太郎看在眼里，或许觉得自己白天说得有些过分，便硬逼着自己说了一句对他来说算得上十分宠溺的话。他说："结衣什么都不用做，做自己就好。"

为什么事到如今想起了这番往事呢？到了最后关头，结衣突然踌躇起来，她视线一动——

看到了躲在押田身后的樱宫，她看到樱宫正在笑。

额头的伤痕突然剧烈疼痛起来。你笑什么？结衣的胸口一阵烧灼。我这是为了保护你们在战斗，你为什么要笑？

结衣感到一阵头昏脑涨，她紧紧地抓着背心的下摆。正准备掀起来时，肩膀却突然被用力按住，就这么被按倒在了榻榻米上，然后她听到什么东西碎裂的声音。

"你在干什么啊！笨蛋！"

晃太郎把自己的上衣披到了结衣身上，怒吼道。

挡箭牌回来了。Force 的员工间也飘荡着一片安心的气氛。

"这家伙呀。"押田露出松了口气的表情，指着结衣，"她还妄图让我们再陷入网络骂战呢！"

晃太郎注意到来栖还在拍摄，于是立即斥道："快别拍了！"

"放开我！"结衣用力挣扎。决不能让事情就此为止。"放开我，种田先生！"

但是，晃太郎的力气实在太大了。他一边按着结衣，一边问她：

"你为什么不相信我啊！"

"怎么怎么？你们俩说什么悄悄话？难不成你也跟这女人搞在一起？"

晃太郎紧抓着结衣肩膀的手指用着力，他语气淡漠地回道："怎么会。"

于是押田将酒杯里的啤酒一饮而尽，一脸爽快地说："是吗，没有就好。"

"那种女人我可下不去手。刚才我都摸过了，她还有小肚子呢。"

听到这句话，结衣顿时没了力气。晃太郎松开了不再抵抗的结衣，双手撑在榻榻米上，用额头抵着双手深深地鞠躬道歉道：

"我为部下的莽撞向您道歉。代她罚酒、脱光衣服，我什么都可以做，还请您大人不计小人过。"

"行了行了。"押田十分满足地说，"但是这个女人你得想办法处理一下，懂我的意思吧？"

数秒间，晃太郎一动也没动。结衣以为他一定会答应下来。可是当她看到晃太郎缓缓抬起头之后脸上的表情，胸口不由得揪紧了。

那是她从未见过的表情，晃太郎直勾勾地盯着对方的脸。

"你那眼神什么意思啊？"押田也被晃太郎吓得向后缩了几分。

正在全场的空气再次跌入冰点时，一个本不该出现在场上的声音响起。

"到此为止吧！"

是恐龙男。

"研究员"跟在他身后走了进来，看来是他把恐龙男叫来的。说不定晃太郎也是"研究员"喊回来的。

"你谁啊？"

押田故意问道。可是恐龙男直接无视了他的上司，在结衣面前跪坐下。

"请您千万不要再举报我们了。"恐龙男尽全力挤出声音，"请您高抬贵手。自从网络骂战开始，大家已经连续好几周不能回家了，也见不到自己的亲人。大家的精神状态已经不太正常了。这家公司把人都变得不像人了。"

"喂！你这家伙！你怎么能在承包商面前低头？当着新人们的面，也太丢人了吧！"

"什么上啊下啊，我已经受够了！"

恐龙怒吼道。

"你总说运动能决定男人的地位，要是按照你这套理论，下跪的就应该是你！那边那位种田先生，他可是打进了甲子园准决胜的选手！但是那种荣誉在商界又有何意义？根本毫无意义！"

押田的视线转到了晃太郎身上。"种田，"他喃喃道，"种田？"

"来年，就轮到我女儿求职了。"

恐龙男的大眼睛转了转，看向结衣，又看向樱宫。

"到此为止吧，别再做这种过分事了。我本以为只要顺从高层就能好，是我大错特错了。我本来应该更早逼你推进改革的。"

恐龙男拿出了辞职信。听他的声音已是充满觉悟。

"人根本不分上下。你和你的部下只是被洗脑了而已。"

整个会场一片骚动，Force 的员工人人脸上都写着惧怕。

晃太郎走得飞快。结衣好不容易才追上他。走到竹桥站前的时候，晃太郎要来栖把刚拍下来的视频给他看。接着他确认过是自己不在会场上时发生的事情后，就二话不说把视频删除了。

"为什么要删掉啊？"来栖大声问道，"结衣姐都做好了觉悟，要把这段录像公开了。"

"什么觉悟？把迄今为止的努力全都付之一炬的觉悟吗？"

晃太郎直直盯着的人不是来栖，而是结衣。

"这种事本来就很常见，只是你们不知道而已。所以我才警告过，不要忤逆客户！你不是也说了，能忍住的吗？结果又为什么……"

"这种事很常见？根本就不常见好吗？"来栖又说，"被那么粗暴地羞辱，然后还不许忤逆？这说法也太奇怪了吧！为了达成营业目标，至于做到这种地步吗？"

"只知道躲在女人身后的男人给我闭嘴！"

"你的意思是，没有力气就不是男人？种田先生果然和那帮人是一伙的哦。"

"不是！"

晃太郎的吼声震得整个温暖的春夜在发颤。

"那你为什么要责备结衣姐？其实种田先生最气的不是那个董事，是你自己吧？因为没保护好曾经的未婚妻，因为还对她余情未了，是吧？其实我们都看得明明白白！"

"原来是这样啊……"跟在他们后面的新人中有人嘟哝道。看来，他们这才知道了两个人的过去。

"哦！是吗？是我不好吗？"

晃太郎的声音里满是怒意，他又再次瞪视结衣道："可能吧！可能是这样。我说没有私情是骗人的。但是这次我觉得自己错了，我本来不应该尊重东山小姐的意见的。"

结衣躲开了晃太郎的视线。她看向往昔的江户城。一轮朗月挂在天上。

"趁此机会，我就和大家直说了吧。"

晃太郎的声音远了一些，似乎是将脸转向了新人们的方向。

"董事会正在讨论是否采用裁量劳动制。"

"什么？"来栖惊呼。

"为了抵抗他们的倾向，上级命令我去做定时下班的主管的挡箭牌。所以她必须加班才能做完的工作，都由我来做。客户的骚扰我也全都忍下来了。可是，东山小姐却并不信任我。不论我怎么做，她都不相信我。结局，就是今天这样。让客户对我们的印象跌到谷底。我甚至不知道客户还愿不愿意让我们参加二次竞标。可是，我决不会放弃。一定要达成目标盈利额！不论用什么手段，我们都要被选上，要赢！管他什么优良的职场环境！所有人给我拼死工作！樱宫，你不可以再擅自行动了，暗地里接触 Force 这种事不许再做了！"

"可是，我只是……"樱宫两眼泪汪汪地用手捂住嘴巴，不说话了。

"从明天开始，所有人，一分一秒都不许休息，给我往死里干！"

强调完这句话，晃太郎独自一个人走下了竹桥站的台阶。结衣发现大家都在看着自己，于是摆出一个微笑。

"哎呀……怎么这么大火气。"

说罢，她看了看手表。表盘已经开裂了，可能是刚才骚乱中有人踩了一脚吧。

"今天都这么晚了，大家先回家吧。"

所有人都一言不发地离开了。就连甘露寺也没有吭声就走了。最后只剩下顾恩一个人。

"我实在没法在贵司工作了。"顾恩的嘴唇抖着，"如果只有 Force 如此，也就罢了。没想到种田先生也是那样……我真的无法接受。"

"是吗……"结衣点点头。她没法阻拦顾恩，她连说出"没关系的"这句话的力气都没有。毕竟一切都已经被顾恩看在眼里了。

"把事情搞得这么窝囊，真是对不起。"结衣说，"我还说顾恩只要做自己就好。结果我甚至都没能保护好你。"

"没有这回事。"顾恩嗫嚅道，随即鞠了一躬，"那我就先回去了。"

正在这时，一个男人的身影从竹桥站的楼梯口浮上来。结衣感觉那身影十分熟悉，定睛一看，竟然是背着通勤包的吾妻。结衣一阵惊讶，问他发生了什么。于是吾妻气喘吁吁地回答："我在回家的电车里收到了来栖的邮件。上面有酒席的照片，照片里的 Force 员工全都光着上身！"

顾恩有些吃惊地问："吾妻先生……该不会是因为担心我们，所以才？"

"那个，怎么说呢，与其说担心吧……其实我昨天也说得有些过分嘛。不过，我确实是为了顾恩好，所以才那么说的。但是听说甘露寺都没有被 AI 甄别出去，我也稍微松了口气……然后就觉得，我那么说话也挺过分的，其实……"

吾妻满头大汗，用衬衫袖子擦着。

"你不是有什么看不惯就会直说嘛。这种性格在日本会挨欺负的。这种情况，我见得很多。而且顾恩还是外国人，就更加容易被攻击……"

"所以你建议我要老老实实做个日本员工吗？"

顾恩看上去并不开心，吾妻似乎也注意到了，于是有些尴尬地说："我是不是又说错话了……但是，我也不知道该怎么保护好你。"

说到这儿，他看了看手里捏着的手机屏幕。

"我在之前就职的那家公司，也像这样上半身脱光过。当时，我根本说不出'我不想'这句话。因为我已经妥协了，我觉得日本的公司就是这样的，所以只能言听计从。"

这种事本来就很常见，只是你们不知道而已——晃太郎刚才说的那句话真切地在耳边回荡着。顾恩垂下了双眼。吾妻却又继续说道："可是啊……我一想到顾恩可能会有同样的遭遇，就觉得不行。所以我才赶来的。不过，像我这种人，来了也没什么用吧。我都说了些什么啊……唉。"

顾恩望着吾妻。过了半晌后，他用手背擦了擦眼睛。

"吾妻先生不是问过我吗，究竟为什么要来日本。"

顾恩深吸了一口气，努力控制着声音中的颤抖。

"在《忠臣藏》里，我最喜欢的桥段就是发生在田村家的那一幕。那是在松之廊下事件后，浅野已经成了十恶不赦的罪人。当时曾对其照顾有加的田村右京大夫建显，因为对他心生怜悯，于是便引浅野的家臣们来到自己的家中，让他们主仆切腹前再见一面。田村当时也是抱着会受严惩的觉悟，做了这件事的。"

吾妻一脸"为什么突然说这个"的表情，看了看顾恩，又看了看结衣。

"大家都说这个故事是后人编造的。但是，会在发生了松之廊下那件阴郁悲伤的事件后，加上这样一个桥段，我觉得我能感受到日本人的那种心意。即便无法忤逆上层的意思，但仍愿对那个坚持着武士道精神的男人伸出援手。我相信日本人拥有这份温柔，所以我才来了日本。为了能攒够读研究生的学费，我还在便利店打过工……"

"欸？便利店？"

吾妻睁圆了眼睛。

"我也在便利店打过工欸！就是一直找不到正经职业的那段时间。你早点说嘛！看来我们还是挺像的呀。"

吾妻似乎瞬间对顾恩产生亲切感，于是他有些扭捏地又问："……一起吃个饭？走吧？"

顾恩被突然的邀请吓了一跳，慌忙点头。然后又对结衣行了礼道："那我们先去吃饭了。"然后和吾妻一起离开了。

所以，局势是被吾妻挽救了？顾恩还愿意再重新考虑一下吗？结衣也不知道。短时间内发生了太多事，她的脑子已经转不动了。

结衣望着平川门，那儿被称作"不净门"，专门用来将一些违背法律的武士拖出去。

肩膀上被晃太郎用力抓过的地方还很痛。当时，要是自己一口气脱到了最后，说不定会把公司和同事们都卷进去。所以，能被晃太郎阻止其实是件好事。

从客观角度，她的确能够理解。

可是，心底里的火焰却无法抑制。那种强烈的憎恶感支配着自己去行动。

迄今为止，她一直都觉得，就算自己被无端要求长时间劳动，就算自己受尽嘲弄，也绝不会在职场上拔刀——

她以为自己一定能顺利平息争端。

可是……

结衣不由得喃喃念出那看过无数遍的松之廊下一幕的台词。

"我舍弃五万三千石俸禄身家，也要对吉良上野介拔刀，为的是斩除这个蒙荫将军威仪，却图一己私利的佞人！快放手！让我斩了他！梶川大人！"

那一刻，结衣与浅野内匠头心意相通。

明明应该为自己而拔刀，明明还对同事们说，要珍惜自己。可是那时的结衣却被愤怒驱使，彻底被想要惩罚那个董事的欲望所支配。那一刻，她已经彻底顾不得自己的下场了。

我不能再这样冲动了。结衣浑身脱力，蹲在了马路边。

最终，我失去了晃太郎。

结衣没有相信那个拼命想要保护自己的男人。正因如此，她等于亲手将他送到了"那一边"。可是，明明最怕他变成那样的，也是自己。

晃太郎拼命按着自己的肩膀、阻止自己的手指，像着了火一般地发烫。结衣第一次见他发了那么大的火。她就这么望着地面，发着愣。

不知过了多久，结衣的手机震了一下。她拿起看了一眼，是新邮件。

发信人是灰原忍。也就是这段时间正在和董事们苦战的社长。

"关于今晚在 Force 发生的事情，我想和你聊聊。周一九点请来一趟社长室。"

唉……结衣叹了口气，站起身。不知道是谁告诉他的呢。但是她现在也没什么力气去想了。

只能把自己做了什么都和社长解释清楚了。

结衣抬起头看了看夜空。她想到松之廊下事件的那个晚上，明月也是如此闪耀清辉，不由得视线模糊。

不能哭，你是个主管，你没有权利再哭了。

结衣站起身，走下了竹桥站的台阶。

第四章

丧气青年

拔出的刀斩向吉良。自己脸颊上流下的不是眼泪，而是飞溅的血液。再斩！可是，他却没法对大喊"浅野大人疯了！"的老武士挥刀了。

　　吉良一直活着，没有受到任何惩罚，仍存在于这个社会之中。

　　星期六的早上，结衣躺在床上起不来，也毫无食欲。星期日，她仍旧躺在床上昏睡。

　　每次闭上眼，她都会做同一个梦，就是挥剑斩吉良的梦。可是在梦中她无论怎么挥刀，对方都是毫发无损，还嘲笑她是"半吊子职员"。于是她开始思考：我究竟哪里做错了呢？

是因为提出了平息网络骂战的方案？是因为抓评了那个网络广告？还是因为，她每天都准时下班回家？

这种事本来就很常见，只是你们不知道而已——晃太郎是这样说的。

既然如此……星期一的早上六点半，结衣睁开双眼后，打从心底里想着——

不想上班。再也不想上班了。

自己这样太糟糕了。应该再请假休息一天，让自己的情绪再好好恢复恢复。

正在这时，手机的闹钟声响起。啊啊……结衣叹了口气。还有件事，她不能不做啊。结衣想到这儿，开始从通话记录中翻找号码。

"早上好呀，甘露寺！已经早上了！……喂，你起床了没！"

电话那头只能听到迷糊的哼声。结衣等着他回复，结果没过一会儿，对面就响起微微的鼾声。

"快起床！窗帘拉开！"

结衣早已养成了上班的生物钟，这会儿也已经在床上坐起身，拉开了窗帘。充满夏日风情的阳光洒在脸上，白色的浮云缓缓流动。

"今天天很蓝哦！气压也很高。真是个爽朗日子！"

"师傅真是心宽哦。"甘露寺还带着瞌睡劲儿，鼻音很重，"我这一整个周末都在思考，艺术家真是孤独啊。看来《萤之光》这首歌对于一般大众来说或许太新颖了。"

"这件事先别管，总之你先去洗把脸。今天有我做讲师的课哦！"

她必须得去公司。结衣努力从被窝里把自己拔出来。走下一楼，正撞见妈妈一脸惊讶地看着她。

"你要去公司？"

她看到给结衣拿去的早饭吃了一半，于是又问："是不是得了升迁抑郁啊？做管理岗很容易压力过大的，我看电视上都这么说。"

"哼，这种软弱的家伙才做不了主管呢！"

父亲用海苔包着饭，边吃边开始了说教。

"那个大石内藏助听说主君被迫切腹，还是照睡不误呢。他毕竟是代理城主，要代理自己的主君管理整个领地。所以他只能将愤怒和悲伤都独自咽下，平息家臣们的骚动，再度振兴家业……"

"我吃好了。"结衣把碗碟拿到了厨房。今天也是闲人一个的父亲紧跟了进来。

"一忍再忍，不得不忍，这就是主管的命运！"

"爸爸根本没忍住！不过是把压力全都释放给家人罢了。"结衣一回头，发现父亲那张打高尔夫晒黑的脸就在眼前。

"别离我那么近！"结衣下意识叫道。

父亲一脸很受伤的表情。

"你怎么了？从周五晚上回来就变得很奇怪。"父亲无奈地后退了一步。

"我没事，比起这个，你要是再不和我哥道歉的话，父子关系恐怕就要断了哦。"

"哼，他是被他老婆给洗脑了。小时候明明那么可爱，结果现在被女人牵着鼻子走，真丢人。"

"你还觉得是嫂子的错？"结衣的声音不由得尖厉起来，"是你自己的错吧？还突然对着小孩子大吼大叫，哥哥有勇气反抗才很了不起呢。"

结衣也要为了保护新人而奋战，所以她要拼命告诉自己，那天晚上她没有做错。

"可是他说得也太过分了，我这么大岁数听了多伤心啊。"

"怎么就变成你伤心了？被吼的那一方才更害怕吧？孩子才三岁欸。"

"那对长辈说话总该更尊敬一些吧？"

"尊敬？"结衣感觉自己的声音都哑了，"连想杀人的心都有了，你说尊敬？"

父亲突然沉默了。不妙，结衣立即解释："……不，我指的不是爸爸，我是说工作的事。"

"是你上次提到的那个客户吗？进展不顺利？是晃太郎说你什么了吗？"

"晃太郎现在大概连我的脸都不想看到。"

"喂，怎么会闹到这种地步？难不成你对客户拔刀相向？那可不行啊，公司里绝不会允许出现那种事的。"

结衣没有回答他，兀自回了自己的房间，随手戴上了表。

这块表是为庆祝自己求职成功，父亲送给自己的。他当时说："虽然眼下经济不景气，但日本是经济大国，日本的企业受着全世界的尊敬。现在你也是其中的一员了，好好干！"

结衣望着这块日本制造、玻璃被磕出裂纹的表出了神。

如果今天不去公司的话，自己可能就再也不想去了。

从电梯里走出来，又到办公室翻好到岗名牌，做好出勤记录后，结衣去了管理部。因为是星期一，结衣想着要照例把糖给右黑拿去，没想到对方竟然还在出差。结衣叹了口气，向着这一层最深处的社长室走去。办公室的门是开着的，于是结衣打了声招呼走了进去。

房间很狭窄，只有四叠[1]大小。订制的书架上不仅摆着技术类图书，还塞着不少哲学书、IT企业家传记、小型无人机等。的确符合灰原的宅男风格。整个房间只有角落里摆着的高尔夫球包，弥漫出一股传统公司职员的味道。

此时灰原正敲击着笔记本电脑的键盘。"好嘞，发送邮件！"灰原说罢抬起了头。一边挤按着眼角一边开了话头。

"星期五那个酒会真是辛苦你了。我真的很讨厌应酬接待，这下顿时更讨厌了。"

"是普通饭局。"

"其实就是应酬吧，不是吗？"

结衣没有回答。她反问道："是谁告诉您的？速度也太快了。"

灰原将笔记本电脑转向结衣。屏幕正在播放来栖拍摄的画面。看来把手机递给晃太郎前，他已经把视频上

1　叠为日本房间面积的计量单位，一叠即一个榻榻米的面积，大约1.62平方米，四叠则大约是6.48平方米。

传到云文件中。当天解散后，他就把视频发给了灰原。IT技术还真是年轻人的好搭档。

"他在邮件中写了，想把这种情况发送给我了解。现在的年轻人跟谁都能共享发送。没必要像你那样直接跑到高尔夫球场去堵我。"

"是我管教不周，实在抱歉。"结衣说。灰原小声叹了口气。

"不过，多亏这段视频，我大概也了解你的想法了……没想到你思虑如此不周全啊，东山。"

看来结衣从社长那儿得不到"你没做错"这样的肯定了。虽然结衣心底里总觉得，如果是灰原的话，应该会认可她的。

"我深刻反省自己这种思虑不周、没能克制住情绪的行为。"

一本正经地回答也只能讲到这个程度了。"可是……"结衣准备继续说下去，但却被灰原用眼神阻止了。

"我们来简单讨论一下这件事吧。"

"首先，控制不住火气，可是做不好主管的。"

"那请您降我的职吧。我也觉得自己并不适合管理岗。"

"我也不适合做社长啊。要是能辞，我也想辞职不干的。所以这种牢骚就不必在我面前发了。"灰原仍旧揉着眉心，"我没什么时间，所以你快回答我，你为什么控制不住火气？"

结衣想过。或许是因为被无视？是因为新人们受了嘲弄？还是自己身为女性被侮辱？不，这些的确都很卑劣，但她发火的点不在这里。结衣审视自己的内心道："我想，是因为我作为公司员工的尊严遭到了侮辱吧。"

那个董事——押田，称呼结衣是"半吊子职员"。她是因为那句话所以才没能控制住自己的。

"你为什么觉得受辱了呢？"灰原的手指轻轻敲击着办公桌。

"因为我没有服从他，也没准备顺应他们的工作方法。"

"嗯。这也有可能啦。但是他们为什么强迫你顺从呢？我觉得你再思考一下更深层次的原因会比较好哦。"

灰原望着屏幕上押田那张脸，说："我是这么想的。在 Force，裁量劳动制度已经摇摇欲坠了。所以，他感受到你的存在是个威胁。"

"威胁。"结衣也盯着屏幕上押田那张静止不动的脸，"我吗？"

"当一个人在攻击对方的时候，会下意识地去攻击那些自己不想被攻击到的地方。这个董事说我看上去是个弱鸡，我觉得他可能比我还弱，而且还在意他人的评价。所以，他大概已经意识到了，自己的部下们正在与自己离心离德。"

结衣稍稍思考了片刻，问道："您为什么知道这些呢？"

"因为我也一样啦。"灰原看着书架上摆着的那张创业时拍的照片。

"这家公司采用裁量劳动制的时候，我觉得只要对工作怀抱热情，什么困难都能克服，而且也相信这些工作只有我自己能做到。所以，当新人对我说'要是再这样低效地工作下去，我就辞职'的时候，我备受打击，不明白对方为什么要说这么过分的话，还觉得一定是因为对方对公司没有感情。"

这些话结衣还是头一次听，她也从没听石黑提到过。

"于是我要求他的上司再好好教导他。我当时觉得这样是为他好。那时候，公司的股价正在飞速上升，根本没人敢忤逆我。于是我借着再教育的名头，给了这个二十岁的年轻人大量的工作，强迫无法忍受这种劳动强度的新人和我们做一样的工作，而且没有任何人帮他去处理这些。更不妙的是，这个新人极度能忍，他一个人把所有的工作都扛了下来……所以今天他应该正在休息吧。他不是去出差了，而是因为要做身体检查所以住院了。从春天开始他的健康检查结果就不太理想。"

"您说的这个新人是小黑……是石黑先生？"

结衣碰了碰上衣口袋，白砂糖发出沙沙的声音。

"可是，石黑先生现在很支持社长的工作改革啊。"

灰原淡淡地笑了，道："他那么做是为了给我加压力呀。从他病倒以来，我就彻底没了自信。我这个人精神很脆弱，总担心某天又会重蹈覆辙。所以，也正是在那个节骨眼儿，你来参加面试了。当时你明明还没开始工作，就扬言要建立一个大家都能准时下班的公司。于是我便决定录取你。"

说到这里，灰原的脸上浮现出一个强忍重压的表情。

"就是因为有你这样麻烦的员工在，我才不得不告诉自己——下班后的时间都是属于员工自己的。为了守住员工的这一权利，我就要拼命动脑去想，怎样才能最高效地盈利。"

说到这儿，灰原抬起眼。

"可是，这种想法在董事们那儿根本行不通。他们是在大企业的优良环境中成长起来的，所以根本不知道裁量劳动制有多危险。他们总觉得，只要让年轻人吃点苦就万事大吉了，也相信在这样一个连气候和地壳都充满巨变风险的时代，自己只要身居高位就不会被波及。"

结衣随着一脸严肃的灰原的视线，扭头看到墙面，不由得有些吃惊。

"欸？这儿贴着的那张日本史年表怎么没了？……之前还有的啊。"

"那玩意儿已经被我扔了。"

"欸？什么时候？"

"我看了那段视频，突然觉得在这个狭窄岛国你争我夺、非要分个上下尊卑的历史太傻了。"

"那，那您现在学的是什么？世界史？"

"不，我觉得格局还要更大一些，否则就无法在眼下这个时代生存下去。我现在学的是地球生命的历史。今天早上我读了一本讲解恐龙为何灭绝的书。"

"恐龙……"结衣小声道。是因为灰原在视频里看到了"恐龙男"的脸，受到了影响吧？

"巨大的陨石落到地球上之后，哺乳类存活了下来。就是因为它们很弱小，所以选择了更加谨慎的保护和繁育后代的方法。也正因如此，它们才在物种大灭绝中残存了下来。一开始只有百分之一，后来变成十分之一，然后支配了整个世界。"

他究竟想说什么呢？结衣听得云里雾里，就在这时：

"所以游戏规则一定会变的。"

灰原似乎在鼓励自己一般说道。

"只有能够珍惜员工的领导，才能存活下来。"

看来，董事会那边还是支持裁量劳动制的人占多数啊。不过，我能相信这位有些懦弱的社长吗？能相信他不论遇到什么事都做得到力排众议吗？

就在此时，灰原的笔记本电脑传出一声收信通知音。看样子是写着什么紧急事件吧，灰原一边快速扫看，一边皱起了眉，然后说："东山，想要建设所有人都能准时下班的公司……你这志向还没有变吧？"

结衣稍作犹豫后回答："是的。"她决不能输给押田。

"既然如此，"灰原一边思索着什么，一边继续说，"Force 的案子，请全权移交种田，你退出吧。"

"欸？可，这，那我又为什么要……"

"这是社长的命令。我现在不能失去你，你先好好保重，让创伤痊愈。"

"创伤？不，我没什么创伤啊。我只是来公司的时候稍微有点情绪低落。"

"我必须要保证你的身心健康。"

"我很健康。"结衣坚持道，"我只是有些控制不住火气罢了。"

"一般遇到这种情况，我都会说，那我们不接这个案子算了。但这次比较尴尬的是，我想要在董事会上赢得胜利，就必须凭借你们小组这个案子的成绩。我需要非管理岗每月加班时间控制在二十小时以内，且能达到目标营业额。"

"这么说的话，就更不能把所有压力都扔给种田先生了。难道您觉得让他像小黑一样累倒也不足惜吗？"

"当年的小黑还是小孩子，但是种田先生已经是个长期位居管理层的成年人了。这个策略也是小黑为了保护你才想到的。他说如果是种田的话，肯定能扛住。"

如果是那个男人，应该真的会扛下来吧。结衣沉默了。灰原又接着说："你不相信自己的直属上司？"

结衣非常诚实地回答道："是的。我怕又会拦不住他。"

灰原苦笑道："也是。他可是在那个福永清次的公司里一直被洗脑'服从命令比生命还重要'的男人呢。在面试的时候我问过他，是为了什么而工作。"

说到这里，灰原又点开了酒席的视频。只见晃太郎飞奔进了多功能会议室，快速将自己身上的外套罩在露出肩膀的结衣身上，就仿佛要把她整个包裹起来一般。

"他想了很久之后告诉我：他也不知道。"

"不知道？"结衣皱起眉，"那社长为什么还……"

"为什么呢？不过呀，我也挺吃惊的。他简历上的工作经历近乎完美。头脑聪明，还打进了甲子园。这样一个男人，竟然不知道自己是为了什么而工作。不过呢……"

灰原望着视频里低头道歉、说着"我什么都可以做"的晃太郎，说道："但是看到这个视频，我才终于觉得，自己把他招来是正确的。或许在你看来，他就是个传统古板的体育会系职员。但是多亏了他，当时场面才算控制住了，你也被保护下来了。这样的员工，我们公司是没有的。至少我自己是做不到的。"

"可是，明明是对方在挑衅侮辱，还要这样低声下气……"

"这件事嘛，刚才运营部门来报告说，Force已经决定同意我们参加第二次招标会了。那个董事似乎很喜欢种田，说还想再见见他。"

结衣回忆起那个对着晃太郎摸来摸去的押田，不由得暗忖：真不想让他再见。

"我选择相信他。就算你不信，但是要想保护你，也只能这样了。好了，我们谈完了。接下来我要和种田谈谈了。"

"……打扰了，我能进来吗？"

结衣转过头，发现晃太郎身穿半袖白 T 恤，就站在敞开的门外。

他是什么时候来的？晃太郎点了点头就走了进来，看也没看结衣一眼。

一回到制作部，打开笔记本电脑，贱岳就凑上来。

"东山，我听说星期五情况特别混乱？在这种时候来打扰你真的抱歉，我家小一点的那个宝宝又发烧了，所以虽然刚上班但我又得回去……"

"我知道啦。"结衣点点头。

"对不起呀。"贱岳拍了拍结衣的肩膀，随后又说，"还有件事需要麻烦你……加藤他，今天又迟到了，说是不知道为什么感觉不舒服。"

"又来？"结衣问。

"拜托了！"贱岳双手合十，随后离开了办公室。

加藤一马，二十二岁，这个团队的新人之一。他和野泽一样被分给贱岳指导。邮件书写很工整，衣着打扮干净整齐，桌子抽屉也整理得一丝不苟。入职考试的成绩还可以，研修课题也能顺利完成。属于今年这一批新人里比较常见的那种平平无奇型男孩。

可是，加藤经常迟到。因为新人现在还在研修阶段，所以并不能带薪休假。他这样很影响个人的评价。

怎么说呢？就是有点感觉不到他的生命力。

进入六月，就要着手处理所接案子的网络架构工作了。如果在此之前不能全情投入，从九点一直拼到下午六点，就一定会影响到其他组员的下班时间。

"对了，你该去开一下会议室的投影仪了。"结衣向着本应坐在自己身后的甘露寺扭过头。

人不在。跑哪去了？她四下张望，却看到顾恩走了过来。

"我去连投影仪吧。啊，但是在此之前……"他黑溜溜的眼睛望着结衣，"我已经决定了，暂时还要继续留在这儿，也决定了暂时留在这家公司。"

"是吗？"结衣转向顾恩，"你能这样想我很高兴呀，但是，真的没关系吗？你可能又会遇到上次那种事……"

"这么说可一点不像东山小姐的风格。没关系的，因为这个国家还有田村右京大夫嘛。"说罢，他望了一眼对面工位上的吾妻，"所以，也一定有大石内藏助。"

"大石内藏助……"结衣一时没想起这个人。不论是电影，还是三波春夫的歌曲，她都只追到松之廊下那个桥段为止。大石出场大概是在那之后。

"大石是赤穗藩的首席家臣，平日里只是个凡人，所以还得了个外号叫'白痴'。不过，这一切都停留在了松之廊下事件被传到赤穗藩的时候……"

不知是不是情绪好多了，顾恩开始解说了起来。

"主君切腹。赤穗藩瓦解。家臣们全都被夺去俸禄，成了浪人。然而，吉良那边竟然丝毫没有受到惩罚，甚至还受了将军的关怀慰问。大石听闻这一切，决定坚守城池，同时安慰那些血气翻涌、要和幕府决一死战的家臣们，把城池保全了下来。与此同时，他又在暗地里默默计划着如何惩罚吉良。不愧是超级管理者。我想，东山小姐一定能成为二十一世纪的大石内藏助的。"

"我怎么可能成为那么厉害的人啦。顾恩你那天不是也看到了吗？我连假装恭顺都做不到，一激动就对客户拔刀了。"

虽然她没到无奈切腹的程度，但是也被踢出了Force 的案子。

顾恩连好了投影仪，研修课程照常开讲。野泽非常认真积极地做着笔记，顾恩也积极地提着各种问题。不过甘露寺却又在打瞌睡。

或许是因为时间不够，自己准备得还不充分吧。

樱宫也是一脸心不在焉。大概是因为前几天刚被晃太郎训斥过，还有点阴影吧。又过了一会儿，加藤加入进来，一脸恍惚地望着投影幕布上内容。

研修结束后，结衣喊住了正要走出去的加藤。

"身体好些了吗？是不是去过医院？医生说了些什么吗？"

"我没去医院，只是早上起床身体有些疲倦而已。"

"该不会是不想来上班吧？我们有签约的心理咨询师，要不要和专家谈谈？"

"我没有不想来上班。不要紧的。"

"如果是这样的话，那我需要提醒你一下哦，没有明确理由就迟到，你的个人表现评分会很低，一些想去的部门也可能去不成的。"

"我没有什么想去的部门。我先去处理贱岳前辈交给我的工作了。告辞。"

加藤冲结衣点点头，就返回了自己的座位。结衣实在摸不清这个新人，她感到有些不安，野泽当初至少还是有反应的。

"在为教育新人而苦恼吗？"

旁边有人搭话，结衣一看，是甘露寺。

"嗯。是呀，的确有点烦恼。"

尤其是你，最让我烦恼——这句话差点蹦到嘴边。

"加藤氏在社交网站上可是另一副面孔哦。"

甘露寺拿出手机，点进一个名叫"睡男"的账号里。

"这是他的小号。我刚才在厕所搜'萤之光'的时候摸到的。"

"正上班的时候欸！你在干吗？"

"加藤昨晚可是很激动的。大概是我把周五那个酒会的情况分享给了所有新人的缘故吧。"

现在的年轻人真的是什么都要"分享"啊。结衣想着，看了看"睡男"这个账号的时间线。

最先映入眼帘的，是"忤逆客户简直太蠢了"这条动态。

这是加藤写的吗？结衣感觉迎面挨了一记重锤。她拼了命地对抗押田，可没想到从新人的角度看竟然是这副模样。

除此之外，还有"我的准则就是明哲保身""成功就职！接下来就是好好玩乐了"一类的动态。

今天凌晨三点的最新动态是："在酒局上唱《萤之光》也太离谱了。"

"燕雀安知鸿鹄之志，普通人都是理解不了革新者

243

的嘛。"

甘露寺拍了拍结衣的肩膀，走出了会议室。

此时，人事部门的女性与他擦肩走了进来，看到结衣后面无表情地说："啊，东山小姐。我把你的晋升手续所需的资料拿来了，请您下午之前提交一下。"

"啊？什么？晋升是什么意思？"

"给您发过邮件了。"对方说。结衣赶紧点开邮件。三分钟之前，人事部的确发了一封邮件。

"几天前有员工发了匿名举报信。发信的应该是今年的新人。说是某个新人在下班时间受到了客户Force的性剥削，需要我们人事处理。"

结衣僵住了，她不由得脱口而出——

"这，该不会是樱宫……"

"嗯。因为这种事要是泄露出去，可能会影响人事部录用新人，所以我们也做了一些调查。但是除了社交网站方面的接触之外，还找不到其他证据。没办法，我们今天九点把她本人叫去做了问询调查。"

"这，应该没有做出什么越界的事情吧……"

求求了，可千万不要做出这种事啊！结衣暗自祈祷。

"是的。貌似仅限于社交网站上的留言。但是，星期五的酒会，你们是不是也带她去了呢？而且还要求她

244

去陪酒？"

结衣无法否认。

"可是，怎么说呢……这个所谓陪酒，与其说是她被 Force 强制要求的，倒不如说……"

"她本人也否认了客户强制要求陪酒这一点。但是当我们问她，是不是上司要求她这么做的，她回答说是的。"

"啊？"结衣忍不住大声惊呼。樱宫为什么要这么说？

"于是我们紧急联系了社长，预定了一个九点三十分和种田先生的面谈，确定了樱宫这些说辞的真伪。"

当时和结衣讲话途中灰原看到的邮件，就是人事部发过来的这一封吗？

"种田先生貌似已经承认了。他说这全部是他的指示。"

"承认了？"

结衣大脑一片混乱。为什么？他明明应该说，除了要樱宫一道参加酒会，其他什么指示都没有提才对呀。

"因为发生了这种事，所以我们准备将樱宫分配到其他小组。可是她本人却说希望能继续留在你们组工作。"

人事部的女性继续说道："但是，具体调动还需要社长那边裁夺。眼下暂时将种田先生降格为副部长，东山小姐晋升为代理部长。"

"代理部长？"

结衣的大脑更加混乱了。灰原说过，Force 的案子要交给种田来办。那为什么还要降级处分？是改变方针了吗？

"社长现在还在公司吗？"

"他出差去深圳了。而且他说已经和您谈过了。"

那就是说，方针并没改……这究竟是怎么回事啊？

"给您的文件夹里有管理相关的学习资料。"人事部的女性还在不断地往下说，"除此之外，还有种田先生参与的卫生委员会、跨全公司范围的项目推进委员会，以及客户服务代表活动委员会的资料。"

晃太郎还参加了这么多活动啊？结衣完全不知道。看来都是在工作时间之外参加的吧。

"不过社长也吩咐了，东山小姐升职之后，还要像现在这样准时下班。从我们采用新人的角度来看，您的形象如果崩塌了也的确不太妙。趁着这个好机会，我提出了申请，希望以上这些委员会的活动时间都安排在工作时间内。"

"意思是让其他的主管配合我的时间安排？这样大家难道不会对我有意见吗？"

"会吧。本来管理层中的很多人就抱怨过，根本做不到让部下每天都准时下班回家，还不如直接改用裁量劳动制比较好。还有人说，这样被逼无奈挖空心思地想办法减少加班，也是一种变相恐吓。"

"可是，一旦采用了裁量劳动制，岂不是更要动脑？劳动管理这方面也更需要亲力亲为吧。"

她想起了今早灰原所说的——那个被庞大的工作量击垮了的石黑。

"那种事，谁都还未认真考虑过吧。大家都知道社长是要拼命守住固定工作时间制度的，所以也就只能发发牢骚。不过……"

人事部的女性突然含糊其词起来。随后，她一边推开会议室的门，一边再次开口："我从十年前就认识灰原社长，当时的他对人心毫无概念。一想到准时下班这道锁有可能锁不住他，我就感到有些害怕。所以，我真心希望东山小姐能助社长打赢这场仗。"

我想让那个软弱的家伙——灰原忍赢！

石黑也说过这样的话。那个管理之鬼又想把灰原束缚住吗？灰原也曾说过，自己并不信任自己。

会议室里只剩结衣一个人了，疲倦感顿时涌上来，她倒在椅子上。

她想辞掉主管的职位。明明这样想，可是两个月内却被连续晋升了两次。

"代理部长。"

听到新的职位名称被喊到，结衣抬起头。不知何时起，晃太郎站在自己的身边。他将笔记本电脑放在了桌上。

"为什么？"结衣问，"为什么要说一切都是你指示她做的？"

"现在马上要开个紧急会议。我受降级处分的事已经告诉组员们了。会上我会解释。"

晃太郎的语气就仿佛在和上级做报告一般，非常疏远有礼。很快，组员就全都聚在了会议室里。樱宫是最后一个进来的，她怯生生地挑了个靠门边的位置坐下。

晃太郎将降职的事告诉了大家，所有人都震惊不已。

"我只在第一次竞标时指示过樱宫，希望她能缓和会场的气氛。"

晃太郎仅明确地强调了这一点。

"但是，如果樱宫认为我在此之后仍对她施加了无形的压力，使她不得不继续这么做，那我也无法否认。"

晃太郎这样讲，基本等于承认了樱宫的投诉。

没有人觉得惊讶，大家似乎都觉得晃太郎真的会这样要求。

只有一个人表现得十分震惊，那就是樱宫。

"降职？"她喃喃道。

"樱宫小姐，你真的希望继续留在这个组吗？"为以防万一，结衣再次问道。

"不，这，不是这样的。"樱宫满脸通红，显得十分害怕。

"人事一直追问我，是不是从种田先生那里感受到了压力，我只是觉得不能撒谎，所以才点了头。这个，我真的没想到会闹出这么大的乱子。"

的确有些异常。话说回来，连改善的指示都没有，就直接降职处分，这未免太严苛了。结衣陷入沉思，此时晃太郎说："樱宫小姐接下来还由东山小姐负责教导。这是人事的指示。"

"还，还请您多关照。"樱宫一脸紧张地对结衣说。结衣仍旧无法理解这一切，却也只能点点头。此时会议室的门开了，来栖走了进来。

"是我叫他来的。职责变动的事也需要传达给他。"

晃太郎动了动下巴，示意来栖坐下。来栖充满警戒心地刚一坐下来，就听晃太郎说："东山小姐将退出所有案子的一线工作。"

听到这句话，来栖眼睛瞬间睁大。

"不只是 Force？是全部？"结衣也惊讶不已。

"你还不熟悉部长的职责，如果把这部分业务加上，再参与一线工作，你必然会加班。一线工作全部交给我就好。请东山小姐一定维护好自己准时下班的形象。"

这种说法真的很讨厌。估计周围的人早就不满于结衣一个人屡屡晋升了，所以对方才会这样说自己吧。不过结衣也逐渐看透了整个事件的内幕。

这八成又是小黑采取的一个战略吧。樱宫那件事只是借口，就算没有那件事，他也准备好了要让结衣彻底远离一线工作。

"Force 的案子真的不让东山小姐参与了？"来栖仍旧不能释怀。

"是的。"晃太郎的声音十分冰冷，"因为不知道哪位把当天的视频传给社长看了，事情才会变成这样。"

"我本以为社长会帮助结衣姐积极反击。"

"你觉得社长本人会对着还没和我们签合同的客户

怒吼，嚷着惩罚那个董事吗？就只凭发了个视频？那可真是轻松的反击。"

来栖将视线转向结衣，结衣摇了摇头。晃太郎这话说得的确没错。

"其他组员也趁早放弃这种天真的想法吧！只要我做副部长一天，你们就要拼死工作一天。既然我被降职，那必然是和 MVP 失之交臂了。但是最佳团队奖我还没放弃！"

晃太郎这是有意摆出向"另一边"靠近的样子吗？

对结衣冷淡客气，也是为了不让那个董事怀疑他们的关系吧。为了不重蹈那个听从结衣提案而受惩罚的恐龙男的覆辙，要先从欺骗自己人做起。这大概也是策略之一吧。可是——

吾妻也望着结衣。她知道吾妻想说什么。晃太郎的眼中再次燃起了恶火。

他真的只是想先欺骗自己人吗？毕竟，他也说过："管他什么优良的职场环境！"

"你们别都一副不关我事的模样。"晃太郎环视着几个新人，"要想提高整个团队的表现，就需要从最下层开始提高。明天开始所有新人都是预备军。"

"明天开始？可是正式的在职培训要从六月才开始

呀。"结衣道。

"其他的案子已经开始运转了，还要加上 Force 的二次竞标准备。要是和其他团队节奏相同，那我们所有的案子都会火烧眉毛。明天开始所有新人都从我这里领工作。各个负责教育新人的组员要切实管理好。还有，加藤，你不许再迟到了。"

本来深埋着头的加藤急忙抬起脸来解释："啊，可是，我今天身体不舒服。"

"这里是公司，不是学校。你要是没干劲就趁早辞职吧。"

加藤的表情仿佛是刚被晃太郎捆了一掌。

"好了，散会。"晃太郎站起身，虽然结衣现在成了这个团队的领头人，可是整场会议从头到尾还是晃太郎在掌握。他们的经验值太悬殊了。

"还有一件事。"晃太郎看着结衣，"下午我会去 Force 赔罪。希望能在二次竞标之前赢回对方的好感。越快越好。"

晃太郎又要对着那帮禽兽低头了吗？单想想，结衣就觉得厌恶。

"我也去。"

"不行。"晃太郎立即回绝她，"东山小姐不用再去了。"

"可是，一切都是我造成的。身为一名员工，我应该切腹——不是，我应该做好了断。所以，由我来道歉最合理，也最容易被接受，不是吗？"

晃太郎还想反驳，结衣却又补了一句："这也是为了达成营业目标。之后的事，我会全权交给种田先生。这次一定守约。"

自己搞砸了， 自己善后。 这也是结衣力所能及的挣扎。

但是，当站在那个装饰着黑色头盔标志的大厦前时，结衣又举步不前了。晃太郎问她："要不要放弃？"结衣回了句"我没事"，做了个深呼吸。

迷糊鬼已经等在大厅了。晃太郎走过去深深地鞠了一躬道："在您百忙之中占用您的时间，真是非常抱歉。"

"不不，劳烦你们跑来这一趟，辛苦了。"迷糊鬼虚弱地笑了笑。趁晃太郎去前台领取访问证件的时候，迷糊鬼将一个小纸袋塞给结衣。

"多亏有您，避免了敝司进一步遭受网络骂战。这个周末我终于和妻子孩子一起回了趟奈良老家。我真的好久都没有休过假了。所以，这个是送给东山小姐的……"

结衣看了看纸袋子，里面放着一小盒和三盆[1]点心。"这是送我的？"结衣问。对方有些不好意思地点了点头，然后又小声催促道："快收起来，收起来啦。"看样子是不想让晃太郎知道。

"很开心收到您的礼物，呃……"结衣努力在记忆之中搜寻，"竹中先生。"

"其实，我基本上不记得东山小姐来这边商谈时的情况了，当时我们的压力实在太大，精神状态已经不太正常了。当时一定挺失礼的，还请您多多包涵。"竹中十分难为情地说道。

结衣他们被带去的是一个满墙都是奖章奖杯的接待室。这些似乎都是公司内部的运动比赛颁发的。

结衣不由得想起了种田家二楼那个摆满奖杯的走廊。

"哦！你来了。"押田走了进来，"我可等候你多时了，种田。"

结衣光是听到那声音，就感到浑身僵硬。

"十分感谢您的宽容，让我们能有机会再次参加

1　和三盆是一种原产于日本香川县和德岛县等四国岛东部地区的糖。

254

竞标。"晃太郎说道。

终于到这一刻了，结衣直视着押田那张被日光晒得黝黑的脸说："星期五的宴会，是我欠考虑了。"

说到这儿，结衣便说不下去了。押田身后还跟着脑残怪，他正一脸担忧地望着结衣。他好像是叫……吉川。

"作为承包商，我为自己的失礼向您道歉。"

结衣说罢便低下头行礼。见她这么说，押田脸上漾起一抹有些害羞的笑容。

"你还真可爱哦，是不是挺怕的？啊？"

他挨个看了看自己的部下们，然后又瞄着结衣的脸说："算啦。我这个人呢，遇到那种事很快就会忘了的。但是你这个酒品也不太行，会嫁不出去哦。"

"您这样的说法最近也会被认为是性骚扰的。"吉川表情僵硬地摆出一个微笑提醒道。

"啊哟，我知道啦。最近真是什么都能扯上性骚扰哦。要是被举报了我也很怕怕哦，简直有种反被骚扰的感觉了。"

"那么，"晃太郎稍稍提高了一些音量道，"今天我们就先告辞了。"

"等等，我想起来了，你看这个。"

押田从矮茶几里掏出一本旧杂志，展开来放到晃太郎眼前。

"你看看这篇十四年前在六所大学棒球赛中备受瞩目的种田选手的相关报道！竟然被我找出来了。"

晃太郎的脸颊抽动了一下，他眼神锐利地望着那篇报道："展示不屈之魂，种田选手完投[1]！教练表示：他的那种自我牺牲精神，不愧是日本男人！"

看到标题下方的照片，结衣不由得屏住呼吸。她还是第一次见到大学时期的晃太郎。种田家走廊上装饰的照片都只到高中为止。

"你看！你杂志上这个表情，就和那天酒会上一样，是吧？"

那张脸的确可以用精悍形容。但是脸颊和下颌的线条却仍像弟弟小柊一样残留着些纤细感。不过……他的眼神看上去一点也不像学生，充满了令人敬畏的成熟。

"这场比赛，我当时可是在球场看的呢！"押田的态度熟稔起来，对结衣夸耀道。

"替补的投手没来，种田选手从半场起就因为肩伤流露出痛苦的神色。但是他并没有离场，而是忍着疼痛一直站在场上。最后整个球场都在为种田喝彩，那个氛

---

1 指棒球比赛中，自开始到结束皆由同一名投手担任投球工作。

围实在太棒了，我当时感动极了！"

感动。结衣从这个词上捕捉到一丝违和感。一个学生把自己勉强到那种地步，赢得了大人的感动。不知为何，这让结衣浑身冒起一丝寒气。

"你和我们是一类人呀。"押田似乎很动情，"我们都是拥有武士魂的人。"

会话进行了三十分钟，在如此祥和的气氛下结束了。结衣和晃太郎离开了接待室。

"东山小姐真的退出这个案子了吗？"装腔男一边送他们两人走向大厅，一边表情不安地问。装腔男，应该是姓榊原。晃太郎回答："虽然不会再来贵司，但她仍会做相关的协助工作。"

"那……至少让东山小姐参与二次竞标，怎么样呢？公司里没有人敢对押田提意见。因为他是公司元老，而且在运动界人脉又广……嗓门儿还很高……啊，但是，他倒并不是什么坏人啦。心情好的时候他对部下还是很不错的。东山小姐的脸应该是押田很喜欢的类型，说不定他最中意东山小姐……"

"不行。"晃太郎十分强势，"实在不能再出现上次那样的差错了。"

趁晃太郎去归还访客证件，榊原喃喃道："那家伙也成了押田的看门狗吗？面对强者都是这么卑躬屈膝呀！"

看他这副随口就和结衣说出坏话的模样，押田和部下的关系应该相当恶劣。

"那个 Basic 的业务风间也是一样。他总跑来我们这儿的健身房，还一直嚷嚷着希望自己公司也趁早改成裁量劳动制。就是一个劲儿地逢迎押田。当时那个卷入骂战的网络广告也是一样，他们作为承包商明明可以拒绝使用这个广告，可是我们再三恳求他，他却坚称忤逆了押田的话，Force 会不和他们公司续约合同。"

"既然你们都这么反感押田的所作所为，那公司内部为什么没人反抗呢？"

"我们这些底层员工只要有半句怨言，立即就会被踢出公司。宣传部部长那个人很有能力，他忍不了了就可以跳槽，所以才那么有底气。可是我们不行。押田每天都在和我们强调：'除了 Force，根本没有别的公司会雇你们的。'"

说到这儿，榊原的眼神突然黯淡下去。

"其实，我正在和妻子协议离婚，可能还会丢掉女儿的抚养权。因为我总是不回家，所以妻子说这样的家庭毫无意义。我这样的人，在这家公司还有很多很多。"

结衣和晃太郎走出 Force 时，迎面遇见了走过来的"研究员"。他似乎是刚拜访过客户。看到结衣，他张嘴刚"啊"了一声，晃太郎便说："我们先告辞了。"点点头，加快了脚步。

和对方擦肩而过后，晃太郎又提醒结衣"不许私下接触他"。

就算不提醒，结衣也不准备和他说什么。

陪酒那天晚上，是这个"研究员"喊来了晃太郎和恐龙男。可是，他自己并没有参与战斗。和 Force 的其他员工一样，他绝不会让自己卷入争端。

他不会和任何人战斗，只会怂恿别人去战斗。

而结衣却不希望只让晃太郎一个人低头赔罪。正是这个想法，使结衣抖擞精神坚持到了现在。

可是，今天她却一秒钟都不想多停留，她再也不想来这个地方了，身体好沉重，连呼吸都很困难。

"我接下来准备步行去有乐町。"

听到晃太郎这么说，结衣停下了脚步。不知何时，两个人已经走到了竹桥站。

"……对了，有件重要的事忘了和晃太郎说。"

结衣将柊拜托自己的那件事复述出来，晃太郎听罢挪开视线不看结衣，他不想交流的时候就是这副态度。

"对不起，在眼下这个时候讲这些。但是你为什么不去看看你爸爸？至少应该联系一下家里人吧。小柊真的很担心你。"

"不可以插手部下的私事——明天的管理研修课上你就会学到了。"

她又被晃太郎冷淡相待了。胸口一阵憋闷，结衣忍不住说："是我让你的努力白费了，是我害你多出了那么多工作。真的很抱歉。可是，求你像平常那样和我说话好不好？……别这样丢下我一个人。"

晃太郎沉默了半晌，然后说："请不要再喊我'晃太郎'了，当初是东山小姐说的，不可以这样直呼部下名字。"

说罢，他便走远了。

就算没有什么食欲，也不能不吃饭。结衣强迫自己努力咽下饭粒。父亲则坐在结衣对面看着早上的电视节目，嘴里愤愤地批判："怎么净是些负面新闻！"

"新闻本来就是要揭露阴暗面嘛。"结衣咽下最后一口米。

走出家门，一路被电车晃着到了公司，结衣发现加藤已经在自己座位上坐着开始工作了。自从被晃太郎骂过之后他还一次都没有迟到过。结衣总有种失败感：看来真的是自己太宽容了吧。

距离赶赴 Force 赔罪至今，已经过去了九天。

部长的工作量远远超出了结衣的预想。光是忙活研修和委员会事务，再管理一下预算和工作进度，就已经到了下班时间。晃太郎做部长的时候还要负责一线的案子。结衣真的想象不到他是如何完成这些的。时间真的一晃就过去了。

但是，对于其他组员来说——

"种田先生的高压政策竟然才实施了九天吗？"

这种绝望感更加强烈。

晃太郎说到做到，同人事部门交涉之后，成功将新人的在职培训提前开始了。

在职培训，又称 on-the-job training。正如字面所述，这种企业内的教育手段要求新人在现场实际接触业务、锻炼自身战斗力，是每一个职场新人都必须经历的。

"可是，突然就让新人去协助竞标工作，客户还是引发了网络骂战的公司，这也太……"

从运营部拿资料过来的来栖一脸同情地看着顾恩。

顾恩敲着键盘的手指还微微有些颤抖。可能是因为前一天自己写好的资料被晃太郎批评得一无是处，所以有些介怀吧。

可是，刚训练三天，顾恩的实战能力就显现出来了，他也的确相当厉害。

"要是交给顾恩，工作完成得更快。"吾妻被晃太郎这么说，压力更大了。

野泽也在尽力完成任务，但是晃太郎却直言不讳："你数字弄错太多了，怎么好意思拿薪水？"弄得她在贱岳面前哭了鼻子。

晃太郎并不会要求大家加班。因为人事部严格规定"新人绝不能加班"。可是，他却给新人们施加了"坚守期限"的重压。

这群根本不熟悉业务的新人被工作逼得毫无喘息时间。而结衣的工作，则是把这些因为赶不及做完而泫然欲泣的新人从电脑前拉开，再逐一将他们准时赶回家。

可是，没有一个人抱怨。因为晃太郎本人比谁做得都多。

他以小时为单位，每小时都要安排外出洽谈。然后见缝插针回公司检查部下们的工作，一个一个喊过来指出工作问题，补回落后的工作进度。没人知道他究竟什么时候回家。不过他桌下摆的那双跑鞋的位置一直会变，所以应该每晚都会跑步吧。

"周末能休息吗？"结衣趁着晃太郎开会回来的间隙问道。

"平均每个人的工作效率这么低，还要休息？"

晃太郎这么回答。结衣回到自己桌边时，发现樱宫走了过来，看样子是听到了晃太郎说的话。

"对不起，都是因为我做不好工作，所以给大家拖后腿了。"

樱宫这话倒的确没说错。又开始负责指导她之后，结衣发现樱宫的工作能力真的太差了。

不知道是不是因为无法专注工作，樱宫总是会犯大量的错误。而且一旦指出她这些错误，樱宫会显得极其萎靡，于是错就犯得愈加多了。或许是因为她之前在工作上过于依赖男性了吧……结衣忍不住这样想。但她还是决定鼓励樱宫：

"不用着急，只要认真做就能做到的。脚踏实地，一点点努力就好。你做好的资料在拿给种田先生之前，可以找我再检查一下。"

话虽这么说，但是再过五分钟结衣就要去参加司内娱乐委员会的会议了。为了能让结衣准时下班，会议定在了下午一点。她看着磨磨蹭蹭打印资料的樱宫，情绪有些焦急。

"我来帮她看吧。"刚刚走过来的来栖说道，"就当是午休推后了一些。"

"虽然很谢谢你，但是……拜托其他部门刚入职两年的同事做这种事，可能不太妥当。"

果不其然，他们身后传来一声"我来看"。晃太郎略微转了一下椅子，半面向站在结衣眼前的樱宫道："你把做好的资料用邮件发给我。"

"好，好的。"樱宫表情十分焦虑地开始操作起了电脑。晃太郎又将视线投向来栖。

"你要是有那个闲工夫去照顾别人，倒不如再多多锻炼一下自己的业务水平。我工作到第二年的时候，白天根本没工夫吃饭，一心扑在工作上。"

"您是说在福永那个黑心公司的时候吧？"来栖的回复充满了敌意。

"我来到这儿也是一样。因为不这样做的话根本达不到理想的效率和目标营业额。再这么下去，那帮工作能力不行的人怕是会直接失去午休哦。"

董事会现在正在讨论是否再度采用裁量劳动制。来栖或许是想起了这一点，于是不再作声了。

"午休是必需的，不管多忙都需要午休。"

结衣这样反驳晃太郎。随后又对来栖道："谢谢啦，不过你就别操心我们了，好好午休吧。"

因为让晃太郎背负了太多的工作，所以结衣也只能说到这个地步了。其他组员一定都认为结衣只是挂了个"代理部长"的虚职而已。想到这儿，她不禁怯懦，忍不住又点进加藤的小号看起来。

"反正公司迟早要采取裁量劳动制的，我现在得开始研究如何才能糊弄了事、方便自保了。"

这个动态发布于数分钟前。结衣望着坐在自己座位上的加藤。原来他想的是如何糊弄啊。这可不能坐视不管。结衣做好开会可能迟到的觉悟，凑近加藤，站在他身后搭话道："我看到你的推特了。"

加藤的肩膀猛地一抖，他眼含恐惧地望着结衣。

"不好意思，我知道你的小号了，也看到你发的那些对我有意见的动态了。咱们出去谈谈吧。"

结衣领着加藤出了办公室，走去了走廊。站在自动贩卖机前，结衣问加藤想喝什么，随后帮他买了可乐。

"在网络平台上说什么，这是你的自由。不过这种小号最好还是控制一下权限吧。因为你的动态说不定什么时候就可能被当事人看到了。我们公司本身也专门承包这种危机管理顾问业务的，这你知道吗？"

加藤沉默着，捏着可乐罐子却不打开。结衣又问：

"为什么总是在说明哲保身的事呢？加藤君还这么年轻，还有很大的发展空间啊。"

可是加藤的眼睛却盯着结衣手腕上那块裂了缝隙的手表回答：

"哪有什么发展空间啊。"

"欸？为什么会这么想？"

"我爸平时跟我住一起，是他告诉我的。他每天都会说：这个国家已经完蛋了。"

"……为什么如此悲观？加藤君的父亲应该还很年轻吧，应该还在工作？"

"没有。他们是老来得子。所以我爸已经退休了，每天都在家里窝着。"

啊……结衣听到这儿吃了一惊，忙问："你爸爸……该不会当年是个工作狂吧？就是除了公司之外没什么朋友的那种人？"

"没错。所以他现在无所事事。还每天用手机搜什么特朗普威胁中国的各种新闻。等我回了家，他就开始没完没了地跟我讲，这个世界多么险恶。要是我不听他说话，他就会沮丧地嘀咕自己是个没用的废物，还会特别暴躁……"

"我实在太懂你了……真的很烦。"老家现在不就有个一模一样的老头吗……原来别人家的情况也一样啊。

"可是爸爸说的话倒也有些道理。这个国家真的彻底不行了。东山小姐没有告发 Force 是正确的。这个国家对于遭受性骚扰和职权骚扰的人比较残忍。在这里，受害者反而活不下去。"

加藤的语气十分淡然，可是结衣却感到胸口一阵阵刺痛。

"不过嘛，这也是没办法的事。我们现在就是生活在这样一个时代啦，一切都将走向终结。所以还是不要抱什么希望比较好。"

是不是应该心平气和地好好和他聊聊呢？可是会议马上就要开始了。结衣有些焦急，只好说了一句："工作上偷工减料，马上就会被种田先生识破的。"

正当她匆匆忙忙跑回自己座位取笔记本电脑时，晃太郎突然拦住了她。

"甘露寺去哪儿了？"

晃太郎这样问道，右肩上扛着一摞看上去重得要命的文件。

"甘露寺？呃……跑哪儿去了？我告诉过他要做好交代给他的工作。"

"我们这儿可不是幼儿园，从六月份开始，新人的人力费都会算进各个案子的支出中。如果新人毫无生产力，必然会给整体拖后腿。我看差不多是时候了吧？"

"是时候了？"

"把他调去更清闲的部门吧。要是东山小姐不好意思开这个口，就由我来和人事交涉。"

"总，总之我得先去开会了。要是再多迟到几分钟怕是又要被轰炸。"

"那等 Force 的二次竞标之后，一定要做好决定。"晃太郎说罢就离开了。

竞标的时间是下周一。今天是星期三。他们只剩两个工作日了。

总之要先开会！结衣正点开手机查询是在哪个会议室开会，屏幕上弹出一条新消息：

"我有事找你，今天来店里一下。"

是王丹发来的。

最终，结衣迟到了十五分钟参会，被整个会议室的人冷眼相待了。

刚喝了一口啤酒，结衣就趴到桌上。

"啊，我真的不想做代理部长了。我的日程里动不动就会插进一个会，今天一天我竟然就开了六个会啊！"

"日本人就爱开会嘛。"饺子大叔不知为何一脸喜滋滋地说。

"什么司内娱乐委员会的会议，竟然开了一个小时！而且还没确定司内的恳谈会究竟要干什么。"

"因为谁都不敢站出来收尾嘛，我懂，我懂，哈哈哈哈。"

"结衣，你续不续杯呀？"王丹问，"快点喝完，快点点单！"

结衣望着自己的啤酒杯。杯子里还剩一大半酒。于是她努力又喝了一口，把杯子放回到了桌上。这时王丹递给她一封信。

"王子给你的。我其实有点纠结，不过还是决定交给你。"

"什么？"结衣抬头问。"你读了就知道了。"王丹端着空碗回了厨房。

展开信纸，上面写满了英文。结衣对英语实在不在行，读了半天也没读懂，正当她抓耳挠腮的时候，信被人抢走了。

"这不是猎头信吗？！"饺子大叔戴着老花镜读起来，"啊呀，我其实在北美常驻过一段时间呢。我没提过是吗？毕竟是在商行工作，不过我现在待的是分公司啦……嗯，这个名叫 Blackships 的中国公司想挖角结衣去他们那儿工作呢。"

"我？不是柊吗？我记得他说是在物色年轻员工的呀？"

"结衣也很年轻呀。而且，如果职业履历不够优秀的话，人家也不会愿意挖角的嘛。原来如此哦，他们应该是想要用营销自动化系统进军日本。如今中国可是IT大国，可以与硅谷一争高低了。嗯，看来他们想要吸收日本网络业界的强者嘛。听说能给出双倍于日本的年薪哦。"

大叔见结衣瞪圆了眼睛，又笑着说："只是说有可能啦。"

信封里还塞着一张日语写的信，上面还附了联络用的邮件地址。

"非常抱歉没能直接和您讲，真诚期待您能去上海看看。"

之前他明明什么都没提过……想到这，结衣见王丹端着水走了过来。

"结衣最好还是离开这个国家吧。没有必要为了工作被伤害到这个程度。"

"我才没有受伤害。哦！我知道了，这是王丹拜托弟弟写的吧？因为我上次来的时候一直在发 Force 的牢骚，所以你很同情我……"

"同情你有什么不对吗？你最近又挨欺负了对吧？我很少见到结衣连酒都喝不下的情况呢，而且饭也不吃。你身边那些日本人为什么不帮你啊！"

王丹说着，眼眶湿润了起来。她大概是想起了自己那个过劳死在上海的发小吧。

"饭我在家会吃啦。而且我家冰箱里也有啤酒的。因为我现在要攒钱嘛，所以就过得比较节省啦。好嘞，我该回家了！"

结衣硬着头皮将剩下的啤酒一饮而尽，随后站了起来。她本想把刘王子的这封信还给王丹，但是王丹不愿意收下，于是她只好将这封信收到了自己包里，离开了上海饭店。

结衣回到家，刚推开门打了声招呼，父亲就跑了过来，劈头就是一句："我呀，左思右想好久。我觉得你这不是'山科的离别'。"

"突然说些什么莫名其妙的话？什么山科？"结衣一边脱着鞋一边问道。

"你不知道山科？就是赤穗藩被解散后，大石内藏

271

助居住的地方啦。"

"咱们能不能别再提《忠臣藏》啦！"

"那你就这么和晃太郎僵下去吗？我觉得呀，他是在替你考虑呢。"

"就算我们关系僵，工作还是能顺利推进的，不用操心这个啦。"

这时妈妈也走过来问："吃晚饭吧？"

结衣答说在外面吃过了，随即准备上楼。这时听到妈妈在背后念道："既然在外面吃了，就不能告诉家里一声吗？"

结衣转过头，看到妈妈正怒视自己。父亲见状突然笑了。

"就因为宗介那天之后没再来联系，所以你妈妈现在焦虑得很呢。"

"我老了可怎么办啊！"妈妈拿着手里的健康杂志敲着墙，"难道就要这样给开水都不会烧的老公，还有只知道回家睡一觉的女儿当一辈子老妈子吗？我实在是忍不下去了！"

"妈妈怎么也突然这样说话？我周末不是都在帮你打扫屋子、出门买东西的吗？什么都不做的是爸爸吧？他明明比我清闲多了呀。"

父亲本想劝慰一下二人，可是一听结衣那最后一句话，眉毛不由得扬了起来。

"我才不清闲！"父亲生气地反驳，"我还有好多集《忠臣藏》没看，还要关注全球的时事要闻。特朗普那么不靠谱，中国又一心发展，我每天都是神经高度紧张！结果你呢？你每天都是散散漫漫准时下班，还好意思说教你父母？"

"散漫？我才没有散漫！我也在用我的方式努力！"

"呵。受了点职权骚扰，就委屈得连饭都吃不下，就是因为公司里有像你这样软弱的女主管占着位子，所以日本才要完蛋呢！"

听到父亲这样讲，结衣心里一直紧绷的那根弦终于彻底断了。

"啊！够了！……够了！够了！！"结衣大叫起来，"我要离开这里。"

"那可不行！我才不要和你爸两个人在一起。"母亲说。

"你们先听我说。"父亲也说。

王丹说得一点没错。在这个国家，根本没有一个人真正关心结衣。

又是让她再接再厉，又是把她推作改革工作方式的典型案例，大家全都是在随心所欲地对她指手画脚。可是，没有一个人愿意自己出头。

就连父亲也不站在自己这一边。女儿受到职权骚扰，他甚至不愿意陪着女儿一起生会儿气。

"我要去上海。"

"你去上海干吗？"

"我要离开这个国家，我不会再回来了。"

"你说什么？"

结衣直接跑上了二楼。父亲和母亲在一楼又对着她喊着什么，但结衣根本没听。她从包里找出那封信，发了封邮件给刘王子。没想到对方火速回了信："那我们星期五下午一点见。我会给您订好酒店。"

星期五，那就是后天。结衣在手机上登录了公司的在线系统，申请了带薪休假。她才不管周五那天安排的五个会议呢。反正全是些没她也能讨论下去的话题。不过，她一瞬想到了自己所剩无几的存款，心里略有些不安。结衣努力驱散这种不安情绪，用信用卡支付了机票。

反正这个国家也在走向灭亡。这话是加藤说的。正好！那我就主动离开！结衣扯开抽屉，开始在几个衣物箱里翻找起不知塞在何处的护照。

第二天，结衣早早去了公司，将行李箱先安置在了更衣室里。她正写着邮件，拜托贱岳在自己休假期间照顾一下新人时，晃太郎看也没看她就张口问道："我看你星期五请了带薪休假对吧？我那天从早上起要参与羽鸟总研的摄影工作，人也不在公司。"

"摄影？要去哪儿啊？"

结衣问他，可是晃太郎的注意力又集中到了工作上。于是她抬高音量问：

"星期一 Force 的竞标准备得怎么样了？"

"准备好了。"

晃太郎回答。结衣见他下巴上生了薄薄一层胡子，看来前一晚他也没回家。

"就算带薪休假，你也要给甘露寺打电话喊他起床。我是不会管他的。"

说完，晃太郎便拿起剃须刀走出了办公室。他九点起貌似要出外勤。

结衣忍不住感到有些愧疚。如果自己跳槽了，就等于把一切都扔给了这个男人，自己逃到遥远的国度去了。

"话是这么说，不过从羽田坐飞机过去也就只用三个小时欸。"结衣小声自言自语。

"请了带薪假，就是特意跑去上海和帅哥社长面谈的吗？"

身后响起一个声音。结衣一回头，发现来栖正站在她身后瞪视着她。结衣慌忙摆了一个"嘘"的手势，推着他瘦弱的后背去了走廊那边。

"你怎么知道的？"

"柊告诉我的。我开始还不信，结果真的看到你拎着行李箱来上班了。"

来栖的眼神中带着怒意。

"我知道你承受了很多，现在过得很艰难。但是结衣姐，你也曾经说过会对我的将来负责呀。所以你其实是在骗我，对吗？"

"我确实这样说过，可是……"结衣没法对来栖撒谎，"真的对不起。"

来栖努力控制着情绪，紧抿住嘴。随后抖声说："我接受不了。请你一定要回来。我会做好便当，在这家公司一直等着你的！"

来栖吼完这句话后便转身离开了。结衣不晓得他为什么突然如此激动，不由得有些头昏脑涨。她正准备返回办公室，结果却发现加藤站在入口处。结衣的心跳不由得加速。

"你要去上海？"

"不要告诉别人！尤其是种田先生！"

"我不会说的。而且我觉得你想离开也是理所当然。反正待在这个国家就是没什么未来嘛。"

加藤有气无力地离开了。到最后结衣也没能和他好好聊聊。想到这儿，结衣心底再次涌起一股罪恶感。她轻声叹了口气，这时，柊打来了电话。

结衣先在电话里和柊道歉，说她没能说服晃太郎。而且因为自己太忙碌，也忘了告诉柊。

"我也估计会是这样的结果啦。不过家父的病情现在稳定了许多，已经回家里疗养了。"

"是吗，那多少能放心一些了。对了，你怎么知道猎头的事？"

"上次见到刘先生的时候，我就觉得他可能要挖你。还真是被我猜中了。"

于是柊就把这个猜想和来栖分享了啊。真是个长期从事谍报工作的孩子。

"别担心啦，我不会告诉我哥的。"

种田家的二儿子如此保证道。

"但是你告诉来栖了吧，我被他好一顿责备。"

"他是为了结衣姐才工作的，所以请你理解他的爱恋之情啦。"

"爱恋之情……真的是这样吗？"结衣回忆着来栖刚才那副极度情绪化的表现，说："他只不过是喜欢被上司关注的那种感觉而已吧。"

其实职场上经常会有这样的情况。被异性上司夸奖，于是产生了陷入爱情之中的错觉……倘若果真如此，那结衣或许应该稍微减少一些对来栖的关注。

到正式上班还有一段时间。结衣转身向更衣室走去。异性上司这个词让她想起一件事——她最后还要给那个变态送点东西。

"干吗这样盯着我看啊？"

石黑嘴上说着，出现在了逃生通道。他们两人已经很久没见了。石黑因为身体检查住院后，才回家歇了一天就马上出差了。

"难道是爱上我了？"

"不……我是不会被这一套异性上司闹出来的错觉控制的。"

石黑那双菱形的眼睛里写满"你在说啥"这句话，他挨着结衣坐了下来。

"眼下这种忙成狗的时期，你找我什么事啊？"

"因为下周会更忙，所以我想提前把你需要的糖包交给你。你的检查结果怎么样啊？"

"还行吧。"石黑没有多说，"我看到了哦，那个视频。我正住着院，阿忍一句话没说就直接发给了我。那家伙可气坏了呢。"

"因为那个高管说社长是弱鸡宅男对吧？"

"你傻啊，他气的不是这个。"石黑罕见地认真起来，"是因为又没能阻止你受伤害！他觉得是自己把你推到风口浪尖的，所以应该对你负责。"

"那个，虽然大家都这样讲啦，但是我其实没感觉自己有受到什么伤害呀。"

说到这儿，石黑回了一句"别逞强啦"，随后故意对着她的肚子轻轻捶了一记。结衣顿时浑身战栗，喊了声："别这样！"缩起身子，后背撞到了墙上。

"你看吧？怎么会没事呢，你现在恐男得要命欸。"

"……对不起。"结衣自己也有点搞不懂自己了。她和石黑那么熟悉，怎么就会吓成这样……

"那个董事给你造成的伤害很深，别小瞧了这件事啊。"

石黑用上司的语气说。随后又换成了损友的调调补充道："我说，小结呀。生气的不止阿忍。我那天看了那段视频，也是一整晚血压飙升，气得睡不着。看到那一幕还能不生气的家伙，简直不是人啊。"

听石黑这么讲，结衣简直有点想哭了。不过与此同时，她又想起了晃太郎。晃太郎当时没有对押田发怒，却把火气转到了自己身上。那个人啊……果然不是正常人吧。

"不过，我能做的事也真的很有限。所以只能让你先当上代理部长，然后再退出这个案子。接下来的事就只能靠种田了。"

石黑对晃太郎深信不疑，可是他真的就那么可信吗？结衣实在是没办法相信他。而且直到最后她也没有相信他。结衣站起身。

"已经到上班时间啦。我得回去了。对了，这些糖包，你可要严格遵守用法用量哦。"

结衣把一个纸袋子放到地上，石黑看了看里面的一大堆糖包，仰起脸。

"你明天请了带薪假，是吧？我不知道你是要去哪儿，但是决不允许你逃跑哦。"

这个管理之鬼，光靠第六感就察觉到端倪了吗？结衣逃也似的回到了制作部，开始强迫自己投入到工作中。

晃太郎一直都没回公司。结衣一直等到了晚上六点十五分，也没等到他回来。

她是不是在心底里还期待着晃太郎能阻止自己？想到这儿，结衣觉得自己好傻。她拉着行李箱离开了公司，那一晚在羽田附近的商务酒店度过。第二天，结衣坐上了飞机。望着机窗外仍残留着一丝白雪痕迹的富士山，结衣喃喃道："再见了，日本。"

然后，她真的到了上海。

走进虹桥机场，结衣看到了机场内设置的办公区域，以及坐在里面敲着笔记本电脑、衣着整齐高级的商务精英。

结衣的第一印象是，这里和她十年前来玩儿的时候完全不同了。既没有喧嚣的气氛，也没有大声吵闹的人，连搭乘城市地铁的乘客们也都衣着干练。结衣简直有一种误入六本木的感觉。不过她试着点开了推特，确实登录不了。这里的确是中国。

只需三十分钟就到达了市中心。结衣走出车站，发现路上来来往往的全是电动汽车，比东京更先进。坐上出租车，结衣发现驾驶席边上都架着智能手机，手机会按照司机的语音去规划行驶路线。这要比日本那种车载的导航系统更加高效。一切都是那么快捷舒适。

二人约好下午一点见面，于是结衣在装饰风格颇具当代艺术感的大厅办理好入住，将行李搬进自己的房间后就走出了酒店。展现在眼前的是几栋和身后的酒店一般高耸入云的大楼，给人一种超凡的魄力感。

这个国家从何时起已经发展到这样的程度了？如果刘先生的公司真的进军日本，我们公司能赢过他们吗？

不，我还是忘掉吧！把日本的事全都忘掉！

结衣的心底一阵尖锐的疼痛。那个男人现在恐怕在东京和客户开会呢吧。不行，我不能再想他了。眼下，我要忘掉过去，展望未来，一切向前看。

在饭店门口来来往往的大群游客中，结衣突然看到一个身穿西服的背影，十分眼熟。对方看到了她，露出吃惊的表情。结衣后颈的汗毛都竖了起来。

为什么？他为什么会在这儿？

每当结衣想要向前进发，这个男人——种田晃太郎，都会在最差劲的时间出现在她眼前，挡住她的去路。正当结衣目瞪口呆之时，视野之中又晃进一个人。

"你好！"

一个矮个子男人出现在她眼前。

"啊呀呀，真没想到事情进展得这么顺利。"他心满意足地抱着双臂。

结衣想一个箭步跑到晃太郎眼前质问他，究竟为什么会出现在这儿。可她眼下毕竟还是主管，而且还负责教育新人，所以必须优先询问另一个问题：

"甘露寺！你工作怎么办！"

"我这也是在工作嘛！"这位自称的超强新锐有些不耐烦地回答。

晃太郎则是一脸极度郁闷不悦的样子走过来。

"我刚才在这儿和甘露寺碰到了。他说我再等五分钟，就能见到东山小姐。我本来还不信，觉得他在瞎扯，结果你真的出现了。"

"请您解释一下吧。"

甘露寺用电视节目的旁白腔调朗声问道：

"种田氏是因为要参与羽鸟总研上海分公司的摄影，所以来到这里的。他刚刚在对面的酒店大厅和客户开完碰头会。那么师傅您呢——"

快别说了……结衣心里默念，但是根本没办法阻止甘露寺。

"您被王丹氏的贤弟——刘王子先生挖角，接下来要去参加面试，对吧？"

"不是面试，我就是来看看。"

结衣努力找着借口。晃太郎仰起头，惊愕地看着眼前这幢高耸入云的酒店。

"竟然住在这么高档的酒店里？你哪来的钱啊？"

"住宿费由刘氏来出。豪华客房一晚十五万日元。"甘露寺道。

竟然要花那么多钱啊！怪不得那个房间大得吓人。结衣不由得冒起冷汗。

"那你这不就等于是同意人家挖角了吗？而且……甘露寺！你这家伙又是怎么知道的？"

"因为您二位每天都过得太匆忙了嘛。要不就是手机屏幕显示着日程表，就直接离席；要不就是把预订酒店的印刷票据扔在打印机那里不管。安防系统简直漏洞百出哦。"

"你这好奇心怎么就不往工作上用一用！"

结衣忍不住嘀咕道。

"师傅曾经说过，你很信任我。"甘露寺说，"可是您看上去并不相信种田氏哦。只有我一个人荣获师傅的宠爱，结果让种田氏学坏了，我心里还真是过意不去呢。"

"你说谁学坏了！"晃太郎反驳。

"不过呢，这样一来我也终于松了口气啊！"

甘露寺自说自话道。他伸直腰杆，抓住晃太郎和结衣的肩膀，把他们两个拉近。

"哦吼吼，那接下来就请两位已不算年轻的朋友悠然度过二人时光吧。"

随即，他从包里掏出观光指南，匆忙翻阅着说道："啊，在下并没有预约酒店，所以今晚就去种田氏房间借宿一晚啦。"

"不要！你不许来！"晃太郎拼命摆手。但甘露寺却念叨着"去观光喽——"随即跑远。

结衣还真不希望甘露寺就这么走掉。少了这个中间人，她和晃太郎瞬间陷入沉默。

"没听说你要来上海参加摄影工作啊。"结衣说。

"突然决定的。而且我也说了，还交了出差申请书。"

结衣没印象了。大概只是当成例行公文，没看就批准了。

"是真的吗？"晃太郎喃喃，"你真的被挖角了？"

"我都解释过了，我只是来看看他们的办公室。"结衣又开始找借口。

"真想抽烟……"晃太郎捂着嘴，"和你交往前我明明已经戒了，但是眼下真是超级想抽口烟，你真的被挖角了啊？还特意跑到上海来……不行，我感觉有点想吐。"

也是啊……遵循社长的命令拼全力保护某人，结果这个人自己却一心想着逃跑。

眼前的路旁突然停下了一辆通体黑色的宝马。

车门推开，一双大长腿的刘王子走下了车。

"欢迎！"他伸出双手走近结衣，"上海怎么样呀？"

结衣慌忙摆出笑脸。

"真是令我大吃一惊，但是这里真是比日本先进多了。和十年前大不一样呢。"

"这就是崭新的中国啦。"刘王子有些夸张地回答，"哦？结衣小姐怎么还带了一位面色可怖的保镖？"

晃太郎一脸敌意，掏出自己的名片递出去。"鄙姓种田。"

"我听姐姐提过你的名字。虽然她都是在说你坏话啦，哈哈哈哈。啊，我叫刘王子。你要不要也一起来看看我们公司呀？"

"可以的吗？"晃太郎一脸吃惊，"我们属于竞争公司吧？"

"没关系呀，不必客气。"刘王子一脸游刃有余地对着车子比画一个"请"的动作。

三人一起坐进车后排，车子便开走了。坐在结衣右边的晃太郎状态仍然不太好，他望着窗外嘟囔："那是红旗。"结衣不太明白他在说什么，于是晃太郎又指了指窗外开过去的一辆车。

"就是这个，中国国产的高级轿车，一台要卖一亿日元。"

"一亿？"结衣瞪圆了眼睛。坐在她左手边的刘王子笑笑说："我将来也想买一辆呢。"

Blackships 的办公地点，位于全部进驻了 IT 领域公司的写字楼中的一层。

从场地大小来看，和 Net Heroes 基本相同。不同的是，里面都是用玻璃隔开的单独房间。结衣以为在中国的话，装潢应该会用红色，但没想到墙壁和家具都是白色的。

"真棒，真漂亮呀！"结衣连连感叹，"啊！还有厨房？"

"中午会有厨师过来做午饭。我有时候也会下厨的，因为我比较爱做饭啦。"刘王子一边领他们参观，一边说明，"如果结衣小姐这样对日本企业的细节都非常了解的人能入职营销部门的话，肯定会对我们有极大帮助。我们这里也有日语说得很不错的员工，结衣小姐也可以再加强学习一下英文。"

"您这话说得，就好像已经确定她要跳槽过来一样。"晃太郎立即出声去打断对方的发言。

就在这时，从里间突然蹿出一个三四十岁的男人。

晃太郎似乎察觉到气氛不妙，于是向前一步挡住了结衣。但是刘王子却没有动。男人看见他，用中文诉求着什么，可是立即出现了两个警卫。

警卫左右拉住男人的臂膀，将他带出了办公室。

"那个人是贵司的员工吗？"结衣问。

"是的。直到刚才为止。"刘王子回答，"他的部下投诉他有职权骚扰的行为，所以刚才已经把他解雇了。"

"解雇？"结衣十分吃惊，"只是职权骚扰……就当场解雇吗？"

"我们不需要这种可能会为公司带来诉讼风险的家伙。所以我们这边的高层也经常会遭解雇的。对了，正巧他的办公室空出来了，可以直接给结衣小姐入职后使用呀。那个房间很不错，可以看到东方明珠哦。"

结衣甚至不知该如何回答。这就是中国的工作风格吗？想到这儿，她听见刘王子说：

"中国的企业也有很多类型的哦。我是在美国念的大学，而且在硅谷交换实习过。所以我们的公司风格可能更接近那边的白领免时限[1]吧。按中国的劳动法来说，属于弹性劳动制。日本的话，就是裁量劳动制了。"

1　白领免时限制度（white collar exemption），意为在一定的条件下，减轻对白领员工的劳动时间限制。

此时，从另外一个房间走出一位年轻的黑发美女。她从走廊搬来一个纸箱。

"好像是昨天吧，她的上司也被解雇了。上司见她一副很好欺负的模样，就把工作全丢给她来做，结果工作方法就全都被她偷走，不，应该说是学到手了。"

刘王子用手指在喉间比了个划刀的动作。

"所以她的上司就没有留在这儿的必要喽！怎么样，很有动力吧？中国的公司有不少女高管呢。"

黑发美女注意到了结衣一行，于是对他们嫣然一笑。她黑色的眼线画得眼尾上翘，那双眼之中闪耀着强劲的光芒。

"面对我，员工们也一样采取平等沟通的态度呢。"刘王子有些搞怪地补充。

的确，这种感觉挺不错的，而且也的确让人很有动力。可是——

结衣想起了 Net Heroes 的员工们。如果让目前在运营部门工作的三谷那种认真死板的人来这儿，估计瞬间就被打入了冷宫吧。

"日本的企业对无能的人真的很包容。"刘王子仿佛看穿了结衣的想法一般说道，"所以一帮守旧又恶毒的人才会尸位素餐，没错吧？"

结衣想到了 Force。因为性别歧视的广告而备受责骂，整个企业的形象摇摇欲坠，可是公司高层还一副安然无恙的态度。反倒是救公司于水火的优秀员工遭受了贬职。

"没关系，我觉得结衣小姐是非常适合敝司的。"刘王子说，"就算是我姐姐拜托，您的实力不够我也不会邀请您来呀。我认为您更适合来我们这边工作。第一次见面我就有这种感觉，没什么理由，就是第六感。"

"哎呀，怎么说呢? 我觉得的确值得考虑，是吧?"

结衣试探着问晃太郎，但是晃太郎并没有回答她，而是在思考着什么。

"如果您来我们公司，完全可以准时下班哦。中国人讲究的是合理，只要有成果，就算一天只来办公三小时也不会有人说什么的。所以还请您考虑考虑。"

走出大楼，结衣不由得尽情伸了一个懒腰。才刚到这里一个小时，就接连受到无数次的文化冲击，结衣感到十分疲劳。

"接下来你有什么安排?"结衣问晃太郎。

"三点开始还有摄影的工作。结束之后要和客户一起吃饭。"

"……那我们就在这儿告别吧。这不就是所谓'上海的离别'嘛。"

她还没看山科的离别。但是眼下再不开点儿玩笑，气氛就太尴尬了。

"晚上晚一些时候，可以见个面吗？"晃太郎一脸尴尬地问，"就我们两个人。"

结衣感觉丹田一阵发热。不能见啊，一定要忘记他！

"我知道了。那我等你消息。"结衣回答。

"那我先去酒店了。对了，还有一点我一直有点在意。你那块表，再那么下去，玻璃彻底碎了表盘就没法看了。当时应该是被我踩到了……"

"原来犯人是你呀，没关系的，我拿去店里修一下就好。"

"那我今天给你带一块替换表吧，晚上拿给你。"

可能是因为接下来的行程时间快到了，晃太郎匆忙说完话，拦了一辆出租车便离开了。

晚上见面会怎样呢？事到如今结衣开始后悔起来。

她其实根本没有信心能在刘王子的公司待下来。要是晃太郎这时候逼她回去，她可能会不假思索地顺从他。一想到这一点，结衣就有些害怕。

最终，晃太郎来到结衣酒店大厅的时间是深夜一点钟。

"甘露寺不肯睡，但是不让他睡觉的话，他又非要跟着我。"晃太郎一脸疲惫。看样子和客户吃完饭后，晃太郎先回了一趟酒店，貌似在那儿被甘露寺逮了个正着。

"那家伙就是不出汗啊。"晃太郎的额头沁着汗水，"我问他为啥不出汗，他突然当着我的面开始脱衣服——不不，不说他的事了。这会儿也晚了，我们去楼上的酒吧聊聊吧，我记得他们开到凌晨两点。"

"你单独约我是要干吗呀？"

听到结衣这样问，晃太郎一脸意外地说："欸？你为啥这么警觉？也不是约到你房间，当然只是说说话，怎么可能干别的。"

"那我们出去聊吧。"结衣掏出两听青岛啤酒，"我去酒吧瞄了一眼，里面的音乐声太吵了。这里的一切都是面向年轻人的啊，经济中心也是年轻人，总觉得挺羡慕的……"

哦哦，晃太郎点了点头，转过脸。两个人就这样并肩走着，寻找一处能坐下的地方。这时，晃太郎将一个白色小盒子递给结衣。语气有些生硬地说："给，手表。"

"欸？这不是 iWatch 吗？这个很贵吧？我戴上会

不会有点奇怪？"

"这个手表可以检测心跳。运动的时候可以帮你计算心率。很好用的。"

虽然晃太郎讲解得十分积极，但是他真觉得结衣会用到这个功能吗？

晃太郎短暂地沉默了，随后，他仿佛下定决心般喝了口啤酒。

"我想跟你讲讲我打棒球时候的事。"

结衣十分惊讶。时至今日，她还从未听晃太郎提到过这些。为什么突然讲到这个？结衣不由得思忖。

"甲子园那场比赛失败后，我想的是：这下子终于可以不打棒球了。"

晃太郎说。

"终于可以不打棒球了？可是……你不是因为喜欢所以才打棒球的吗？"

"其实是我爸逼着我打棒球的。因为我小时候很爱哭。他总是斥责我，所以本着锻炼我的想法，才把我送去了家附近最严格的一个少年球队。教练无时无刻不在怒吼骂人，我好多次央求家里人，希望能退出球队，可每周还是会被生拉硬拽去。我爸说，男人一旦开始做一件事就不能轻易放弃，否则一辈子都成不了事。"

话是这么说……可这根本不是晃太郎主动选择的呀。"

"我也找我妈哭诉过了，但是没用。她是做保险工作的，为人很强势，但她并不反对父亲的想法。而且还很积极地参与球队平时的一些闲杂工作。"

街上的路灯照在晃太郎的额头上，显出一层浅浅的汗珠。

"我的确挺有运动天赋的。"讲述着这些的晃太郎表情有些心酸。

"于是就顺应了大家的希望，一直打棒球到高中。当然也不全是痛苦的回忆。好的回忆也很多。但是，我心底里总觉得自己是受了强迫。和我那些真心喜欢棒球的同学不一样，我打棒球的原动力一直是恐惧，我害怕放弃棒球自己一辈子都成不了事。所以那场比赛输掉之后，我大松了一口气，以为从此以后再也不用勉强自己了。"

结衣突然想起很久以前柊曾经说到过，每次晃太郎打输了比赛，爸爸就不和他讲话。这也算是一种暴力吧？

"可是，父亲还坚持让我在大学继续打棒球。他不让放弃，要求我以职业棒球为目标。其实，我当时不听他的，直接放弃就好了。就像结衣那样，进了网球部三天就退出。可是我真的很想得到父亲的表扬。我希望那个工作上压力太大、总是对妈妈一脸没好气的父亲能笑一笑。"

听晃太郎这样讲，结衣不由得仰头看了看立在眼前的那栋灯火通明的摩天大楼。

一样的。晃太郎和她——和那个看到父亲系领带要出门，于是抱着他的腿央求的小结衣，有着一样的愿望。他们都很怕，怕得不到家长的爱，自己的存在就没了意义。

"我所在的那所大学的棒球队，输球之后还有专门的惩罚训练。整个球队都要在规定时间内一起跑够规定圈数，跑不完谁都不能回家。"

"⋯⋯这个要求，"结衣想了想说，"有点不对劲吧？"

"是的，只要球队里有一个跑得慢的，所有人要跑的圈数就都会变多。但是，越跑人就越累，速度就会变慢。也就是说，除非倒下，不然无法结束。"

"没有人注意到这一点吗？"

"有啊，大家都注意到了。可是没人敢忤逆教练。只能专心考虑如何完成训练，因为这样还比较轻松些。可是，有一次⋯⋯一个后辈倒下之后迟迟都没有站起来。我当时是队长，实在忍不住坐视不管，于是去找了教练，告诉他这样下去不行。幸好那个后辈没有什么生命危险。不过一切就是从那时候开始的。"

"开始？开始什么？"

"教练开始无视我了。他大概是认为我这个人有逆反心理。我当时很焦虑。因为如果无法上场比赛的话，我就没法成为职业选手。于是我陷入了随时可能被阻拦上场的不安情绪里，最终……比赛前一天，我把一个喝水的一年级后辈揍了一顿，让他退部了。"

"欸？"结衣屏住气，"不好意思，这个话题走向有点突兀，你为什么要揍他？"

"因为一年级有规定，不管多热都不能喝水。就在那天，他退出了，也没有再打棒球。他和我一样都是投手，而且球感比我好得多，也比我更有实力成为职业棒球手。"

"因为喝了水所以该揍，我觉得晃太郎不是这种人。"

"我是被教练喊去的。他已经一个月没理我了，所以我当时非常紧张。然后，教练对我说：那个喝水的家伙，你得想办法处理一下，懂我的意思吧？"

这……结衣感觉一阵心惊肉跳。这和他们陪酒那天晚上，Force高层说给晃太郎的话如出一辙。

"教练并没有直接指示我'去揍他'，但是对于我来说，'想办法处理一下'的意思就是去揍他。不论是初中还是高中，只要是没听前辈话，就要挨揍。当时其实已经有很多声音在呼吁停止体罚。可是球队背地里仍旧是体罚得热火朝天。敢反抗就要挨揍。在我生长的环境中，就是这么理所当然。"

说到这儿，晃太郎有些痛苦地叹了口气。

"其实，我当时仍旧没准备打他。我只想口头教育一下，然后报告教练说已经处理好了。可是，那个一年级的家伙却说：'每天忍耐这种低效率的训练方式，也成不了什么像样的运动员。我可不想变成种田前辈那样。'等我回过神来，身体已经条件反射般地冲了出去。"

结衣彻底失去了语言。

"这件事被球队隐瞒了下来。因为如果传出去的话，就没法参加比赛了。我觉得自己已经失去了成为职业球手的资格。所以第二天比赛时，我才在肩膀已经撑不下去的情况下还坚持一个人投球，我想着……至少要为了球队努力到最后。"

"怎么就成了晃太郎独自承担这些了？教练呢？"

"因为，教练并没有明确说要我做到那个地步。这也是事实。"晃太郎强调道，"是我没有控制好自己。"

结衣眼前仿佛出现了一个大学男生的影子。

"当时福永先生是我们学校的前辈，是他收留了一无所有的我。"

所以，晃太郎才会加入一个既没有加班费，也毫无新人教育体系，每天只能一个劲儿服从命令的公司。他学到的只有：拼死工作。

"最后的那场比赛，打第九回合下半场，我忽然感觉肩膀不疼了。"晃太郎仍是那副大学生模样，笑着说，"教练不允许我退场，整个球场都在为我加油鼓劲。可能是为了忍耐疼痛，身体也释放出不少肾上腺素吧，我当时感觉快乐极了。"

脸颊突然划过一丝热意，她急忙用手去遮，却没来得及。是眼泪滑落了下来。

"你怎么哭了？"晃太郎一脸狼狈地问。

"我一直很奇怪，"结衣的声音在颤抖，话也说不利索，"为什么，晃太郎总是会对那些荒唐的要求无条件服从；为什么，晃太郎不选我，而是选择工作。我想了几百次、几千次……可是，我却对背后的事一无所知。"

"我一直没和别人讲过，尤其是对结衣。毕竟我比你年长，还是男人，就更说不出口了。都是我的错。"

"你没错。"结衣哽咽着，"要是在你比赛前一天，我能陪在你身边……"

接下来的话结衣说不下去了，她拼命地忍着眼泪。晃太郎伸手想去拍拍她的肩，可是迟疑了一下又缩了回去。过了一会儿，晃太郎又说："聚餐那天晚上，我没能守护好你。虽然社长说我守住了，但我知道没有。你最需要我的时候，我不在场。看了那个视频我脑子也是一团糨糊，还反而对你发了脾气。我那种反应其实就和当时殴打后辈一模一样。我没有支持你去反抗押田，甚至内心之中更倾向了 Force。我总是忍不住会这样想问题，总觉得是不愿忍受的一方有错。"

原来他不是出于策略，故意对自己发火啊……晃太郎果真就是"那边"的人吗？结衣感到难以忍受。

"从福永先生的公司辞职的时候，还有参与星印工厂那个案子的时候，我都试图改变自己。可是都失败了。我心里——"他用力敲击了一下自己的胸口，"已经被设计好了程序，根本无法再变。我本能地认为反抗就要遭殃。结果就是，我总是不断地伤害到你。"

"我没有受伤。"

"那你为什么来上海！"

晃太郎提高了嗓门问道。结衣一时语塞。晃太郎的视线又移到了结衣额头的伤疤上。

"迄今为止，结衣究竟在为何而战，这我是最清楚的。那个男高管竟然把你愚弄到那种程度，我真的，打心底里想杀了他。"

晃太郎语气激烈地说着，手中的啤酒罐被他缓缓捏扁。

"我每天跑着步，满脑子都在想着要如何收拾他。可是，我知道自己从今往后也一样无法逃离自己的本能。我的灵魂和身体根本就没有自由可言。所以，结衣，你去刘王子的公司工作吧。"

"你这么说……是认真的吗？"

"虽然看上去他们公司应该压力也不小，但既然他是王丹的弟弟，对结衣也不会差的。把我们公司忘掉吧。你只考虑自己就好。"

"可是，公司真的改成裁量劳动制的话，甘露寺还有野泽他们……"

"一旦回了日本，结衣又会变成众矢之的。还会不断地遭受之前的那种伤害，最后变得和我一样，无法做任何反抗。我决不能让你变成那样。善后的事，我会帮你处理的。"

就算从此以后不会再见，也可以吗？结衣想这样问他，但却没有问出口。

把结衣送回酒店后，晃太郎说了声"再见喽"，就离去了。

和他们第一次在博多见面时一模一样。那时候他们两个人一人拿着一罐啤酒，坐在路边瞎扯，然后就很轻松地说了声"再见喽"，二人别过。第二天，结衣还想再见晃太郎一面，于是她鼓起勇气主动去找晃太郎，随后两个人便逐渐走到了一起。

可是，今晚却不同。晃太郎想就此和结衣永别。这一次，他是认真的。

豪华客房的床褥高级得过了头，枕头的弹性太强，反而睡不着觉。结衣掏出手机，却发现自己竟然还能打开推特。看来高级酒店的网络并没有受限。

她点开"睡男"的主页。

"我的上司跑去中国了。估计不会回来了。不过，我觉得这样做才对。"

还是那样有气无力。结衣正想要退出"睡男"的主页，却注意到他又补充了一句新动态：

"真不甘心。为什么要说这个国家已经没救了呀。我真不想它变成这样。一切还没开始，我不想结束。"

"你的动态说不定什么时候就可能被当事人看到了……"结衣想起自己当初对这个丧气青年讲过的话。

她走下床，坐到窗边眺望。

不夜城上海和东京很像，连绵不绝的灯光望不到尽头。可是前者是刚刚起步，后者却已至暮年。还有些人已经选择放弃了。

结衣自己不是也准备放弃吗？她实在疲于对抗陈规，于是跑去了别的国家。

可是，倘若果真如此，她为什么又每晚都会做那个斩杀吉良的梦呢？

是啊，不甘心，我也不甘心。结衣用手摸着窗户。小的时候，大人们都说"中国很落后"。

可是，如今又怎样呢？这个国家成了世界级别的供应商，还不断地吸收着新的技术，如今已经成为整个世界的中心。或许这个国家就如同白天见到的那位黑发美女一样，成功地弯道超车了。

日本肯定会输啊。一群人在狭窄的小岛上为高低上下争闹不休的时候，其他国家早已超越了它。

真是令人不甘啊。可是——

结衣用手机检索起了"中国""劳动形式"，随即出现了"过劳死"这样一个词。"原因之一就是过强的上进心。"

刘王子只是提了一些优点。可是，这世上哪有完美无缺的地方呢？

每一个国家的年轻人，都一样深陷苦恼。

结衣点开在线视频，看起了长谷川一夫主演的《忠臣藏》。

浅野内匠头切腹的消息从江户传来，赤穗城一片哗然。家臣们嚷着："太不公了！""我们要誓死守城报仇！"眼看就要掀起暴动。此时，正是当时赤穗城代理城主——那个外号"白痴"的大石内藏助，缓和下了家臣们即将爆发的情绪。

大石将城池归还给了幕府后，就开始隐居在京都的山科，整日游玩。赤穗的武士们于是怀疑他"根本没有报仇的意愿"。而且，大石还要求和妻子阿陆离婚，闹得丈母娘非常不满。然而，常年陪伴大石左右的阿陆却明白他的意思。

之所以耽于玩乐，是为了欺瞒敌方间谍。他是下定决心要复仇的。阿陆不想成为丈夫复仇路上的牵绊，于是主动带着孩子一起回了娘家。

这就是所谓的"山科的离别"。这段佳话堪称武士妻子之典范，可是——

我是活在二十一世纪的女性。

晃太郎要结衣快逃。

他甚至不惜坦白了深埋心底十三年的过往，就是为了要守护住结衣的内心。

既然如此，那结衣决不会把他独自留在那个充斥着封建风气的国家，独自逃跑。

而且，结衣想要创造的，并不是一个只有自己能准时下班的公司。

就算每个人都还很弱小，但是只要团队合作，就能获得成果，然后大家都能准时下班。就算有一些员工进步很慢，也能在这样的公司安心工作，找到属于自己的位置。

她梦想的公司，就是这样的一个不会有人失去生命的地方。

结衣给刘王子发了一通消息："我决定留在现在的公司。"

对方立即回复："是出于忠诚？还是爱国心呢？"

是啊，是什么呢？结衣思考片刻后回复道："可能是因为我这个人比较专情，忘不掉初恋吧。"

"HAHAHA……"

对方回复了她一串颜文字。但是，后面紧接着的正文却也是滴水不漏："豪华客房的住宿费可不便宜，迟早会找您要回来的哟。"

结衣刚在发送栏里打了"我想再住一晚，游览一下上海"，看到对方的回答，赶紧删掉了这句话。

最后，她又订了其他的酒店，在上海待到了周日晚上。

星期一早上五点，结衣乘坐的飞机抵达羽田机场。八点五十八分赶到公司，结衣冲进电梯，结果正遇到去年拿了最佳团队奖的副部长。对方一见她，眼睛睁得圆如铜铃。

"你不是被上海的公司挖角了吗？大家都说你不会再来了欸。"

"没有啦，我还是不太适合那种不规定上下班时间的公司。来，这是伴手礼。"

结衣从写着中文的袋子里掏出一盒乌龙茶口味的百奇饼干递出去，随即拉着行李箱走出电梯。走到运营部时正巧碰到来栖。

"早上好呀。"结衣停下脚步打招呼。

"你回来了？"来栖惊讶道。

"嗯，回来了。"结衣说罢便走进了制作部的办公室。

走去自己的工位前，结衣先去了几个新人所在的办公区域。

"我回来了。加藤。"她打了声招呼。那位"睡男"吓了一跳，抬起头。

"东山小姐？咦？你，你为什么在这儿呀？"

"因为我想起还没和你好好谈过呢。"

首先，得要让这位丧气青年好好生存下来才行。

"或许正如你父亲所说，这个国家快要完蛋了。我也去看了眼下的中国，我们的确输了，而且输得很惨。但是，这并不意味着你也一起完蛋了啊。"

结衣铿锵有力地说道。因为这句话也是在说给她自己听。

"你还年轻，只要你想，就没有什么做不到。"

加藤的眼神游移着。看上去他身上的包袱还是很重。

"可是，我爸说……"

"令尊只是因为已经退休，比较闲而已。他还没意识到，没有前途的只是他自己，并不是这个国家。"

"可是……"加藤仍旧欲言又止，于是结衣按住加藤搭在桌子上的手。

"你的上司已经回来了。"结衣强劲有力地说。

"这也算是悲观的预测落空了一次吧？接下来这些预言还会一个接着一个落空的，什么特朗普，什么来自中国的威胁……其实只要每天积极努力地工作，情况就会慢慢好起来的。"

"真的会变好吗……"

结衣听到顾恩在一边喃喃，但是她没有理会他，继续说道："你的未来充满了希望！只要你愿意，就能创造一个新的日本。令尊做不到，但是你能做到！"

"那我……"加藤突然抬起头说，"那我想让日本的经济复苏！"

结衣微笑。无论哪一个国家的年轻人，都有憧憬未来的权利。

"好呀！我们来让它复苏！首先，我希望加藤能马上成为我们小组的战斗力！"

结衣又环视着眼前的新人们："也让大家担心了。不过我的伤已经痊愈了。而且吃了正宗的上海美食、登上了东方明珠，还在照相馆穿着古代中国皇家的服装拍了照片。哎呀，真的玩儿得很尽兴！来，这是伴手礼。"

樱宫刚说了一声"我来分发"，结果表情却突然僵住。

结衣回头一看，原来是晃太郎来了。他正愕然看着结衣。

"早上好，种田先生。"结衣低头看了看手表，表盘已经在上海修好了。

"十点开始就是 Force 的招标会了吧。我也会做准备的。你快去刮刮胡子吧。"

"你为什么要回来？"

晃太郎脸上的表情带着些怒意，但是又掺杂着几分安心。

"为了赢啊。顺利赢下招标会，然后保住我们准时下班的生活！啊，樱宫，伴手礼你放在公共办公桌上就好啦。不用费心。"

晃太郎趁着新人们都去看伴手礼的时候凑到结衣身边小声问：

"你没听到我当时都说了什么吗？"

"听到了呀。但我还是选择回来。我咽不下这口气嘛。我想在这个国家贯彻好自己的工作方针。"

"说什么傻话啊！社长都指示过了，要你退出 Force 的案子啊！"

"我这次准备无视他，把维护准时下班原则当作第一要务。"

"你不许逞强！"晃太郎压低声音，"谁都不可能那么简单就治好伤口的。"

"我既然说自己已经恢复了，那就是恢复啦。"结衣对着他露出一个微笑，"那么，接下来你再说什么我都不会服从的。虽然晃太郎一副领导模样，但别忘了，我现在是你的上司哦。”

听到结衣这么说，晃太郎立即心虚了。

“可是，你到底要怎么做？”他有些尖锐地小声问结衣。

“这个嘛，我现在开始想。”结衣回答。

她只想了一个策略，那个方法能保护这个男人的生命。结衣看着摆在新人办公区域的行李箱，箱子里面放着那个白色盒子的苹果手表。

“现在开始……可是，离竞标只剩下一个小时了啊！”

“和福永先生做斗争的时候，也是到了眼前才想到说服他的办法嘛。总会有法子的！这次也一样啦。”

大概是感觉到了压力吧，晃太郎忍不住挠了挠手臂。结衣看着他这个动作，突然小声惊叫：

“完蛋了！”

犯大错了。

“怎么了！”

晃太郎表情骤然凝重。

“我忘了给甘露寺打叫醒电话！之前一天都没落下过的！”

“这种事眼下最不重要了好不好！”晃太郎吼道。

他这一嗓子可以算是本年度发出的最大一声怒吼了。不知为何，结衣总感觉自己听到了甘露寺那熟悉的憨笑声。

第五章

公司蛀虫

结衣从更衣室的橱柜里拿出一套应急用的西装，换好后回到办公室，见晃太郎正一边打着领带一边问："来栖呢？"

　　"已经来了。"

　　只见来栖斜背着挎包走了过来，他小声对结衣道："星期五的时候很多人都来问我：是不是东山小姐辞职了；要是推动工作改革大旗的先锋都跑了，那我们这家公司是不是再没法守住准时下班的原则了；还是说，结衣姐的目的是假装逃走，引起大家的危机意识？效果显著哦。还有人发了邮件，说种田先生正好也在上海，能不能请他把你劝回来呢。"

原来如此啊。这些事晃太郎一个字都没提。为了守住这家准时下班的公司，结衣又要成为众矢之的——晃太郎应该很怕这种情况出现吧。结衣心里也很清楚，所以她一开始才会出逃。

大石内藏助不也是一样吗？后世的人都把他的散漫玩乐当成是在有意欺骗间谍。但是这个人平时的确是个庸人，还得了个"白痴"的外号。这种人真的能奋起领导大家复仇吗？其实，他本来可能只想逃避，不是吗？结衣忍不住这样想。

可是，大石还是回到了江户。他成了首领，奋起反抗江户幕府，还谋划了闯入吉良府邸复仇的策略。

大石为什么愿意肩负起这些呢？

结衣不可能知道三百多年前那些武士的真实想法，可是，她自己也曾出走归来。

"说实话，"结衣告诉眼前这个对自己期待过高的年轻人，"我没有假装逃走。我是真的逃了。我把你的未来什么的也全抛到脑后了，真的就这样逃了。"

"欸？"来栖脸上的笑容消失了。

"种田先生才是没有逃掉的一方。他告诉我，后续不用操心，催促我入职王丹弟弟的那家公司，还要我只关心自己就好。"

"那……你该不会就是为了种田先生才回来的吧？就为了那个对 Force 言听计从的家伙？"

二十四小时奋战不休……晃太郎和结衣，都是在唱着这种歌的上班族们的压力下长大的。他们的人生背负着相同的苦难。

"人类并没有来栖君想象得那么完美。换成是谁都害怕反抗上级。"

"你这不就只是在对着前男友撒娇吗？东山小姐，我对你真失望。我先下楼了。"

来栖转过身头也不回地走出办公室。结衣一边叹着气，一边将各种纸笔放进包里。作为挥舞改革大旗的领路人，她就必须完美无缺……是吗？

"算什么男人哦。"

她身后突然传来一个声音，随之而来的是一阵宜人的花香。

结衣转过头，发现樱宫正抱着活页夹凝望来栖的背影。

"什么意思呀？为什么这么讲？"

"因为公司不就是男人的天下吗？所以最需要努力的不应该是东山小姐，而应该是来栖吧？"

结衣一时语塞。公司是男人的天下……这话说得简直和自己的父亲有一拼。

"公司属于所有工作者啦。而且来栖君也才来了两年，所以可能会有些依赖我这个主管吧。仅此而已。"

"可是，女主管不就是摆设吗？只是用来给公司拉好感的罢了。"

为什么呢？为什么只要和这个新人在一起，结衣就觉得自己苦心积累了很久的努力瞬间化为乌有了？

"这次方案竞标可以带上我吗？"樱宫突然话锋一转。

"我说啊……"结衣忍不住语气强势起来，"是你说自己遭受了性压榨，所以种田先生才被降职处分了的。已经发生这种事了，怎么可能还带你去呀？"

"那是人事逼问我，所以我才承认的……可是，种田先生保护了我，还负起了责任，所以我才更希望竞标能赢呀。"

这个女孩子……她的人生意义难道就只是为了取悦眼前的男人们吗？一旦做错事，把错推给男性，自己全身而退。等到事态平息，她又会故技重施——

"只要我还是你的上司，就不会让你去做接待性质的工作。比起这些，我更希望你能把手头的工作做好。"

走出制作部的办公室，结衣一边乘下行电梯，一边心塞起来：自己刚才是不是说得太重了？毕竟她那句

316

话的言外之意就是指责樱宫没有工作能力。

"你好慢！"看到结衣从电梯里走出来，早就等在楼下的晃太郎急躁地说。

"抱歉，因为刚刚樱宫问我可不可以带她一起去参加招标会。"

"可惜人事已经介入处理了。不然的话，樱宫一起来应该能有帮助。"

"有帮助？她都把你搞降职了欸。你还挺信得过她的。"

"那件事已经翻篇了。而且，她这个人虽然工作能力不行，但是也会通过自己的方式去努力。"

结衣的内心有些动摇了。难道说，晃太郎是发自内心地喜欢那种没有工作能力的女性吗？

二人走出大楼，来栖已经在外面等着了。他用谴责的目光看了看和晃太郎并肩走在一起的结衣，自己率先开始往前走。

地铁东西线非常空。几个人坐下来后，结衣接过了今天招标会所需的材料。

"真不愧是种田先生！"结衣用力点着头，"做得非常完美。"

资料在描述针对东京奥林匹克运动会的宣传策略

时，从各个细节上都紧扣体育会系男性的情绪和想法。感觉非常能够打动 Force 的员工们。

接下来，她又坐到了来栖旁边。或许是想避开晃太郎，来栖一上车就坐到了他对面的位置。

"把运营计划给我看看。"

来栖瞟了一眼晃太郎，随即将资料递给了结衣。

"因为 Force 是比较难缠的客户，所以我们将每一位常驻员工的个人预算都设定得稍微高了一些。这一点我也和三谷小姐商量过，我们的策略是要全力保证有一些能够应对这种客户的高水平人才。"

"不错，这样也能放心很多。做得真棒，我入社第二年可做不出这么好的计划。"

随后，结衣又指明了几点可以改进的细节，将资料还了回去。来栖叹了口气。

"你没有像称赞种田先生那样，夸我做得很完美呢。"

"因为你们的工作时间也不一样啊。他已经工作十三年了。"

"要是我能像种田先生那样优秀，你对我的评价是不是就能更高些？"

结衣心底一阵纠结。怎么又说这种话。这令她根本无法一笑而过。

晃太郎是那种倘若得不到强者的青睐，就活不下去的类型。也正因如此，他每天都在搏命工作。结衣并不希望任何人去模仿他。不论这样做能变得多优秀，都是她不愿看到的。

结衣正烦恼着不知该如何回答来栖，地铁已经抵达了竹桥站。

顺着台阶向地上走时，晃太郎再次小声问她："想到什么法子了吗？"

"我还没空想呢……光顾着应付来栖和樱宫了，实在腾不出时间。"

"那招标会就按照事先预想的办法推进了。我也是做了充分准备的。"

随即晃太郎又小声补了一句"所以就说不用你来了嘛"，然后快步走上了楼梯。

走到 Force 的大楼前，结衣仰头望着那个头盔的标志，感觉额头的伤无以复加地痛了起来。

"别逞强哦。"晃太郎转过头来小声说。

"你才是，不要对 Force 的人言听计从哦！"

结衣很强势地回敬了一句，一步踏入公司大厅。可一听到那声"为司尽忠！死而后已！"的吼叫，结衣立即觉得有些撑不住了。她趁晃太郎去办埋来访登记的工夫，冲向了大厅深处的洗手间。

走进厕所隔间，结衣用手捂住脸。真的不行了……好想逃回去。

在上海的那几天吃什么都觉得香。可是一到羽田机场，看见那一群群身穿灰色套装的上班族，结衣感觉胃里又仿佛坠着大石头一般，内心都无法按照自己所想的那般自由。

她正焦虑着再不出去就迟到了，却突然听到几双高跟鞋发出的脚步声。

"又要作陪啊。"一个甜甜的声音说，"怎么办，还要买新衣服。"

"就是那种清爽整洁但是又很乖巧的风格是吧？风间说的那种款式。"

风间——结衣听过这个名字。那这几个女孩应该就是 Basic 业务部的新人了吧？她们待在这儿，自己要从隔间出来还有些尴尬。结衣低头看了看表，正在这时：

"彩奈今天没来吗？"

其中一个新人突然说。结衣心下一惊，她们在聊樱宫的事。

"明明都辞职了，在风间先生心里，她还是第一名嘛。"

这是怎么回事？明明当时问到樱宫时，她说自己"和风间不太熟"啊？

"但她不是跳槽去了 Net Heroes 吗？据说那边的新人必须准点下班呢！"

"那绝对是骗人的啦。风间先生都说，不要被那种公司骗了。他们那样只是为了方便招人而已。"

结衣不由得皱起眉：不要被那种公司骗了？

"风间先生不是总说嘛，社会人就是要随时待命，就算是周末休假，只要公司有要求也得马上到岗。"

这些新人竟然受着这种教育？结衣不假思索地打开了隔间的门。几个正在补妆的女孩被结衣的气势吓了一跳，纷纷震惊回头。结衣一边环视着这几个女孩的脸，一边急切地说："我是樱宫在 Net Heroes 的上司，鄙姓东山。"

眼看没什么时间了，面对这群睁大了眼的女孩，结衣快速地分发起了名片。

"我们公司真的能准时下班。世界上还是存在这种公司的。"

其中一个人盯着结衣的名片嘟囔："骗人的吧……"

"当然没有。我们也在做社招，如果感兴趣的话，请联系我。"

说完这些，结衣正要走出厕所时，却又被喊住了："请问……樱宫还负责接待 Force 的业务吗？"

凝望结衣的女孩眼神无比单纯。结衣回望着她，摇了摇头。

"不会的。虽然请她参与过一次，但是这种工作太过分了，我们不会再让她做这种事了。"

"可是……风间先生说，要是我们不去作陪，就拿不到这个案子……"

"我们公司是不会让员工做这种事的，不用这种手段，我们一样可以争夺业界第一。"

结衣推开厕所的门走了出去。这个风间究竟是怎么想的？为什么要这样教育初出茅庐的大学生们？结衣怒气冲冲地回到了晃太郎他们身边，此时业务部的大森也已经到了。

"Basic 排在我们前面对吗？"

"刚才他们的营业负责人出来了。那人大概就是风间……你怎么了？表情这么可怕。"

Force 的负责人还没来，于是结衣便把刚才的厕所见闻说了出来。

"清爽整洁但是又很乖巧的风格……这种想法就好

猥琐啊。"

来栖皱起了脸。既然这些女孩说是风间的意思，那樱宫当初也是被这样的男人洗过脑的吧。

"不过啊。"大森突然压低声音，"樱宫有意隐瞒和风间的亲密关系，这也有点奇怪不是吗？而且还有传言说她是公司蛀虫，感觉她会为了取悦对方故意泄露情报。"

"但那只是传言啦。"结衣嘴上这么说，但心里确实很在意樱宫撒谎的原因。

"比起这个……你是不是告诉 Basic 的那群新人，我们公司不会搞应酬？"晃太郎有些没好气地问。

"因为她们有那种上司也太奇怪了吧！所以我就忍不住……"

"你还有心情照顾其他公司的新人？这种事肯定会传到风间耳朵里的。"

"即便如此，我还是想让她们知道，的确有准时下班的公司存在呀。"

晃太郎沉默了。这个男人过去也并不相信世界上存在这样的公司。可是，他当时仍旧选择从福永那里辞职，接受了石黑的挖角邀请。这或许也和当初结衣不停地灌输给他"我们公司都是准时下班的"有关吧。

因为失去了工作主力，公司无法再经营下去的福永紧追着晃太郎也进了同一家公司，又再次把晃太郎逼到了过劳死的边缘。晃太郎曾对福永说过："我从心底里希望结衣能拦住我。"

Basic 的新人们或许也是这么想的。结衣说："必须要有人告诉她们，她们上司的那种做法是不对的。"

"可是，一旦对方知道我们不搞应酬，他们很有可能会趁机加大力度去讨好 Force 欸。"

"要是招标会输了，我们不是也就没法准时下班了嘛……结衣姐。"

连大森和来栖都开始教育起了自己。

"好啦，我知道啦。"结衣回答，"我好好想想就是啦，究竟如何在不作陪的情况下也能赢得竞标。我也是工作了十一年的老员工了。到竞标报告做完为止，我会加油考虑一个更高明的策略的。"

"之前也是这么做的，结果反被将了一军。"大森小声说。

正在这时，Force 的负责人走了过来。

"东山小姐，你也来了啊！"竹中看到结衣，一脸放心。而晃太郎则神色紧张起来。

"就算没想出什么对策，我们光靠竞标报告也能赢！"他仿佛在鼓励自己一般，随后又用激昂的眼神望着来栖，"绝对要赢！知道了吗！"

受晃太郎的压力所迫，来栖点了点头。大家一同站起身。

下班之后的时间是属于员工个人的。灰原曾这样告诉结衣。

社长打定了主意，不能再失去人心了，于是产生了"准时下班"原则。结衣则始终恪守着这一原则。从她入职第一天起，就坚持在以人为本的基础上工作，公司也守护着她的成长。

再多动动脑筋！灰原也曾这样告诉她。所以，她必须想出对策。

如果和Basic一样逢迎，就只能被Force的战时状态牵着鼻子走。一旦出了状况，又是承包商来背黑锅。究竟有没有和客户平起平坐的办法呢？

然而，结衣看到眼前那个眉头紧锁聆听竞标报告的押田，感觉整个胃又沉了下去。

——你是不是做梦呢？女人不可能和男人平等。

思考能力就这样被夺走了。她想抗争，可是当时被摸了一把肚子的感受再次被唤醒。都是因为没能当场反抗，所以等意识到低头道歉后的自己受了很深的伤，也为时已晚。

在想到对策前，晃太郎已经做完了报告，换来栖上场了。他开始讲解整个案子的运营计划。虽然是第一次讲解，可是看上去非常大方稳重。看来是他那不怯场的性格发挥了作用。

"以上就是敝司的提案内容。请问诸位有什么想要问的吗？"

最后，晃太郎说了这样一句话做结束。押田表情和缓下来问部下："你们觉得呢？"

"感觉比 Basic 的提案更好。"榊原道。

听到对方这样讲，坐在结衣身边的大森暗暗摆了一个"赢了"的手势。然而，吉川紧接着问道："贵司会导入 MA，嗯，就是营销自动化系统吗？"

"当然，这正是敝司目前努力开拓的重头领域。"

"贵司有数据分析方面的人才吗？"

"这个……"晃太郎一时语塞，"我们可以通过外包来解决，不成问题。"

"Basic 可是有这种数据解析人才的。"大森小声对结衣说道。

或许刚才 Basic 在招标会上专门强调这一点了吧。

押田的表情有些为难。

"哦，这样啊……要外包啊？那感觉还是 Basic 比较好吧。"

竹中和吉川没有接话，只是观察着押田的表情。其实工作在一线的员工很清楚，发外包完全没问题，可是他们还是忍着没有发表意见。

"算了，之后我们再定吧。后面的安排你们沟通一下吧。我都犯瘾了。"押田比画了一个吸烟的姿势，"我出去一下，你们等我回来。"

说罢他便走出了会议室。竹中目送押田离开后说：

"眼下社长出差了，要得到他的回复至少也得是本周六。招标会的结果更是要在周六之后才能确定了。"

大森的表情瞬间黯淡下来。竟然要等五天？明明是 Force 急吼吼地催着举办招标会呀。

"星期六也不要紧。只要您这边有了定论就请通知我们吧。"晃太郎回答。

沟通完毕，押田仍旧没回来。吉川苦笑着解释说因为吸烟区离这里有点距离。

就这样过去了十五分钟，结衣问："我可以去接点水喝吗？"武士三人组听她这样问，都露出略有些微妙的表情。

"可是押田先生说，他回来之前我们所有人要在这里等。"

"等不了太久的，你再忍忍。"晃太郎瞟了结衣一眼道。

"不，我还是要去接水。"结衣毫不在乎地站起身，"饮水机就在走廊上对吧。"

连水都不能随便喝，简直太傻了。结衣走出会议室，来到走廊。结果，什么都没能改变。就算是晃太郎，当初说着"想杀了押田"，今天到了对方眼前，也是一副极力快活、满脸堆笑的模样。

一味顺从上级，放弃假期，不再回到家人身边，就这样老老实实过完自己的职员一生。倘若在他心里，这都是理所当然的，那未来他的想法也绝不会改变。

结衣从饮水机接了些水喝下，感觉水流淌进了空空的胃里。随后她扔掉了纸杯子。

赢得招标会，保住公司的准时下班准则。光是这件事就已经让她感到筋疲力尽了。可是，结衣又想到——如果在数据解析方面已经输了一步，对方还要再使用美女攻势的话，他们的确很有可能输掉这场比赛。

"你竟然在这种地方偷懒，还真是半吊子呀。"

一个调侃的声音响起，结衣抬起头，感觉整个人都僵住了。

是押田。他不知何时突然出现在了结衣身边。

"不用那么怕我啦，我这人也很怕羞的，所以才会下意识欺负一下你哦。"

身体动弹不得。结衣下意识地回了一句"是"。随后她立即开口道："那个，关于数据分析这个环节，敝司一直有非常可靠的外包合作伙伴，我们合作时间也很长……"

"让我好好疼疼你吧。"押田突然说。

"欸？"结衣蒙了。是不是听错了？

"说实话，那些二十来岁的女人脑子里究竟在想什么，我也摸不清。说不定人家心底里还嫌弃我呢！所以还是你这样认认真真对待我的女人，让我感觉更有兴致哦。"

他究竟是开玩笑还是……在公司这种场所，在竞标会这样正式的商务场合，对一个其他公司的员工大开黄腔，真的有这种人吗？结衣没有反应过来，就为时已晚——

"我可比那个种田强多了，一定会好好疼你哦。"

对方粗壮的胳膊一下伸过来，被太阳晒得黝黑的大手一把揽住结衣的脑袋，拉到自己胸前。

结衣的大脑彻底宕机了。她根本搞不懂究竟发生了什么。

不过，她能感觉到对方动作中有着一种十分强烈的表达诉求：我还年轻，还很有能力。

"我会让你们中标的，不过到时候你得来我们公司常驻哦。这样我们就每天都能见面了，对吧？"

押田像哄小孩子一样说完这句话后，放开了结衣，走进了会议室。正在这时，担心结衣为何仍未回来的晃太郎从屋子里走了出来。

"哟！种田，你下次去我带的少年棒球队玩儿吧。投几个球给我们看看。"

"这，我现在已经不打棒球了……"

结衣避开他们的视线，整理了一下自己有点乱的头发。趁押田走进会议室，晃太郎试探地望着结衣问道：

"你们聊什么了？"

"我只是又补充说明了一下刚才的那个数据解析的事儿。"

结衣努力控制着不让自己的声音颤抖。这种事，常有的。她不住地提醒自己。以后晃太郎面对这样的人也仍旧只能顺从，结衣不想让他再受这种苦了。可是，一想到那个押田竟然还在教小孩子打棒球，结衣就感到毛骨悚然。而且他还让晃太郎也去玩儿——想到这里，结衣突然注意到一件事。

"他说让你投几个球给他们看看，对吧？"结衣看着晃太郎，"原来如此，多亏这句话，我想到对策了。用这个方法，不需要应酬，也能胜过 Basic。"

她抢先一步从满脸疑惑的晃太郎身边走过，进了会议室，强打精神，声音开朗地问："虽然有些突然，但是我想问问，大家学生时代都有什么体育爱好？都是打棒球吗？"

"你说这帮家伙吗？"押田的语气变得极为熟稔，"基本没人打棒球吧。"

"我们那时候正好是日本足球联盟刚成立，所以当时是踢足球的。"竹中说。

"那就是说，打棒球的只有押田先生吗？"

"不不，上一代还是有不少人打过棒球的。部门间也会有棒球交流活动，所以我们也会打打业余棒球。"

随后走进会议室的晃太郎听到他们的对话，一脸"你们在说什么"的疑惑表情。

"既然如此，"结衣开口，"我们来一场友谊赛吧。"

"哈？！"晃太郎大叫一声，"你在说什么？不行，敝司的员工肯定不行的。"

"不过，敝司有王牌员工哦，就是打过甲子园的种田先生。"

如果是友谊赛，应该就能平等地促进彼此友情了。而且还能和 Basic 的应酬策略相抗衡。这是结衣苦思冥想的结果。然而——

"不行，不行不行！"晃太郎显得极其狼狈，"我那都是很久之前的经验了。而且我们公司的员工大多比较宅，净是些跑两步就喘得上气不接下气的家伙啊。"

"如果贵司缺人的话，我们这边也可以借几个人给你们哦。"

Force 那边的员工都是一脸赞同这个建议的模样。押田也十分高兴地说："不错啊！就这么定了。对了，我要和种田分在不同团队里哦，我们各自做自己团队的队长。"

"好的！"吉川用力点点头，"那……我们这周日比赛如何？"

不行，周日太迟了。必须要在招标会得出结果之前比赛，不然就没有意义了。

"不，虽说是友谊赛，但从公司角度来说也算是工作的一部分啦。选在星期四或星期五上午如何？"

"工作日比赛？"吉川板起了脸。或许看到一个外包商指定时间给他种不对劲儿的感觉吧。

"我觉得周四可以。"押田一脸傲娇地附和结衣，"反正我们也没什么休息日的概念，什么时候不都行吗？说起来，那不就是三天后了？得尽快组队呀！"

"好的。"武士三人组应声道，同时眼神冰冷地看了一眼晃太郎。

为什么会用这种眼神望着晃太郎？等到结衣他们走到大厅的时候，真相终于揭晓。

榊原望着去前台返还证件的晃太郎，喃喃道："那家伙，估计要输得很惨了。"

"欸？可是，他在甲子园的表现非常优秀啊。"

学生时代的成绩，在这家公司的阶级排序里难道就不作数了？

"那可是以前的事了。但押田先生几年前都还在俱乐部打棒球呢，他肯定比不过的。再说，种田先生差不多三十五了对吧？从棒球选手的角度来看可不年轻呢，他空白期太长了。"

难道自己这个策略失败了吗？结衣感觉内心乌云笼罩。然而，榊原却语气明朗地继续说："不过，这也是目标之一吧！要是能打赢甲子园准决胜出场的选手，押田在公司里的地位肯定会更高。就算为了炫耀自己，他也会更倾向于选择贵司来我们这里常驻的。"

见结衣仍旧沉默，榊原又说："没关系啦。押田在比赛的时候总说，年轻人不可以喝水。我看种田那家伙肯定也是一口水都不敢喝的货喽。估计早就习惯挨打了。"

结衣想起晃太郎在上海对自己讲的那些话，不由得感觉口干舌燥，十分难受。

"我虽然也在田径队练过，但是实在做不到不喝水。当时还会背地里去水桶里偷喝呢。虽然那里的水一股铁锈味，喝了让人想吐，可是天气那么热，整个人热得受不了，眼前发昏，脑袋也痛得要命，不喝水会死的。"

虽然榊原是面带笑容讲这些话的，可是这种情况真的危险，令人毛骨悚然。见晃太郎回来，榊原就把偷偷喝水的事也讲给了他。还问他："你也喝过吗？"晃太郎则皱着眉回答："不，我没喝过。"

榊原露出"果然如此"的窃笑。可是，结衣是知道晃太郎曾经对一个喝了水的一年级后辈做了什么的，她根本笑不出来。此时榊原的脸上又浮现出一种谄媚的笑容。

"其实，如今我们也还在做偷喝水的事呢。大家背地里都在摸鱼。就因为每天都被强制身处临战状态，所以更会如此。但，种田先生不一样吧？每次联系你都会立即接起电话，无论时间安排上有多勉强，你也会接受，简直充满了自我牺牲精神。也难怪押田那么喜欢你了。"

晃太郎仍旧紧皱眉头沉默着。一切都被榊原说中了。他其实心里知道自己的确如此吧。最后，榊原有些做作地说了声："非常期待你的投球哦！"便转身走掉了。

一走出 Force 的大楼，结衣立即向晃太郎道歉。

"抱歉！我只想大家平等地比赛一场，所以明明对棒球一窍不通还擅自提了这种建议。"

"是欸！"晃太郎的确有些生气，"你就不能提前和我商量一下吗？"

那当口，哪有时间再商量呢？

"我接下来还要去开会，你赶紧调查一下制作部有几个人能打棒球吧。"

望着晃太郎快速离去的背影，结衣再次小声咕哝道："抱歉……"

"我觉得你这个建议很好欸。"大森说，"打输也不会显得刻意。"

可是，结衣并不是为了满足押田去打赢晃太郎的愿望，才提出一起打场友谊赛的。她只是希望两个公司能平等交流。结衣满脑子想的都是这个，结果才闹出失误。

正在此时，结衣的手机震动起来。是柊打来的。

"你们先回公司吧。"

结衣对来栖和大森说。等只剩独自一人时，结衣接起了电话。电话那头，柊的声音带着歉意："结衣姐，不好意思，我妈妈坚持想要和你说几句话。"

"欸？阿姨为什么要……"

结衣话还没说完，电话那头就变了声音。

"结衣呀，你快替我劝劝晃太郎，让他赶紧回来道歉吧！我老公自从出院之后身体就一直不太好。那孩子竟然连个电话都不打。自从他们吵了架，就一直是这个样子。"

"这件事我是知道的。但他们究竟为什么吵架呢？"

"那孩子连休的时候突然回了老家，然后就问我们，当时为什么非要让他去打棒球，明明自己都哭着说教练很可怕了，为什么还要把他生拉硬拽去球场。"

连休的时候……就是说，是在和 Force 商谈之后不久喽？看来晃太郎时隔多年再次感受到了那种老派的体育会系气氛，于是儿时的记忆又仿若噩梦般重现了。

"但是谁想到他突然提起那么久之前的事呀。他爸爸也吓了一跳，说是他自己想去打棒球的呀，所以我们才支持他去的嘛。"

"欸？"结衣以为自己听错了，"可是，晃太郎……先生他，一直都很想放弃呀。"

"毕竟男孩子和女孩子比起来还是比较晚熟的嘛。动不动就会嚷着想放弃想放弃，将来进入职场可能稍微遇到点困难也会哭着放弃的呀。不过，这就是他爸爸的贴心之处，是为了晃太郎好。男孩子，不强大一点怎么行呢。"

"可是，让晃太郎道歉，这也未免太奇怪了吧？"

"一直都是他先道歉的嘛，道了歉然后事情才能平息下来。他爸爸一直觉得全家团圆最重要了。可是家里的长子竟然都不来医院看望，他觉得太丢他的人了。"

"即便如此，也不应该让受了苦的那一方道歉。"

对于晃太郎来说，那并不是什么"很久之前的事"。即便他父亲真的早就忘了。

"我认为他没有必要道歉。"

结衣说罢便挂断了电话。她内心涌起一股强烈的罪恶感。

虽然自己在电话里讲得冠冕堂皇，但也正是她再次强迫晃太郎去打棒球的。她又想着只靠牺牲晃太郎，去把 Force 的案子抢到手。

回到公司，走进制作部的办公室，刚到午休结束的时间。

结衣回到自己的位置上，看到桌上放着一份方巾包裹的午餐盒。应该是来栖把他的那份拿给自己了吧。结衣打开盖子。今天的菜品看上去既多彩又美味，可是结衣却完全感觉不到饿。

"欸？你们住在同一个房间吗？"顾恩大声问。

"甘露寺和种田先生，共度一晚了吗？"野泽的语气更是夸张。

"魔都上海，流淌着汗水与激情，什么都有可能发生！……天啊，发糖太多了我感觉要死了！"

因为结衣忘记打早起电话，这位自称的超强新锐现在才来。他此时开口道："朋友们，我只说一句——"他说罢闭上眼，捂住胸口，"和种田先生单独二人时，他真的温柔极了，还会为我盖被子。"

呀！！野泽禁不住双手捧脸。

"到早上，他还轻轻拍我的肩膀唤我起床。我简直要爱上他了！"

虽然此时心情糟糕，可是听到这里结衣也忍不住嘴角上扬起来。甘露寺说得没错，其实晃太郎非常体贴，很会为人着想。也正是因为他这种性格，所以才会为了父亲坚持打棒球吧；也正因如此，所以他才把友谊赛的事也接下了。

"甘露寺。"结衣对他招招手，"午饭我分给你一半吧？"

"哦哟！这不是厨神的特别午餐吗？那我可不客气啦！"

蛋卷、小番茄、凉拌菠菜、鱼子饭团……甘露寺火速夹走了午餐盒里全部的鲜艳食物，只剩下了一些茶色的配菜。但多亏被甘露寺的情绪感染，结衣也总算吃下去了一些。感觉自己很久没吃日式料理了。

"太好吃了。啊呀，真想把我内心的感动告诉来栖先生。"

"啊，那就麻烦你把饭盒还给他吧。还有这个，请替我转达他，这是上次午饭的谢礼。"

目送边用牙签剔着牙，边抱着空饭盒和星巴克上海限定款马克杯的甘露寺向运营部走去，结衣忍不住要流下眼泪。要是这种日子能一直持续下去该多好呀。

"得开始工作了！今天一定不能惹种田先生生气，要轻松下班！"

加藤一边嘟嘟哝哝，一边给自己打着气，回到了自己的座位上。看来他宣布了振兴日本经济的意愿后，也在逐渐摆脱那种虚无状态的控制。

可不能让大家看到自己流泪。结衣假装是睫毛掉进眼睛里，点开了团队的进度表。

她检查了一下自己不在公司的这几天，新人们的工作进度大概推进了多少。星期五就跑去上海的甘露寺进度自然为零，不过……她的目光停留在了表格的某处。

"是不是已经成了战斗力啦？"贱岳的声音在她身后响起。

"野泽、顾恩、加藤，这三个人的效率都不错呢！"

可是为什么进步这么大？结衣刚想问，突然回忆起了自己去上海之前晃太郎施行的高压政策。

"种田的做法虽然你可能接受不了，但在非常时期还是很管用的。"

"可是……"结衣的确还有些接受不了，"用这么恐怖的方式去教育他们的话……"

"你还说呢！其实把这些孩子推进恐怖深渊的可是你这个跑去上海的主管哦！大家都觉得，要是你跑了，就没人能控制住种田了。"

结衣答不上话。贱岳说得的确没错。听说她逃去了上海，大家应该都很不安吧。

"要是没什么危机意识，人就没办法彻底改变。"

贱岳抱着双臂，望着进度表。

"我比你早进公司一年，当时和石黑在同一组。那时看到他垮掉，我觉得再不跑路自己可能也要完蛋了。可是我还是留下来了，你知道为什么吗？因为社长把你招来了呀。"贱岳一脸怀念地说。

"我当时可惊讶了。你那时候啥工作都不会，竟然还坚持准时下班。可是，一想到社长连这样子的新人都招了进来。我就觉得他是真心想要改变这家公司的。"

"这，这个，我当时有那么没用吗？"

"你不是还在我的研修课上睡着了吗？然后还被坐在一边的石黑敲脑袋醒了。"

这个事情结衣记得。石黑重返岗位后，和比自己入职晚、但年龄又比自己大两岁的结衣一起学习劳动基准法。结衣记得自己和石黑说的第一句话就是："不许敲我头！"

"经过了十年磨炼，你总算能独当一面了。所以我们这些老员工都想看看，那个东山要怎么教育甘露寺呢。"

"你们好坏呀！我觉得社长应该也感受到了某种可能，所以才招甘露寺入职的吧。"

"谁知道呢？社长有时候也会看走眼的嘛，比如福永……"

福永。听到这个名字，结衣感觉额头上的伤痛了起来。

他现在还没有辞职。听人事部门讲，福永目前会定时去精神方面的专科医院接受治疗。虽然也有人怀疑他在装病，但是结衣觉得他可能是真的病了。

结衣当时和福永约好了，会等他回归，也决定了自此发奋升职，决不让那件事再度发生。所以，自己如今这副惨状，她是最不希望福永看到的。

"看来……女性是真的很难胜任工作对吗？"结衣忍不住泄气。

"说你能力不行那也是十年前的事啦。干吗要在意这些？不要管别人都说了什么，往上爬就对啦。"

真的能爬上去吗？她甚至连友谊赛都没能力出场。

贱岳离开后，结衣再次将视线放回到进度表上。只有一个新人完全没有进步。她望着那个名字叹了口气。

"樱宫，周四拜托你的那个国立印刷的网页测试，做得怎么样了？"

"来了。"樱宫甜甜地回应了一句，走了过来。

结衣让她先坐在晃太郎的位子上，接过测试结果数据，指出了几点问题。樱宫做的资料还是一如既往地漏洞百出，但结衣还是挑出了一些比较好的点，尽量表扬道："嗯，错误要比之前稍微少些了。"待她抬头去看樱宫时，却发现对方正在走神。

结衣注意到樱宫膝盖上放着手机，点亮的画面中显示出数条未读通知。无意间结衣瞟到手机屏幕上的一个"风"字。于是她不假思索地问："难道，你和 Basic 的风间先生至今还有联系？"

樱宫的表情顿时僵住了，她立即用手挡住手机。

"啊，抱歉，我问得有些唐突了。今天我在 Force 遇到了几个 Basic 的新人，听她们说你和风间关系不错。"

"她们说谎的。"

既然对方这样讲，结衣也没办法再追问了。不过，她或许可以和巧打听一下具体情况。正想到这里，樱宫突然开口道："东山小姐和种田先生关系很差吧。不管是上司和部下的关系，还是男女关系。"

"欸？"结衣有些疑惑，"为什么讲到这个？"

"因为其实能感觉到是什么原因啊。"

樱宫垂下头。结衣感觉心里一阵别扭："怎么感觉到的？"

"我和风间先生的关系并不好。我也没有私下里和他有什么来往。"

樱宫竟然一眼看透了结衣的想法，简直有些可怕。结衣只好无奈地点点头。

"你不相信，对吧？"

樱宫又说。她一半的脸陷入隔间挡板打出的阴影中。

"你对种田先生也是这种态度。东山小姐做不到完全相信男人、依靠男人，对吧？真不可爱。所以你们关系才会那么差呀。"

不可爱。听到这个词，结衣额头的伤痕条件反射般地痛了起来。这种疼痛甚至将那天令人厌恶的触感也引了出来。"让我好好疼疼你吧"——那声音又在耳边回荡起来。

樱宫一脸不甘地咬着嘴唇，然后又说："种田先生可不一定会永远待在你身边哦。"

结衣顿时感到一阵火大，但她必须忍下火气。结衣又将视线放回到了那份材料上。

"你说得没错，我是挺没用的。不过工作方面我教育得了你。要是你因为什么苦恼导致不方便集中精力，可以找我谈谈。要是找不到什么原因，我们就一起想办法。"

樱宫再次垂下头，很小声地说了句"谢谢您"，然后就回到了自己的位置。

紧接着，结衣开始转头处理起专业人士发来的估价单和报告书，又回复了几封加急邮件，一看表已经下午两点了。结衣努力让不太灵活的大脑转动起来，又打了几通业务电话、花十五分钟写了一份策划书，随后赶去参加司内娱乐委员会的会议。

　　走进会议室，她听到其他主管在闲聊。

　　"你们知道吗？在可可粉里加盐会更好喝欸。谁想尝尝？请举手！"

　　一个和结衣同期、比结衣早两年当上了部长的男人正在把热水倒进马克杯。结衣轻轻地深吸了一口气，走到他眼前，将写好的策划书放下。

　　"这附近的一家寿司店有金枪鱼分解秀哦，大家知道吗？如果打电话预约，还能来公司表演呢。总务那边的意思是，如果在休息室办的话就没什么问题。大家还有什么其他提议吗？"

　　这个委员会其实是那些男性部长，还有以助理身份参加的女性副部长们偷懒摸鱼的地方。结衣参加过一次之后就明白了这其中的路数。可是——

　　"如果没有其他提议，那我们就用五分钟分配一下工作吧。"

　　结衣一边询问着大家的意见，一边在白板上写下了每个人的分工内容，又用手机将记录拍好照片。做完这些，结衣道："好嘞，那我们这就回去工作吧！"随即回过头，却发现委员会的成员们全都一脸为难地望着她。

"呃，我们还想再待一会儿呢。"

"不过东山小姐不是必须准时下班吗？没关系的，你可以先回制作部。"

听到大家这么说，结衣便迈出了办公室。可那一瞬间，她却又突然停下了脚步。她以前也曾经感受到过这种气氛。

那是她在新人研修演习环节做组长时的事。当时结衣想要设定一个具体的时间，帮助小组提高工作效率，但却被同期的新人们拒绝了。晃太郎听结衣讲述了这件事后说，是因为很多人明明工作上的改进空间很大，却并不愿面对。

可是，结衣必须得回去工作了。

向前迈出步伐的结衣突然听到会议室里有人说："明明就是靠以前的男人帮忙承担工作，然后自己踩着往上爬的女人，有什么了不起。"

是委员会里某个男性成员的声音。

"什么挖角的传言不也是她自己编的吗？全是为了提高身价吧。"

"又是超强新锐又是公司蛀虫，还真不愧是出自东山之手的新人。"

"但是来栖也是东山小姐教育出来的呀。倒也不必这样说她吧。"

一个女性的声音响起，但很快另一个女性便反驳她：

"来栖分给东山之前可是我教育的，他本来就很有能力，和东山没关系。"

"没错，就是因为没有女主管的话，会搞得公司形象受损，所以才碰巧让她做主管的。"

那个男性的声音继续道。话音落下，就再没有人说话了，会议室里一片尴尬的沉默。

结衣快步离开了。她好想找个地方躲起来，找个安全的地方躲起来……

回到制作部时，甘露寺并不在座位。就算是没能力的新人，结衣也想把他培养出来。结衣正鼓起斗志环视四周，却发现刚刚众人嘴里的那个"本来就很有能力的新人"走了过来。来栖走向结衣时，一脸不高兴。

"我做饭可不是为了给甘露寺吃的欸！"

"抱歉抱歉，我只是分了他一半也不行吗？我实在没什么食欲，怕自己会剩饭。"

"听说你每天都给他打起床电话，这是真的吗？"

来栖没理会结衣的解释，"那家伙每人都听着结衣姐的声音起床？你都没这样对待过我！"

来栖气鼓鼓地说完这些，转身就走了。

干吗在眼下的当口说这些？

这个来栖，总是在最难熬的时候给她下马威。

是不是结衣当初教育他的时候，太过纵容了？还是因为……果然女人就是做不好工作呢……结衣努力让消沉的情绪振奋起来，开始敲起了键盘。

听到晃太郎回到办公室的刷卡声时已是晚上十一点钟，办公室早已空无一人。他一边拉松领带一边走回自己的工位，却惊觉结衣也在。

"你怎么还没走？"

"我周五请假了嘛，所以攒了不少工作。"

"你都扔给我处理就好。这个联络报告，还有这个申请书，还有什么其他的？你全都用邮件发我吧。然后你赶紧回家好了。你家里人肯定担心你呢。"

"没人担心我啦。"

结衣下意识反驳道，随即露出苦笑。"嗯……怎么说呢，东山家也和种田家一样，发生了些争执，所以我实在不想回去。"

听结衣这么说，晃太郎短暂地沉默了片刻后，有些迟疑地开口道："我听柊说了。我妈给你打电话了对吧？真不好意思，给你添了麻烦。柊还说，你在电话里重复了好几次'晃太郎没必要道歉'。"

晃太郎的母亲和结衣打过电话后，柊便将二人的对话复述给了晃太郎。

"我这样顶撞阿姨是不是不太好……确实不太好是吧……"

"不……"晃太郎平静地回答，"只有结衣是站在我这边的。"

晃太郎从口袋里找出一个东西。"给你。"他有些难为情地递到结衣眼前。那是他公寓的钥匙。

"虽然结衣对那儿的印象很差，但至少要比在公司过夜强。"

"不用啦。"结衣感到难以拒绝，但她又马上解释，"我还是会老实回家的，别担心。"

对了，说到这儿，结衣站起身，打开了摆在桌子旁边的旅行箱，又从小盒子里取出了那块崭新的iWatch，递给晃太郎。

"这个还是给种田副部长用吧。"

刚送出去的东西又被返回来了，晃太郎显得有些迷惑。于是结衣解释道：

"这个计算心跳的 App，我查了一下，不光运动的时候能用，静息状态也可以使用。心率如果突然高出太多的话，手表还会震动提示呢。"

"这个我也知道啦。但是静息心率有什么好测的，我又不是老头子。"

"压力过大的话身体会非常紧张，也会导致血压和心率突然上升，进入一种亢奋状态。情绪或许感到十分昂扬，但会给大脑和心脏带去负担。听说还有可能突然出血哦。"

"所以说，心跳数也要报告给上司的吗？这个可属于终极隐私范畴喽。"

"你自己管理好就行啦。我看它还有一个功能，要是失去意识突然晕倒，手表也会侦测到，然后立即拨打紧急电话求救呢……然后，我到今早都在想，其实真正给了你太大压力的是我，对吧？"

晃太郎的视线落在手表上，没想到他竟乖乖地主动戴到了手腕上。说不定这块表他自己本身也想要的吧。看他的表情，就仿佛在看什么新奇的小玩意儿一样。

"比赛的事你不用担心啦。我还是和我爸同事参加过几次业余棒球比赛的，而且也很会故意放水。这次反而不用放水，放心输球就好了。"

"可是制作部谁都没有打过棒球……"

"也不用勉强去找人上场。Force 不也说了会拨人给我们这边嘛。"

"还有……关于甘露寺。"

在晃太郎回来前，结衣一直在琢磨这件事。

"制作部能不能再让他待一段时间？他确实工作能力不行。但是怎么说呢……我感觉力不从心的时候，办公室里有他在会让我振作起来。"

"办公室里有他在倒是搞得我很不振作……"晃太郎一脸疑虑地抱着双臂，"哎，不过既然代理部长都这么要求了，我就得遵从嘛。那家伙搞不定的工作，就让我来做吧。"

"我不会只让晃太郎一味牺牲的。"

结衣做了个深呼吸，下定决心般开口道：

"赢下 Force 的案子，我会去那边常驻。"

"哈？怎么能让代理部长去别的公司常驻啊！"

"要是一周去那边三次，那我觉得还是可行的，咱们也有这个先例嘛。"

"那也只是在超级大案的时候才会这样呀！比如大银行、证券公司什么的。"

"押田说了，只要我同意去 Force 常驻，他就让我们赢下这个案子。"

晃太郎的表情突然凝固了。

"欸？"

"从拿下案子的角度想，这个交易还是很合适的。"

"你们什么时候聊到这个的？"晃太郎的视线显得有些迷茫，但是他紧接着想起了当时在饮水机前只有结衣和押田两个人的情景。

"是那时候说的？但是，为什么要让结衣去？"

"这个……"结衣说不出押田的那句"好好疼爱你"。

"发生什么了？快告诉我！"晃太郎的声音有些可怕，"是不能让我知道的事吗？"

东山小姐做不到完全相信男人、依靠男人，对吧？——结衣想起了樱宫的那番话。或许的确如此吧。但是，要说出押田的所作所为，还是得要点勇气的。

结衣反复调整了几次呼吸，然后说："他把我……搂到怀里，把我的头发拨乱了，就这些……"

晃太郎的神色骤然一变。

"这种事是常有的。"结衣趁对方还没有说什么，马上主动说道，"对吧？"

其实她也想这样提醒自己。她希望自己能不要被这种程度的冒犯伤害到。

晃太郎一动不动地盯着结衣，全身都僵了。他往常总是会习惯性地去呵斥冒犯上级的家伙，可是眼下却僵得像块木头，就仿佛一个程序出错的机器人一样。不知这样保持了多久，晃太郎突然大踏步向着办公室的出口走去。

"你要去哪儿？"

"Force，押田应该还在。"

"去 Force 干什么？"结衣紧追在他身后。

"杀了他。"

说完这句话，晃太郎拿起工卡，用力拍在读卡器上。

"那个混蛋！我要把他拖出来，再凌迟弄死！"

晃太郎的怒吼声在整个办公室回荡。可能是因为他动作太粗暴，读卡器一时竟没了反应。

"别这样！"结衣伸出手抢过晃太郎的工卡，"你冷静点。"

"这种事怎么可能常有！"晃太郎转过身看着她，眼里闪着愤怒的光芒，"怎么能让他做出这种事！那个老混蛋！我一定要弄死他！"

"不要这么暴力！"

"是他先施暴的！"晃太郎又抢回了自己的工卡。

"话是如此啦。"结衣抓紧晃太郎的手，"我还没死呢，而且接下来也要生存下去呀！所以呢，我想拿下这个案子，想守住准时下班的原则啊。"

"我不会让你去常驻的！我不允许！"晃太郎甩开结衣的手，痛苦地呻吟道，"我受不了了。实在太痛苦了，我忍不下去了。"

晃太郎将脸埋在双手之中。结衣看到眼前晃太郎的肩膀在不住地颤抖。

"忍耐得不到一点好处。"

几十年的咬牙忍耐，终于在这一刻倾泻而出。结衣真想抚一抚晃太郎的背，对他说一句："让你想起这些难过事，真抱歉……"可如今自己是他的上司。

"谢谢你，肯为我生气。"结衣努力压制着情绪说，"我自己遭受这样的对待时没能马上发出火来，但是晃太郎却替我把火气发出来了。所以我现在情绪已经好了。"

"才没有好。都是我不好！"

三百多年前，赤穗藩的长老或许也是这样想的——都是自己不好。

当得知主君在遥远的江户被迫切腹时，他或许也曾悄悄躲起来大哭过。主君清清白白地切腹而死，宛如樱花凄美散尽。可是，我不能这样，我要报仇，要讨伐

354

吉良。

"就是要一忍再忍，不得不忍啊……"结衣努力令自己的呼吸平稳下来，对他说，"大石是这样说的，他还说，一定要静伺讨伐吉良的时机。"

"大石？"晃太郎仍旧两眼泪汪汪地望着结衣。

"大石内藏助。就是那个《忠臣藏》里的家臣。赤穗的武士们都说不能再忍下去了，要马上去讨伐吉良，但是大石却一直劝诫大家。要一忍再忍，不得不忍……"

话题突然转到了《忠臣藏》上，晃太郎不由得止住了眼泪。他怔了一会儿后，擦擦眼睛说："我之前就想说来着，你为什么那么热衷于看那种大叔喜欢的东西啊。"

"是我爸说的嘛。他让我想想，为什么这三百多年来，日本人会这么狂热地推崇这部作品。我现在觉得自己总算懂了。"

父亲那个时代的小职员是很难跳槽的。在狭窄的职场上，自己的遭遇无法同任何人倾诉。可是他们的心底里一定都和晃太郎一样，想过要杀了欺辱自己的那个人吧。

"只要坚持忍耐，就能迎来胜利吗？"晃太郎思忖道。

结衣的父亲一定认为是这样。可是他现在却和全家人都疏远了。

"单是一味忍耐，肯定赢不了的。"

"那要怎样才能赢呢？"

"我不知道。"

要想去相信晃太郎，就只能趁现在了。结衣这样想道。晃太郎刚刚说，他不想再忍耐下去了。经历过那么多曲折后，结衣觉得这个男人是真的想要改变。于是她说："其实，我最近一直睡不好。饭也吃不下，脑子也转不动。"

"吃不下饭？"晃太郎有些吃惊。

"可能是因为这些原因吧，感觉自己状态很不好。而且还屡屡判断失误。"

"这么说来，我们在上海聊天的那个晚上，你都没打开手里那罐啤酒……但是，你这种状态已经算轻度的抑郁症了吧？为什么现在才说啊。"

"可能是因为押田说的那些话吧……女人怎么可能和男人做一样的事什么的……为了推翻他这套理论，我就一直忍着不想示弱，但如今也已经忍到极限了。"

结衣终于说出了口，整个人也在那一瞬间感到脱力。

"我现在开始觉得，自己去 Force 常驻，然后任由押田摆布，这样或许是最好的选择。"

晃太郎沉默了。然后，他将视线投向窗边。

从公司的窗子向外看，能够看到夜晚的街道。这片地区属于填海造陆区，海风很强。但是去市中心比较方便，场地租金也便宜，所以建起了好几栋大楼供不少 IT 企业常驻。还有一些公寓，供在市中心工作的白领置业。

"何必害怕那种家伙说的话！"

晃太郎又将视线放回到结衣身上，双眼仍怒睁着。

"要是这样，我又何苦做你的挡箭牌呢！社长和石黑之所以都想让你做高管，是因为你能做到其他人做不到的事，不对吗？"

晃太郎的声音充满焦躁。

"结衣竟然认输得如此彻底？竟然都没意识到这一点，是吗？要真是如此，那接下来就让我来做吧。我来痛殴他一顿！"

"不要这么暴力。"

"我不会对他使用暴力手段的。但是我还是会痛殴他，然后拿到案子。"

"这要怎么做啊……不可能的。"

"你这个状态估计做不到，但我也有我的坚持。"

这个每天把"不反抗"挂在嘴边的人现在简直像

换了个人一样，变得十分顽固。

"然后 Force 员工们的意识也会改变。我还要在赢了案子之后，让他们再不会对我们公司的员工做什么职权骚扰一类的事。"

"可是，是你自己说过，想要改变其他公司员工的意识是不可能的呀！"

不行的。做不到的。根本就抗争不了。结衣心底开始逐渐产生出某种情绪，那情绪正在一点点绞紧自己。

"能做到！"

晃太郎再次将视线转回到窗外，他的侧脸显露出坚毅的神色。

"我实在太了解那帮家伙了，这次之后，我更是心知肚明。"

那帮家伙……晃太郎指的是像押田还有他大学时代的教练那种用暴力手段逼人屈服的家伙吗？

"话虽如此，但是我们眼下也只有友谊赛这么一个机会，只能利用好这次比赛了。"

"只剩三天了，你有什么好办法吗？"

"没有。"晃太郎干脆地回答，"总之，我要去附近的健身房跑跑步。"

"欸？"结衣一阵茫然，"现在开始跑？已经很晚了啊。"

"那边的健身房是二十四小时的，而且梅雨季节也能锻炼，所以我才选了这家。我会一边在跑步机上跑，一边用平板电脑看《忠臣藏》的。在网上就能看，对吧？"

做完决定之后，晃太郎便会快速执行。他从抽屉里拽出自己的运动外套，塞进运动包里，随后快步向门口走去。

"晚安！你一定要好好回家去啊。"

把一切交给晃太郎，真的没问题吗？就这样相信他，感觉真的有些恐怖。可如果克服不了这种恐惧，结衣或许就无法胜任主管的工作吧。

结衣实在是不想回家，于是她去了之前吾妻常去的那家营业到早上五点的大浴场。洗好澡，在大躺椅上舒服躺下，结衣继续看起了《忠臣藏》。

在主君含恨而亡的一年零九个月后，大石决定起势报仇。为了能攻入守备森严的吉良宅邸，他选择了身处乱世的武士们常用的办法——夜袭。

决定命运的那一日——元禄十五年（1702 年）十二月十四日，江户被银白的大雪笼罩。

大石和赤穗的武士们，也就是后世所谓的四十七武士，身穿消防用的装束，大喊着"着火了！"冲进古良的宅邸。接下来，与宅中的武士们展开了一场殊死博斗，最终出色地完成了复仇任务。

可是，结衣在看完了整个故事最为精彩的乱斗场面后，却丝毫没有感到爽快。

大石当时还有四十六位伙伴，可是晃太郎却是单枪匹马。想到这些，结衣实在是无法入眠，于是始终在躺椅上辗转反侧。

第二天，Force 的竹中联系了结衣他们，告知 Force 这边会出十五个人，包括押田。

押田这一队的所有人都是 Force 的员工，其中三个人打过棒球，全都分到了押田的队伍里。竹中自己也在押田队，他有些不好意思地说："这也是为了让押田赢球呀。"

晃太郎这一队里，包括榊原、吉川在内，总计借来六个人，加上晃太郎就是七个。还差两个人。结果听说需要人手时，竟然是加藤一脸无可奈何地举手说："我倒是也算会一点棒球吧……"

"你吗？"晃太郎的表情有些吃惊，"那还剩一个人，就让甘露寺上吧。他总得起点儿作用吧。就让他戴着手套当捕手吧。"

"欸？但是这样一来，球路会很受限的吧？"加藤说。

"反正我们也只能投直球。"

晃太郎说罢便向甘露寺的工位走去。加藤望着晃太郎，有些不甘心地说："咱们就没准备赢，对吗？"结衣逐渐发现了，其实加藤这个人非常好胜，骨子里很不服输的。

"种田氏，您可真有魄力，竟然选我做了球队里的内人角色[1]！"

办公室那头传来甘露寺活泼的声音。

"那就让他们见识一下我们公司的能力吧！虽然我连棒球的规则都不大懂就是了……"

看来这位自称的超强新锐并没有因为上次酒会被整的事情留下什么心理阴影。

"我也好想去看看比赛呀。"

野泽一脸羡慕地说。但是小组的原则是，不能带不出场的新人参加，尤其不会带女新人去。然而，正如预想的那样，樱宫也开口道："我会做好饭团去现场的，而且到时候我在场比较好吧。"

她一副很有拼劲儿的模样，但是结衣却不接她

---

1 这是棒球界的一种调侃的说法，因为投手和捕手之间需要紧密的信任和配合关系，所以常称捕手是投手的"妻子"。

361

的茬。

"比赛上午就能结束了，而且不知为何，对方还挺喜欢我的。所以你不用去啦。"

"挺喜欢……东山小姐的？"樱宫眉毛都歪了。

"是啊，而且还要求我到时候去他们那边常驻。所以樱宫就不必再担心这件事啦。"

樱宫的眼神明显开始游移起来。随即她又瞟起了自己的手机。

她真的暗地里和风间有联络吗？结衣努力按下心头疑虑对她说："请你先好好掌握工作内容吧。"结衣将印好的数据资料拿给了樱宫。

就在忙着处理其他案子时，比赛的日子近了。

星期三的傍晚，到了下班时间，结衣整理完毕准备离开公司前，看了看晃太郎的座位。他已经在忙着另一个网页架构的案子了。

"你看了吗？"结衣问他。

"看过了。"晃太郎仰头看她，随即点了点头，"看得我好感动啊。我趁着休息一连看了两个多小时，还挺累的。"

"啊？你一边跑一边全看完了？干吗这么拼啊！"

"这个故事是蛮好看的，但是我看完还是没想出什么对策。"晃太郎若无其事地说,"对了,你这几天好好回家了没有哇?"

"没有……我周一去了大浴场,第二天开始住商务宾馆……不过再这么烧钱,我离搬出来独自生活就越来越远了,所以也差不多该回去了吧。"

"哦。"晃太郎回了这么一句,然后又开始专心工作了起来。

如果晃太郎没想出什么办法来,那结衣就去Force常驻。她必须下定决心。扛住一切的角色总要有人来扮演。

比赛当天明明还未出梅,却是个罕见的晴天。九点钟比赛开始,气温已经超过了二十三度。

"越是身体还没有适应高温的六月份,越容易中暑,一定要小心。"

虽然不会参加比赛,但是来栖还是带来了自己的水壶和盐分补充剂。

"这个是?"来栖指着那个结衣从总务部借来的冷藏箱问。

"里面放了运动饮料还有啤酒……别误会啦!是无酒精的那种。主要是为了赛后大家一块儿和谐地干杯庆祝,这样比较方便缓和气氛。"

Force 这边来参加比赛的所有员工都穿了自家公司的运动服——武士魂。

晃太郎穿的也是武士魂。只有加藤穿的是自带的蓝色球衣，看起来不太像样子。但是当身穿高中校服的甘露寺现身后，加藤瞬间又显得不那么醒目了。

"总之你先摆好姿势蹲下身，要是随便乱动被球打到了会受伤的。"

晃太郎教育了甘露寺一番后，开始了投球练习。他用力挥动手臂，紧接着，下一个瞬间，那个白色的小球咻的一声，就仿佛被甘露寺的手套猛地吸去了一般。

"好快！"结衣小声说。

"速度也就只有一百公里吧。"来栖说，"业余水平。"

"欸？那……那就是说，他当年的球速比这更快？"

"柊告诉过我，他大学时代投出过时速一百五十公里。我可是看球专业户，这种软式业余棒球，如果球速超过了一百三十公里，业余人士想要接住球就容易有危险了。但是，既然是让甘露寺去当捕手，意思就是……"

那么高速的球，晃太郎本来就不会投的。

押田队的投手也开始练习投球了。看身姿就十分挺拔漂亮，应该是个有棒球经验的员工吧。

"对方的球速更快些。反正早知道要输，这比赛看着也没什么意思。"

结衣正在心里吐槽来栖真是个毫无干劲的解说员，心却猛跳起来。

押田来了。

只是看到他远远地坐在对手席那边，结衣就因为过于紧张，整个身体都僵住了。

此时一个穿着衬衫的男人向押田走去。是"研究员"。结衣记得他姓"草加"。看上去他似乎是在倾诉什么，但紧接着押田却对他摆手怒喝。

结衣问接了水走回座位的加藤："那边发生什么事了吗？"

"好像是开发部的员工拿着对手公司开发的那种具有调节温度功能的新产品，想让他穿穿看。结果被大骂了一通。还真有 Force 这种只允许穿自家衣服的公司哦。"

看来，草加也在用自己的方式战斗呢。结衣想着。不过，押田却拒绝革新，而且还非常强势地为年轻的部下们一个个套上了陈腐的盔甲。

"加藤先生，防守能力很不错啊。"

此时来栖插话进来。他称呼后辈也一样会用敬语，这大概是他的个人原则吧。

"也没有啦……只不过玩了很多年的软式棒球。当时也算是正式球员。我们高中当时冲进了都大会的冠军赛。我只是担心一旦被种田先生知道了可能会有点麻烦，所以才假装文弱的……"

"是吗？但这次你还是同意出场了啊。谢谢你，加藤。"

"毕竟我也算是个体育会系的。所谓棒球就是男人之间的切磋。啊，这句话是《巨人之星》的台词哦。总之，我不能坐视上司孤军奋战啦。好嘞，今天一定要打赢！"

加藤斗志满满。他貌似没从晃太郎那儿听到任何信息。看来晃太郎真的没想到什么对策……

男人之间的切磋……是吗……

结衣小声叹了口气。虽然这个友谊赛是自己的想法，可是关键的胜负还是推到了晃太郎身上。事到如今，结衣真的感觉自己好无力。

负责裁判的 Force 员工把选手们都喊到一起，下达了开始比赛的号令。回锅肉大叔的儿子也是选手之一。他一脸青涩幼稚，看上去还像个学生。

结衣还是第一次在现场观看棒球比赛。实际情况要比她想象得平静许多。因为加油助威的人本来也不多，所以比赛就十分普通地推进着。等到第一局结束，结衣说："我大概知道规则了。三振出局，就要换人了，对吗？"

"欸？"来栖眼睛都睁圆了，"你对棒球那么没兴趣，竟然还能和种田先生谈恋爱？"

此时，锵的一声，站在投球位置的晃太郎仰头望天，看着那个白色球飞向了外野。外野手接球失败，击球手跑进了一垒。

"对着承包商的球还能挥空三振，大家也真是太不中用喽。"

押田大笑着跑到了结衣他们眼前的一垒上。只有他身上穿的是白色运动服。大森指着押田道："那件衣服是最早期的款式，是十年前发售的武士魂哦。"

"都是因为喝了水才这么不像样的，大家的锻炼还远远不够哇，是吧，种田！"

听到押田的招呼声，晃太郎面向着一垒的方向轻轻颔首表示赞同。

"我们这种做过专业运动员的，就算是酷暑天也不能喝水呢，是吧？真想给这帮家伙好好示范一下。"

不能喝水，是吗？结衣不由得和来栖对视了一眼。天气预报说今天的最高温度是二十八度，再加上今天的高湿度，虽然温度还没到需要控制户外运动强度那么高，但是一直不去补充水分还是很危险的。

可是，晃太郎却语调轻快地回答："我知道了！"

Force 的社员们不敢去忤逆，也不能忤逆。他们应该和晃太郎一样，身体里已经植入了固定程序吧。可是，再这么下去可能就要关乎性命了，最好还是提醒一下他们，要及时补充水分……想到这儿，结衣准备起身——

"别出声，静静看着吧。"斜后方的一个声音道。

结衣回头，发现恐龙男就站在她身后。他穿着一身和这个场合丝毫不搭的衬衫。

"抱歉，我不是在歧视女性，但这毕竟是他们之间的战斗。"

"他们？"他指的是晃太郎和押田吗？

"这是他们运动员之间的战斗。"

恐龙男看上去十分平静。或许是怕自己所站的位置被发现，他轻点了一下头，走出房檐下，躲到更隐蔽的地方观战了。

然而，接下来的比赛进程让结衣感到十分不爽。

拥有四名有棒球经验者的押田队接二连三地安打，到了第五局的上半场，已经是五比零了。加藤防守一垒，只打出过一次安打。但是攻守对调，加藤下场，他一把接过来栖递来的水痛饮起来，随后说："赢不了啊！对方那个投手，球速有一百二十公里呢，没有棒球经验的人根本接不住。而且，这天也太热了！不让喝水简直是有病！如今温室效应都这么严重了欸！"

可是，押田却仍旧郑重地将十年前开发的产品穿在身上。

——应该去精进技术开发，保护那些在酷暑之中运动的人的生命。

"研究员"草加曾经这样告诉结衣。可他如今却在对手席的角落里坐着一动不动。

晃太郎也回到场下休息。但是他没有接下来栖递上来的运动饮料。

"不喝水太危险了。"

说这话的是加入晃太郎他们这队的吉川，他正用自带的杯子喝着水。

"你不用顺从到这种地步的。押田也就是嘴上说说，他自己也一样要喝水的。"

说到这儿，吉川看向对手席，此时押田正举着个颜色清爽的水壶痛饮。

"欸？他自己怎么也在喝水啊？"来栖大睁着双眼。晃太郎用锐利的眼神瞟着押田道："身居上位的就有权喝水，我当初就是这么被教育过来的。"

"不过押田本身也有高血压，他要是不喝水可能会有脑出血的危险啦。"

吉川反倒替押田解释了起来。

可是，晃太郎也被 Force 逼着一直在长时间工作，他的健康不是也岌岌可危吗？结衣瞟到长椅角落放着的毛巾。比赛前，晃太郎把 iWatch 摘下来放在上面了。这么一来，唯一提醒晃太郎身体可能出现危险的东西也无效了。

"种田先生也可以喝水的。之后只要和押田道个歉就好。他也顶多牢骚一句'你这算什么日本男人'，然后还是会默许的啦。"

"不用了。"晃太郎顽固地坚持着。这时，站在他们背后一直默默听着的榊原走了过来。

"你适可而止吧！别想着搞出什么忍受痛苦才是美德的桥段了。就是因为有你这种家伙，我们才回不了家的。我也见不到女儿了。"

榊原又在胡乱发泄着不满。他见晃太郎沉默，于是焦躁地继续说道："我女儿告诉我，爸爸你总是拉着一张脸，还总对妈妈大吼大叫，所以你别回家了……"

听到这儿，结衣心里微微颤了一下。儿时的记忆逐渐被唤醒——好希望爸爸能回家，但是又好害怕爸爸回来。榊原反常地情绪激动："我妻子也说，她觉得总有一天我可能会暴力对待她和女儿。"

"你要是那么痛苦，辞职不就好了。"来栖坐在位置上仰头望着榊原。

"来栖，住嘴。你不懂这些。"

晃太郎语气严厉地喝住了来栖，随即他眼神锐利地转向榊原。

"我也反抗不了。对父亲，还有上司，我都只能一味服从。什么样的痛苦我都忍过来了。我还把自己的命运交给了别人，没能把握住最重要的东西，这就是我的人生。"

晃太郎神态平静地说道："我只能过这样的人生，和你一样。"

"就算是刚刚六月，也可能中暑的。"吉川喃喃，"求你了，千万别勉强自己。"

"要是不在这里勉强自己一把，那就等于否定了我迄今为止的人生。唯独这一点，我不能妥协。"

晃太郎的语气十分强硬，榊原和吉川都沉默了。中途放弃就等于一辈子都毁了，他们两个应该也是这样被教育着成长的。

371

结衣实在忍不住了，她站起来说："那，那个，不然请大家来我们公司吧？我们公司可以准时下班。而且也有其他公司的网络专员转职来我们公司做业务人员的。是吧？"

一边的大森一头雾水地点了点头。"呃，嗯。是啊。"

"我可不想跟这群人一起工作。"来栖脱口而出。结衣按住他道："我可以去和社长交涉。总而言之，大家如果辞掉了Force的工作，也还有下家。"

站在结衣面前的吉川眼神明显动摇起来。榊原也盯着结衣看。然而——

"别说这种傻话。"晃太郎驳回了结衣的建议。

"Force的训条可是'为司尽忠，死而后已'呀。怎么会有人主动辞职呢？"

"可是那种要靠牺牲个人来尽忠的公司，又会回报些什么给员工呢？"

结衣想起了缩在老家整日无所事事的父亲，如此说道。

"只有珍爱自己的人，才值得'尽忠'不是吗？这样想才不会后悔啊。"

"珍爱自己的人……"榊原细细思忖着结衣的话，正在这时——

"种田！你们干吗磨磨蹭蹭的？是不是在偷偷喝水？"

从对手席那边传来一声怒吼，是押田。

"怎么会呢？"晃太郎微微一笑，转身望着队友们，"咱们上场吧。"

Force的员工纷纷从结衣面前走过。一旦违抗就会倒霉。这群黑武士每一天都被逼着努力适应这种环境，他们一个个表情都十分阴郁。

"竟然被承包商三振了，你们这帮家伙也太差了吧？"

押田又在怒吼。结衣望向坐在椅子上的押田，还有被他怒斥的竹中。

"这家伙竟然还去看什么心内科，太好笑了对吧？"

押田对着其他部下嗤笑道。

"我实在不想再欺负承包商了。"竹中有些语无伦次地争道，他竟罕见地对押田顶嘴，"我和妻子聊过，她觉得我可能压力太大了，所以……"

"怎么就压力过大了？我们公司才不会有人压力过大呢。你们不都是开开心心地做着自己喜欢的工作吗？还有什么不满意？我怎么就从来没感觉有压力呢？"

押田的情绪有点怪异啊，结衣思忖。他今天似乎异常地暴躁。

"你老婆要是再有什么牢骚，你就把她带到我这儿来。那种俗不可耐的女人，凭我的本事一下子就能让她闭嘴。她要是欲求不满，就让我好好疼疼她喽。"

结衣感觉坐在自己旁边的来栖一瞬惊得屏住了呼吸，"说得太过了……"

其他选手全都没有动。竹中整个人僵在了原地。他的反应就和当时听结衣解释自己被押田动手动脚的晃太郎一样。

"接着比赛！"押田嚷道。

第五回合的下半场，晃太郎这一队转眼就以三振收场。晃太郎并没机会休息。

第六回合上半场，轮到押田这一队进攻，有棒球经验的社员站在打击位置上，用力挥棒，白色小球再次被吸向了青空。全垒打。晃太郎的投球还是有些疲软了。可能是因为天热又没有补充水分，所以身体开始疲劳了吧。

"对手是不是从一开始就准备削弱我们的力量了？"来栖小声道，"他们生怕种田先生还保留了运动员时期的实力，所以才要求他不能喝水的吧？"

又被夺去三分。晃太郎坐回休息席的时候，下巴上一直在滴着汗。吉川默默地把水瓶递到他手边，可晃太郎仍旧顽固地拒绝了。

看到他这副样子，榊田凑到结衣这边来小声问："他为什么为了拿下我们的案子拼到那种地步啊？"

隐瞒也不是办法，于是结衣如实回答："其实我们公司接下来有可能采用，不，是有可能回归到裁量劳动制。我们的社长正在努力阻止这种状况发生，但想要成功，就需要我们这个团队拿出成绩来证明。"

"就是说……他之所以那么拼命，是为了守住准时下班的原则？"

"守住准时下班的原则——"结衣望着用毛巾擦汗的晃太郎。

在接受社长面试的时候，灰原曾问过他是为了什么在工作，晃太郎回答的是："我不知道。"可是，如今正如榊原所说，他有了一个值得拼命去追寻的奋斗目标。

"我们究竟是为了什么在工作呢？"吉川喃喃。

比赛继续进行下去，第八局已经打完了，分数是十五比零。来栖语气疲惫地说："要是在一般的比赛里，打到这个程度早就算我们输了。不过嘛，这样一来押田也挺高兴的，我们应该能赢得竞标了吧。"

不，并非如此。做到这个程度，顶多也就算追平了动用年轻女性作陪的 Basic。所以我必须要去和押田说，我会去 Force 常驻，这样才有希望。结衣想。

攻守互换，选手上场时，恐龙男仿佛算好时机一般再次出现。

"这场比赛我们应该会输吧。"结衣道。

"嗯，比赛的话，是会输吧。"恐龙男回答。

"比赛的话……"来栖一脸疑惑，他有点不明白恐龙男的意思。

第九局上半场，第一个站上击球区的是押田。

"我也来个全垒打吧！来，扔个弱一点软一点的球过来！"

站在投手区的晃太郎动作很迟缓，连眼神都有些失焦了。结衣的心不由得揪了起来。

"你怎么了？"押田挑衅道，"太弱了吧！种田！"

比赛已经打了两个小时了。休息席的温度超过了二十八度，球场上应该会更热。眼下胜负已定，结衣不能再继续看着晃太郎勉强忍耐了。

"忍不了了！"结衣准备站起身。可是一只大手又把她按住了。是恐龙男。

"种田先生也说了同样的话。他告诉我：'实在不想再忍耐下去了，所以拼命地思考，最终，他想到了率领四十六位武士去复仇的计划'。"

"欸？"

"昨天深夜，他给我打了电话，说希望我能助他一臂之力。"

"种田给您打了电话？可是……您不是已经辞职了吗？"

"说来惭愧，我被其他高层挽留了下来。所以目前还算在职。"

说到这儿，恐龙男又望着球场上的晃太郎道：

"他说：'作为候补伙伴公司，希望能和贵司互相取长补短，做到商业共赢。为此，就需要我们共同协作，去铲除问题。'"

"铲除……铲除什么？"来栖凑过来问道。

"种田先生告诉我：'如果贵司的员工想要跳槽来敝司，我们可以优先录用。但相应地，需要贵司的员工掀起反旗，夺回裁夺工作量的主动权。'"

"种田竟然和您谈了这样的条件吗？"

"听说他已经联系过贵司的社长，并且获得了社长同意，才来联系我的。于是我也直接发邮件联系了我们公司的员工。虽然还不足四十六人，不过今天来参加比赛的所有人我都发了邮件的。"

原来如此！结衣望着赛场想：怪不得他们今天看

上去都带着些莫名的逆反感，或许就是因为辞职之后也有去路才会如此啊。押田也敏感地注意到了这种氛围，所以一直在徒劳地虚张声势。

"针对敌方的武将，动摇其忠义之心。这是乱世之中的武士们常用的手段。话虽如此，但 Force 的洗脑能力的确够强。大家虽然内心动摇，但仍旧全部跑来参加了比赛。"

所以刚才结衣提到跳槽的时候，吉川的眼神才会那样游移不定啊！正想到这儿——

"种田！"不知何处传来沙哑的大吼，"别输啊！"

是防守左外野的榊原。紧接着，位于中外野的吉川也喊道："来个三振！让他看看体育会系的本事！"

他们的咆哮声仿佛野兽，那喊叫就好像是要将胸口之中设置好的程序砸碎一般。

"给他点颜色看看！种田！"

"我认为，裁量劳动制也不完全是负面的。"

恐龙男如是说。结衣努力回忆着他的名字，没错，他姓藤堂，藤堂文康。

"如果员工能够保障住自身的裁夺权，那么这种方法可以说具备了极强大的竞争力。但是，为了做到这一点，就必须要将陋习和封建主义逐出这家公司。"

结衣望着站在击打区的押田。

"你们这群家伙，怎么回事啊？"押田的面部抽动着，但或许是为了保持镇定吧，他仍旧挂着笑，"天太热把脑子烧坏了？"

可是，为晃太郎助威的喊声愈发热烈起来。就连草加也从对手席的深处走出来开始喝彩。

十四年前的那场比赛，也是这样的情景吗？

结衣终于明白了晃太郎的目的。

这个国家对于能够将"一忍再忍，不得不忍"这句话贯彻始终的男人最没有抵抗力。人们会忍不住地感动、鼓励。晃太郎可能就是利用了这种心理吧！我实在太了解那帮家伙了——晃太郎那天晚上说的这句话，其实指的是 Force 的员工吧？晃太郎将他们的心拉拢过来，还让他们看清了押田的所作所为是多么荒唐和粗暴。

游戏规则一定会变的。

结衣仿佛听到了灰原的这句话。没错，黑武士们要起义了，他们准备高举旗帜推翻上司。

"可是，虽说要给押田点颜色看看，但他现在光是站在那儿都很费力了。"结衣喃喃道。

押田貌似也是这么想的。他一脸没好气地端着球棒，摆起架势。

"光是没喝水就搞得如此筋疲力尽的家伙，有什么能耐给我颜色？"

Force 的事情真的无所谓了，结衣只希望晃太郎能赶快离场。正在她如此祈祷时——

晃太郎抬起头，那被帽檐的阴影遮挡住的双眼锐利地瞪视着押田。

然后，他力道极大地投出一球。

下一个瞬间，白球立即被手套吸住，顿时响起冲击声。甘露寺不由得向后一仰。

"好球！"大森小声说，"欸，怎么会？"

紧接着，球再度飞起。押田连挥棒都还没来得及，又是一声"好球！"的呼声。站在投球区的晃太郎游刃有余地踩了踩脚下的土。

"他这一球差不多有一百二十公里了。"来栖愕然道，"甘露寺竟然耐得住啊？"

"不，这球速有一百三十公里。"藤堂说，"他应该还在坚持做投球练习吧。"

"可是……他明明说自己早就不练了……"大森说。

"那只是在谦虚吧。把自己的实力压得过低，这可是日本人的通病。而且……"藤堂幽幽地叹了口气，"他至今应该都深爱着棒球呢。"

眼下，突然丧失了精神的变成了身穿白球衣的押田一方。在球场上被一大群分散的黑武士所包围，应该会感受到一股强大的压力吧。

藤堂冷眼望着押田道："种田先生的目标，就是去除掉员工们对押田的敬畏情绪。"

之前始终唯自己马首是瞻的员工们现在已经都不再搭理自己了。即便如此，押田仍挣扎着，维护着自己的尊严，他强打精神挂上一丝笑。

相对地，如今站在投球区斜眼瞪着他的晃太郎，看上去却充满了自信。

"男人的确厉害。"结衣嗫嚅，"我的确做不到这一点。"

"您在说什么呢？"藤堂笑了，"如果没有您，他们可就回不成家了呀。而且，他们也根本没有客观审视自己处境的余力。种田先生不是也一直没能做到吗？所以，这些是只有您才能做到的呀。"

恐龙男表情柔和地望着结衣。

"回到公司后，他们会直接和社长申诉。如果这家公司无法改变，那就换一个主君吧。"

那种事，真的能做到吗？结衣正要开口询问——

"你们这帮家伙，知道背叛我会是什么下场吗！"

押田突然粗声大吼。

"让所有的人都能运动，我们不是一直同心协力地在追求这个目标吗？"

武士们听到了他的吼声，可是却没有一个人有所反应。于是押田又转向晃太郎道："种田，我就给你一次机会，你要是想拿下这个案子的话……该知道要怎么做吧？"

下一次想办法让我打中！押田这言外之意已是将压力拉满了，随后，他立即摆出一个笑脸，喜滋滋地说："来！我们这次可要堂堂正正地一决胜负哦！"

晃太郎望着押田的笑脸，露出一个怜悯的表情。接下来，他对着已经想要逃走的甘露寺比画了一个"别动"的手势，然后用力挥动臂膀投球。

甘露寺再次被球冲击得后仰。第三球仍是好球。

Force 的员工们再次发出欢呼。就在此时——

押田在击打区蜷起了身子，然后就一动不动了。

最先跑过去的是草加，他让押田躺了下来，确认一下呼吸情况。

"谁能拿点水来？还有降温的东西。估计他是中暑了。"

"欸？他不是都喝过水的嘛。"大森发着牢骚，倾泻心中不满。

不过，结衣也终于明白晃太郎为什么会露出那个怜悯的表情了。

押田或许也和自己，还有自己的父亲一样吧。他年轻的时候可能也忍受了无数荒唐无理的要求，最后只能强迫自己努力适应那个环境。而且事到如今，他也已经无力改变了。

他应该很痛苦吧……这种跟不上时代的感觉，应该很痛苦吧。

可是——结衣望着躺在击打区的押田——不论哪个时代，暴力都是不对的。所以晃太郎只能击败他，除此之外别无他法。

"给我点喝的。"

结衣吓了一跳，发现晃太郎正站在自己眼前。大森从冷藏箱里拿出最后一瓶运动饮料。晃太郎接过来一饮而尽道："我还真担心自己会倒下呢！"随即擦了擦嘴角。

"我本来的计划是在第九局就结束比赛，没想到加藤那么善战。"

"您的演技真高超，如此一来，员工们的疑虑也都能消除了。"藤堂说。

"我只是顺从了押田先生的指示而已。"晃太郎微微一笑，"只要我勉强自己去坚持顺从他，东山和来栖一定会生气并且站起来反抗。他们说出来的话必然会令榊原他们内心动摇。不过，他们俩的反应也一直都蛮单一的。"

来栖一脸火大。

"他说我们两个反应单一欸！"

他望着结衣道。

"不过……您究竟是如何维持体力的？"藤堂问道。

晃太郎卷起黑色球衣，露出腹部。他肚子上贴了好几枚冷贴。就是那种发烧的时候贴在额头上帮助散热的退烧凝胶贴。

"这是盛夏的求职小技巧。我问了一下公司的后辈甘露寺，大热天有什么不出汗的办法，于是他就告诉了我这一招。虽然还没到可以防中暑的程度，但的确很降温。"

"原来如此，不是偷偷喝水，而是偷偷贴冷贴呀。"藤堂露出一个微笑。

"虽然我有信心，不贴这个东西也能忍耐下来，但是我上司一直在反复强调，不能有生命危险，真的很啰唆。"

"原来如此。"藤堂看着结衣,"如今您是上司了。"

听到藤堂的话,晃太郎将球衣放下来,转而面向坐在休息席的结衣。随后他的脸上露出天真的笑容。

"将吉良的首级献给您,东山代理部长。"

说罢,他轻巧地拎起冷藏箱,向着击打区走去。结衣带来的啤酒最终拿给押田来降温用了。又过了一会儿,出租车到场,草加和藤堂两人扶押田坐上了车。

"种田先生!"球场响起一声雀跃的呼喊。那是Force的某个有棒球经验的员工。"接下来还有两个击球手。我是下一个,这次请您动真格地来投球吧!"

晃太郎爽快应允,再次站在了投球区。

只要能赢,就可以不择手段。看到晃太郎变成这样的人,结衣的心情有些复杂。

他是当年一路打进甲子园准决赛的球员。如果能将他那颗多年来被众多大人压抑着的内心解放出来的话,不知道该是多么强韧有力呢?能解放内心,实在太好了。不过与此同时,看到那个投出好球后微笑的面容,结衣总感觉十分陌生,甚至有点害怕。

"真是赢不了他啊。"站在结衣身边的来栖小声说,随后,他一脸下定决心的模样,"这次竞标成功后,派我去 Force 常驻吧。"

"欸？可是……"结衣十分惊讶，"藤堂他们目前还不一定能真的改变 Force 呢。"

思想腐朽的人应该不止押田一个，所以这家公司很难轻易改变。

"我想要变强。而且反正我这个人只要觉得难以忍受就会立即辞职，所以肯定不会被 Force 洗脑。就算他们逼我保持战备状态，我也不可能顺从。"

结衣真的不想让来栖去常驻。她还想让这位新人留在公司再好好栽培一段时间的。可是这个年轻人似乎感受到了危机，他看到晃太郎的改变，于是也希望自己能有改变。

正犹豫着要不要拖一拖来栖的请求，结衣一抬头，忽然吓了一跳。

在球场一隅，有个女性的身影隔着铁丝网远远站着。

是樱宫。她一边低头看着手机，一边准备离开。

她为什么要来？是为了把消息泄露给风间吗？如果藤堂他们以下克上的起义成功，那竞标就要靠内容来一决胜负了。如此一来，结衣他们无法在本社做数据分析的缺点可能会拖后腿。

如果 Basic 抓住了他们这个缺点来攻击的话——一想到这儿，结衣明明还冒着汗，但是体温却骤然跌了下去。

结衣换下被汗水浸湿的衣服，回到制作部的办公室，径直向樱宫的位置走去。

"你来看比赛了对吧？"结衣搭了这么一句，随即将她带到了会议室里。

"工作完成得怎么样了？"

"不好意思。"樱宫手里仍旧紧握着手机，"我实在是做不好工作。所以我想着……至少应该去现场给大家加油助威……"

"为什么要一口咬死自己做不好工作呢？樱宫小姐，你一直努力工作到了现在呀。"

总有一天，你一定会找到独属于你自己的工作内容的——结衣正想说出这句话时，樱宫突然道：

"东山小姐虽然嘴上这样说，可是你做了主管之后，难道就没后悔过吗？"

"这个……要说一丝丝后悔都没有，那是骗人的。"

"明明能力不足，却还要勉强自己去做这些，不是吗？"

樱宫的这句话仿佛狠狠打了结衣一个耳光。押田喊她的那句"半吊子员工"言犹在耳。

晃太郎正面迎战押田，而自己则只是在休息席干坐着观战。

"即便如此。"结衣有些火大地说，"我还是要努力去做啊。"

正因如此，那些Force的员工才愿意改变，不是吗？就连藤堂也褒扬了自己。所以，一定要拿出信心！结衣这样告诉自己。什么男人女人，结衣已经不愿意再被这种说辞所禁锢了。

"不论怎样努力，女人都是爬不上去的呀。"樱宫又强调道。

结衣终于忍不住问："究竟是谁这么教育你的？风间对吧？"

樱宫沉默了。又是这样。这些长久以来都在压抑内心的人，为什么就是不肯把痛苦倾诉出来呢？可是今天，结衣觉得无论如何都要鼓起勇气来迈出这一步。

"能不能把心里话都告诉我这个上司，把烦恼交给我处理呢？"

这是她最后一次出击。说完这句话，结衣凝望着樱宫的脸。她不想输给晃太郎。她想改变樱宫。正想到这儿。

"唯独你……我没办法交给你处理……"

说到这儿，樱宫眼中不断有泪珠滚落。

"樱宫？"

樱宫说完这句话，用手碰了碰面颊，方才意识到自己竟然在哭。

"咦？"

她脱口而出，随即拼命地想要忍住眼泪，可是却根本无法控制泪水。樱宫圆润的胸口开始剧烈地起伏，整个后背蜷起，用手捂住嘴。

"你怎么了？"结衣问，"是感觉喘不上气吗？"

"救救我，"樱宫娇美可爱的双唇在嗫嚅，"谁来……救救我……"

她需要自己如何去救呢？正焦急思索时，额头的伤口突然一疼。额头的，伤口——

她想起了在同一个地方受过伤的老武士。

该不会，那个一直在逼迫她的人，是我自己？明明做不好工作，可是她这个上司却一直在反复强调："能做到！一定能做到。"此时，面对这样的上司，樱宫痛苦地不停喘息。

自己该不会是做出了什么无法挽回的事了吧？想到这儿，结衣浑身的血液都凝固了。

"怎么了？"身后传来询问声。是晃太郎探头进了会议室。

他身边还站着来栖。来栖手上拿着预算计划的资料。看来他们俩刚才是在隔壁的办公室开会。

"她这是过度呼吸症吧？就是压力过大会犯的毛病。"

听到来栖这样说，结衣急忙去看樱宫的嘴巴。的确，她在快且浅地不停喘着气。

"这时候是不是应该拿个纸袋扣到嘴上？"晃太郎说。来栖摇了摇头。

"不行，听说那种办法反倒不好。"

再之后的事，结衣自己也记不清了。她看到来栖坐在樱宫身边，一直喊着"慢慢吐气，慢慢吐气……"很快自己也进入了极度紧张的状态里。

等到她反应过来时，人事部的女同事也探头看向会议室。看样子她只是路过，但察觉到了异样。

"怎么了？"

人事看着樱宫问道。

"可能……是我对她职权骚扰了……"结衣喃喃道，"总是逼着她工作，把她赶到了绝路……"

"最好联系她父母来把她接回去吧？"晃太郎说。

听到这儿，樱宫再次仰起脸。她两眼空洞无神，仍气若游丝地念着："救救我。"

"先送她去医院吧，等回来之后再讲一下事情的经过。"

来栖看着人事搀扶樱宫离去的背影，小声说："结衣姐才不会对她职权骚扰呢。"

但是晃太郎却皱紧了眉，没有说话。这个男人是知道的。那种长期遭受暴力的人不知道哪天就会突然失控，会突然伤害到他人。晃太郎心知肚明。

"有传闻说她是公司蛀虫对吧？她该不会是故意栽赃结衣姐，就像种田先生那时候一样，闹得结衣姐受降职处分吧？"

"不是的，确实是我逼得太紧了。"结衣心乱如麻地说，"对不起，种田先生。如果我闹出了乱子，社长可能就赢不了董事会了。"

作为主管的"能力不足"。对樱宫的这句评价，她或许有些太过执拗了。

"不是东山小姐一个人的错。我们再想办法赢下来就好了。"晃太郎安慰道，随后便回办公室去了。结衣很想对着他哭诉自己坚持不下去了，但是晃太郎却有堆积如山的工作要处理。

傍晚时分，结衣被叫去了会议室。人事部的女同事表情冷淡地说，樱宫被诊断有抑郁症，公司决定让她暂时停职一个月，看看情况。

"但是她在短时间内已经闹出两场乱子了。我们也在怀疑是不是她自导自演。"

"不是的。"结衣说,"是我非要她说清楚自己为什么没办法集中精力工作。"

女人和男人不同,有些事女人就是做不到。这句话依旧折磨着结衣的内心。虽然晃太郎帮她报了仇,可心底里的伤痛并未痊愈。

结衣希望能卸下主管职位。

"不管怎么说,处分这种事还没办法马上决定。记得明天十一点开始参加公司说明会。应该已经排进工作表里了吧?"

有这件事吗?结衣目前还没办法完全掌握自己那张被各种会议塞得满满当当的工作表。

"在应届生面前,还是要强调我们是一家可以准时下班的公司。"

"公司明明有可能因为我,变成一家无法准时下班的公司,还要这样说吗?"

"还是要这样说。如果不能抢占年轻人,这家公司将前途未卜。"

可是,用这种手段抢来的年轻人,却被结衣逼迫到了无法工作的地步。

樱宫对她说："唯独你……我没办法交给你处理。"可见，她和新人之间连信任关系都无法建立。

她不想再做这个主管了。回到商务酒店之后她一直在思索这件事。

最终，她一整晚也没合眼，早饭也没吃，就直接离开了酒店。昨天发生的事估计整个公司都知道了吧，新人们看到来上班的结衣，个个都表现得小心翼翼，生怕踩雷。

回复一些加急邮件，然后就去人事部提出降职申请……结衣一边想着，一边将包放在位置上。这时她听到有人喊她，是人事那位同事正站在办公室门口。

"东山小姐，有客人找您。"

"好久不见！"一个温柔的声音在她身后响起。是诹访巧，他对着结衣挥了挥手。

"啊，这个牌子的曲奇我记得结衣很爱吃对吧？请种田先生给大家分一分吧。"

巧将手里的纸袋塞到站在附近的晃太郎手里，随后微笑着走向结衣。

"我有重要的事要和你谈，我们找个地方单独聊聊吧？"

"为什么种田先生也要跟来啊？"

走进会议室的巧将西装外套搭在了椅背上。他似乎是通过人事部取得了这次商谈的许可。人事部的女同事则请晃太郎也一道参与。

"昨天我们公司发生了不少事，需要有人监督，所以人事打电话把我也叫过来了。"

"我非常讨厌那家伙。他总是一副'我什么都愿意做'的表情。所以那种有权势的老头子基本都对他没什么抵抗力。他都不知道抢走过我多少项目了。"

巧说到这儿的同时，晃太郎走进来，坐在了结衣身边。

"那，您这次来是有什么事？"晃太郎的语气十分平稳，但是表情里写满了"你这出轨的家伙！"几个字。

"是这样的，Force 的业务负责人现在换成我了，风间已经被踢走了。"

"被踢走了？"

"因为他被业务部门的女同事告发了。"

结衣不由自主地和晃太郎对视了一眼。告发风间的女同事们，会不会就是结衣在 Force 见到的那几个新人呢？

"听说下班之后风间会把这些女孩一个个约到饭店

的小单间，教育她们该如何陪酒。而且还有录音。那个录音我也听了，太过分了。他还教育女孩，就算被摸了也要忍。"

结衣忽然回忆起了自己被押田抱住的那个瞬间，顿时感到无法呼吸。

"该不会……樱宫也被他……"

"据说樱宫小姐是受他控制时间最久的一位。"

巧的双手在桌面交叉握着。

"今年二月的时候她曾经找人事部的部长谈过，但却被压下来了。人事以事情泄露出去会影响 Basic 的形象为由，封了她的嘴。这件事有当时在场的人事部年轻员工作证。"

这么说来……当时人事问樱宫"是否在晃太郎的逼迫下接受了客户 Force 的性剥削"时，她之所以没有反驳，可能也是因为之前的公司并没有好好处理她当时的诉求。

"她还在我们公司的时候，有一次聚会我们两个坐邻座。我不知道她身上发生的这些事，只是随口提到了结衣的事情。我说：'我女朋友虽然和我是同行，但是她每天都坚持准时下班哦。'樱宫小姐当时没什么反应，但她辞职之后发了封邮件给我，说自己可以'跟着东山小姐工作了'。"

"那就是说……"结衣的声音有些哑。巧点了点头。

"她大概是觉得，如果能跟着结衣工作的话就能安下心了。"

"可是……"结衣难以置信地说，"当时是樱宫主动要求去陪酒的。"

"樱宫知道押田是什么样的人。"晃太郎小声说，"她可能想用自己的方式去帮结衣抵挡对方的骚扰吧。要是我们能早些注意到就好了。"

听到晃太郎这么说，结衣不由得怔住了，她回忆起了樱宫刚分配给自己时的情景。

——我，我不能再跟着东山前辈学习了吗？

——我，我害怕男上司，所以还是希望能跟着东山小姐……

这是樱宫第一次向她发出求救信号。她心中埋藏着"女人无法工作"的程序并深受其苦。可是，结衣却完全没能察觉。

当时的结衣被福永的长时间劳动坑害，又赶上巧出轨，和晃太郎的关系也不太好。她就这样既没有身为公司员工的自信，也没有身为女人的自信，便一头跌进了 Force 的案子里。那之后，虽然灰原、石黑、晃太郎都屡次提醒过她，可是她却浑然不知自己受的伤有多深。

因为只有她自己觉得自己没问题，觉得自己还能行。

"昨天晚上我去过她家了。我发邮件给她，说想和她谈谈。她同意了。"

"可是，她不是暂时还没法讲话吗？"结衣问。

"是啊。她父母也告诉我了。她可能想逼迫自己鼓起勇气把话说出口，但却还是对男性深感恐惧，无法开口。所以她父母代她向专程跑了一趟的我道歉了。"

"她父母……"结衣小心翼翼地问道，"应该很生气吧？"

"我确实被她父亲责备了一番，不过……"巧的措辞含糊起来，"她母亲……怎么说呢，她母亲一直小心翼翼地，躲在她父亲身后不作声。这一点我还挺在意的。"

结衣明白巧的意思了。看来，樱宫的问题从原生家庭可见一斑。

"她交给我一个信封。"

巧从包里拿出一个白信封，放在了桌子上。封面上还印着樱花形状的水印。

"她要我转交给你，而且说，想全权交给你处理。"

为什么……她明明说过，她不愿意信任我……

结衣伸手接住了信封。里面装着一枚 U 盘。或许是一些不能外传的资料吧。结衣请晃太郎拿了一台可以用来读取外部资料的笔记本电脑，插上 U 盘。

"是音频文件。"巧站在晃太郎一边窥视着屏幕，小声道，"我可以听听吗？"

听到巧这么问，结衣有些犹豫了。她思考了片刻后回答："既然樱宫说交给我来处理，那我先自己听一下比较好。"

巧沉默了，他似乎有些难以接受结衣的回答，不过他还是叹了口气，点了点头："我明白了。那就交给结衣了。不过，要是你听了感觉不太舒服的话……"

"发生什么事都有我在，请不必担心。"

晃太郎立即插嘴道。巧没有再说话，他站起身。

"那，我就先告辞了。"

结衣抬头看着巧说："谢谢你，巧……诹访先生。谢谢您专程跑来这里一趟。"

"哪里，其实是我们公司给你们添麻烦了。风间已经提交了辞职申请。他可能准备直接辞职逃避责任。但是，我不想让事情就这么结束，我会调查到底的。"

虽然巧比较会说漂亮话，但他的确是个正直的人。虽然他们在一起的时间并不长，但结衣仍旧对巧心存感激。

"听说你和三桥小姐已经订婚了，恭喜啊。"

"嗯。但是还没到最终签约的那一步，所以想要参加竞标的话，请马上联系我哦。"

巧沉稳地微笑着，走出了会议室。

"说什么竞标呢！"晃太郎一脸厌恶地追着巧走了出去，"对手公司的业务人员就这么在我们公司里大摇大摆！"

结衣去自己的工位上取了耳机回来，还锁上了会议室的门。她将耳机插进晃太郎的笔记本电脑，点开了音频文件。文件的日期是去年十二月，当时樱宫还在Basic上班。

这段声音应该是在某家饭店里录的。背景里有其他食客发出的噪声。然后，结衣听到一个情绪异常高亢的男性的说话声。

他说出的内容已经不是什么听了会不太舒服的程度了。

——女人反正做不好工作不是吗？反正也爬不上去不是吗？

可能是因为喝了些酒，风间一直在重复这句话。光是听他念，结衣就感觉心跳越来越快，内脏都搅到了一起，身体也异常难受地发热。音频途中突然安静了下来。结衣不知道当时的樱宫是什么表情。但是她听到风间紧接着没好气地辱骂道："你那丑脸上挂的什么表情？"

——快笑！你要想取悦我，就赶紧给我笑！对对！这不是能做到吗？

他的语气和押田很像。这个男人怕是也早就对异常的职场环境麻木了吧。

——要是敢辞职，像你这种什么都不会的废物，可没有哪家公司会要哦！你是不是都二十五岁了？那你会越来越不值钱的。接下来全是下坡路喽。

再后面，就是风间无止尽地羞辱樱宫的长相。听完录音之后，结衣冲出会议室，跑过走廊，冲进了厕所的单间里。她忍不住呕吐起来。明明胃里空空如也，但她还是恶心得吐了。

所以樱宫才一直面带笑容，原来，她是不希望自己再受到更多的伤害。

走出厕所时，结衣见晃太郎站在门口，他似乎很忧心结衣的状态。

"怎么了？"

"没事。"结衣说着抬腕看了看表，"我差不多得去开公司说明会了。"

"快别说傻话了，你刚才是不是吐了？"

可是，如果结衣忍不过这一关，那么像樱宫这样的年轻人以后就都要被戳脊梁：女人做不好工作。于是结衣摇了摇头说："我必须要去。"

晃太郎深深叹了口气，小声说："那我也一起去。"

推开会议室的门，公司说明会已经开始了。会议室的灯光被调暗了，台上站着人事部的一位男同事，正在用投影讲解公司福利制度。

结衣立即走到讲台附近，等待上场。

"师傅迟到了欸。"甘露寺凑过来说。

"我们团队的新人全都被喊来了。"

野泽就站在一边，还有顾恩和加藤。

"人事希望说明会结束之后能让我们这些新人也上台告诉大家，我们公司的确能每天准时下班。"

参加说明会的看上去都是些还没拿到内定的学生。会场内并没什么焦躁气氛。或许是觉得这家公司不过只是个中小型企业吧，他们穿的求职服装也有点敷衍。

坐最前排的男学生穿的还是长款的黑色夹克，低着头只顾滑手机。估计只是来参与一下，并没想真的进这家公司吧。

"关于樱宫，她似乎是和上家公司有纠纷对吧？"人事部的女同事一边观察着四周，一边压低声音对结衣说，"幸好和你无关。接下来请多多为录用新人的目标做贡献吧！"

房间里顿时明亮起来，站在台上的同事对着她招了招手。"没问题的。"结衣对晃太郎留下这么一句后，登上了台。

"我是制作部的东山结衣，非常感谢大家能来参加敝司的说明会。"

接下来，结衣按照人事的要求进行了讲解。入职以来自己如何始终准时下班，又是如何一步步当上主管……最后结衣问："大家有什么问题吗？"

一个女学生举起了手。"贵司是一个可以让女性放心工作的地方吗？"

"敝司……"在结衣眼中，女学生的身影和樱宫重合在了一起。她不由得沉吟片刻，道："敝司的工作不分男女。"

可是，有些人在来到这里之前，却会被植入一些扭曲的价值观。

比如：女人做不好工作。

"贵司可以杜绝职权骚扰或性骚扰吗？"女学生

又问。

"主管们都需要进行防止职权骚扰和性骚扰的研修训练。发生任何事，都可以诉诸人事，骚扰者会受到处罚的。"

可是，明明她发出求助的呼声，结衣却根本没注意到……

"东山小姐接下来也会坚持每天准时下班吗？"另一个男生问道。

"这个……"结衣张口，但是说不下去了。她的情绪已经低落到了极点。结衣看向台下，找到了站在人事部男同事身边的晃太郎，久久凝望着他。

你做了我的挡箭牌，还为我报了仇……可是，真的对不起。

结衣开口道："我可能没法准时下班了。"

说完这句话，她向惊得合不拢嘴的人事部男同事低下头。

"对不起，但是，新人就职的第一家公司，是会左右他们一生的。我不能撒谎。"

结衣望着眼前的学生们，对着那一张张稚气未脱的脸庞继续说道："我自从进了这家公司，每天都是准时下班的。但是支持我这样做的人非常少。即便如此，如今我却被强制要求必须准时下班。我只能把剩下的工作扔给已经过劳的同事们，我甚至帮不了那些依赖我的新人们。劳动改革搞成这副样子，究竟有什么意义呢？"

结衣在最不应该倾诉内心的地方将自己的脆弱尽数暴露了出来，可是她不能不说——

"我究竟是为了什么在工作呢？其实我自己也越来越不明白了。"

台下的学生们全都怔住了。玩手机的男生也抬起了头。

结衣逃也似的走下了台，晃太郎急忙迎上来。"别再继续了，不要再勉强自己了。"

看来自己真的很无能，结衣想。必须辞掉主管一职。

正在这时，麦克风传出一阵噪声，晃太郎被那刺耳的噪声吵得皱着眉，抬头看了看讲台。然后，他整个表情都僵住了。

"哎呀哎呀，我们家的东山师傅让大家见笑了。"

听到这个声音，结衣也回过了头。

"在下是和她同一小组的员工，鄙姓甘露寺。"

这位自称的超强新锐像鸟一样挺起了胸膛。

"要说我在这家公司是个什么地位呢——那就必须要从和东山小姐的第一次相遇开始说起了。哦，此处应该有音乐——"甘露寺说罢便摆弄起了手机。

"种田先生，您快阻止他啊！"人事部的男同事慌神了。

可是，晃太郎却看着结衣，然后说："没事，请再稍等等。"

"咔啦，嘭恰"的旋律从手机流淌出来，紧接着是一段短促的音乐声和掌声。

"是《超级演说》的片头曲啊。"顾恩在他们身后说，"就是那个会邀请各个领域的顶尖人才来做演讲的节目！"

"这家伙开什么玩笑啊！"人事部的男同事正准备冲上去阻止，结衣却一把抓住了他的手腕："请等一等！不管是什么样的新人，总归有他想说的话，所以我一定要听听。"

"人，为什么要工作？"

甘露寺右手大力一挥，开始在讲台上踱起步子。

"和东山相遇是在今年的三月。当时，她喝醉了酒。我什么都没问她，可她却兀自带着怒意痛斥无能上司如何强制员工们长时间劳动，而且还对着喝空了的啤酒杯大声吼着：'我以后也一定要准时下班！'"

"对着喝空了的啤酒杯？"顾恩疑惑地望着结衣。

但是结衣自己其实已经不记得这些了。

"见她如此痛苦的模样，我忽然领悟，她一定很需要我的支持。"

说到这儿，甘露寺点了点手机，主动制造出鼓掌的效果音。

"于是我毛遂自荐，来到了这家公司。社长告诉我，看到我的时候，他想起了初见东山的情景。他还告诉我：'东山现在或许很需要你。'"

"为什么会很需要甘露寺呢？"野泽问。不过结衣却隐约明白其中真意。

十一年前，灰原失去了公司的人心。他想摆脱当时的困境，于是有意招录了结衣这样一个并不符合需求的新人，并将她培养了起来。

所以，灰原认为刚当上主管的结衣，也一定和他一样，需要这样一位新人吧。

甘露寺一边在台上从容踱步，一边继续演讲——

"我呢，在很多方面都提点过她。相应地，也收到了不小的成效。东山成长了，面对强求我们配合的甲方，她成了一名能够保护下属们的主管。"

"甘露寺脑内的版本竟然是这个样子的哦。"加藤念道。

"还有一些人，也受到了我的感化。比如种田，他本来是个有职权骚扰倾向的上司，于是我就准备改变他。前段时间我们打了一场业余棒球赛，他扔给我的球时速竟有一百三十公里，简直恐怖到了极致。我的大拇指疼痛难忍，这可以说是对一名新手实打实的职权骚扰了。但是，我却从那球的重量感里……怎么说呢，感受到了一些含义。"

"你竟然让没经验的新人去接时速一百三十公里的球？"人事部的男同事追问，晃太郎急忙找借口："是我忘了让他和加藤轮换一下了。"

"那么……"刚才那个滑手机的学生此时举起手问，"那么你在这家公司究竟算是什么地位呢？"

"嘿嘿嘿嘿，我呢，就是今年刚刚入职的超强新锐员工哦。"

欸？刚入职？会场上响起了此起彼伏的惊叹。看他的那副排场很大的架势，估计在场的不少人以为他是从别处跳槽过来的老手吧。

然而，甘露寺丝毫没有将会场的气氛变化放在心上。

"在他们进入公司的时候，企业招聘正值最为内卷的时期。"

甘露寺背着手，望着晃太郎和结衣。

"那时候的公司要求年轻人能抗压力，能具备自我牺牲精神！有些人选择顺从这种要求，而有些人则选择坚持反抗。十多年间挣扎在这职场。为什么？为什么人们要对自己的工作方式如此执着？那是因为，工作方式，就是生存方式。"

甘露寺一边踱步，一边伸出食指晃了晃，接着说：

"现在的公司呢，一个个都嚷着：'我们的就职环境最友好、最和谐！'可是，这说法真的可信吗？就算当下暂时如此，未来会不会又反过头来剥削我们年轻人呢？"

甘露寺环视台下的学生们，充满煽动性地高呼：

"所以，我要帮助东山结衣！支持她为守护部下们的准时下班而做的斗争！这也是为了活出自我、活出真我啊！"

然后，这场演讲貌似就告一段落了，因为甘露寺一脸"我做得真棒！"的模样。

"说得还挺好的。"加藤评价，"如果不是由甘露寺来说，效果应该会更好吧。"

会场的学生们显然也都是这么想的。虽然人事部的男同事喊着"接下来还有本年度入职新人的恳谈会"，但是在场的学生们都一副准备直接离开的样子。

结衣感觉千头万绪塞满胸口。她望着甘露寺。她一直觉得，是自己在努力培养新人。

可是，或许正如甘露寺所说，接受培养的，其实是她自己。

如果没有他们在，自己或许不会坚持要和 Force 平起平坐，也不会对押田动怒，或许去了上海后也就不再回来了。

结衣碰到衣兜，兜里发出沙沙声，那是樱宫托付给她的信封。再看时，结衣发现里面还折着一枚便笺。她正准备拿出来看，人事部的男同事却走过来问她："这么一来，录用人数不达标，你们要怎么负责？"

场上的学生们陆续离开了。但结衣注意到，唯独一个人逆着人流站在那儿，正盯着自己看。

是那个坐在最前排滑手机的男学生。他和结衣对上视线后，微微一笑，向他们这边走了过来。仔细一看才发现，这男生穿着的黑色外套款式很像某国军服的设计。他长长的刘海下面，那双浅色的双眼紧盯着结衣。

"刚才那段演讲我完全听不懂。"他语速很快地说，"但是，要是这家公司连那种怪里怪气的家伙都能包容，那我应该也能待得很自在吧。我本来要进的大型公司非要把我和其他新人混在一起对待，所以我已经辞职了。明天开始我就来你们这儿工作吧，记得给我准备个桌子哦。"

他在说什么？结衣疑惑了。于是男生有点不耐烦地指着自己说："你不认识我哦？我是八神苏芳。"

谁啊？结衣仍在迷茫中，这时——

"是你！你就是八神？"人事部的男同事迅速凑过来，把结衣挤到一边。

"失礼了失礼了！一直和您用邮件交流，所以不知道您的长相。"

"对了，我的条件除了年薪一千万，还有别的。"

年薪一千万……结衣总觉着在哪儿听过。对了！是三谷说的。她说人事想破格录用一个大学生工程师，但是那人被大公司抢走了。

"劳动时间的上限是一天三小时。"八神说。

"欸？三小时……"结衣喃喃。

"还有，我的上司必须是她。"八神毫不客气地指着结衣，"不然我就不来了。"

他怎么就有这么豪横的底气谈这些条件呢？结衣思索着其中理由，随后她突然喊出声："你能分析数据！"

"没错没错。大学二年级我就做了 MA 系统，卖给了一家大公司。所以我其实不缺钱啦，年薪一千万倒也能忍。但是我讨厌独自待着，所以想要一群相处愉快的同事。"

"种田先生。"结衣抬头望着站在他身边的男人，"快联系 Force。"

晃太郎仍旧一脸难以置信地望着八神。

"我们这次能赢 Basic 了。"他嗫嚅着，随即脸上绽放出笑容："甘露寺！"

他将大功臣喊了过来。

甘露寺慢悠悠地向他们这边回过头，然后张开双臂也喊道："种田氏！来吧！飞奔到我的怀中吧！"

"不，我可没准备和你拥抱。"晃太郎说罢，兴奋地用力抓紧甘露寺的肩膀摇晃，说了句："干得好！"然后一边给 Force 致电，一边向走廊的方向走去。

结衣再扭头回来，发现甘露寺已经握起了八神的手，还催促结衣道："来来，师傅也来呀！"

于是结衣也伸出手道："欢迎你加入，八神君。"

但是，八神却意外地歪了歪头问："这家公司称呼员工的方式是男女有别的吗？"

甘露寺也问："师傅，其实我之前就想说了，这样真的好吗？"

"抱歉！"结衣急忙转动脑筋，随后领悟道，"是全部按'桑[1]'来称呼比较好，对吗？"

"我希望能这样啦！"八神笑着回答。结衣握住了八神的手，突然一惊——

"好柔软……"这个人……莫非？结衣一瞬睁大了眼，但她又立即露出了笑容。在工作面前是不分男女的。现在的年轻人就是活在这样的时代里。他们决不允许职场上出现暴力和长时间劳动。而且，他们也在寻求着能够尊重这种生活方式的上司。

"欢迎呀八神氏！你在这家公司可以随心所欲地做自己喜欢的事哦！"甘露寺道。

结衣终于再次将视线放回到了那枚信封上。她将便笺取出来，顿时，一股芬芳的花香扩散开。

趁着人事和新人们交谈甚欢，结衣读起了樱宫的信，可是刚读到一半，她就开始感到坐立难安。

"东山小姐！稍等一下！"好像有人呼喊他。但是结衣没有理会，她仍旧走出了会议室，跑到走廊的电梯里，按下了 R（Roof）的按钮。

电梯上升到了天台。四下一片寂静，结衣终于再度展开了这封信。

---

1 日语中，君（くん [Kun]）一般是对晚辈男性的尊称；桑（さん [San]）是对他人姓氏的礼貌称谓，不分性别，既可称呼男性也可称呼女性。

"东山小姐，对不起。"这是信纸上的第一句话。

"我当时那么冲动，又没有说清原因，实在抱歉。但如果你听过了这段录音，应该就能清楚我在 Basic 的遭遇了。

"我当时说想要主动接待 Force 的员工，是因为想赢。我想作为能够准时回家的公司的一员，从风间那里把案子抢到手。这就是我当时那么积极的原因。

"但是，友谊赛的那天早上，风间又来联系我了。他说自己在 Basic 待不下去了，要来我们公司。他还让我去和管理部的石黑先生联系。他发了无数信息给我，我顿时头脑一片空白，完全无法专注工作。我本以为自己总算找到了一处可以放心工作的地方，结果竟然⋯⋯

"我也想像东山小姐一样去战斗。可不知为何，我总是会忍不住觉得自己没办法胜任工作。每每反应过来时，我发现自己总在攻击东山小姐。还对你说了好多风间辱骂我的话⋯⋯就算去现场看了种田先生他们的比赛，我还是改变不了自己，我真的好痛苦。

"我是个弱者，但是，我真的不想输给那个男人。"

这封信还在继续，结衣抬头，远眺着鳞次栉比的高楼。

那密密麻麻的高楼中，有着数不清的职场。自己是多么幸运，能够在一个可以放心工作的地方成长。所以，她才一直无法理解和接受暴力，并且还能大声反对暴力。

可是，有无数人做不到这些。

"加油！樱宫！"结衣小声说，"谢谢，谢谢你信任我。"

这就是樱宫交给自己的主管研修训练。作为她的上司，自己有责任接受这样的训练。她一定要成功，这不单是为了自己，同时也是为了樱宫。

结衣乘上电梯走到管理部，把石黑喊了出来。这个管理部的魔鬼一脸坏笑地走出来了。

"我可都听说了哦。你们小组那个整天瞌睡的家伙，把八神给搞到手了？这可是块大肥肉啊！真叫人兴奋！所以说，挖角优秀人才的活儿一旦做起来就不想停哦。对了，你们竞标成功了没？"

"暂时还不知道呢。结果明天公布。在那之前，我有件事要拜托小黑。"

听完结衣的请求后，石黑眉间挤出深深的皱纹。

"这种事有什么难的！但是你可不能一个人去啊，要把挡箭牌带上。"

"这是我一个人的战斗，我必须一个人去。不然的话，我就没办法跨过这段伤痛。"

石黑只好叹了口气说："唉，反正我也拦不住你呀。"

"那就拜托啦！"结衣说罢准备离开管理部。

"小结！"石黑在她身后喊了一声。

结衣转过身，看到石黑罕见地一脸严肃。

"你一定要多保重哦！"

面对着曾经被职场暴力击溃的石黑，结衣回答："你等着，我一定要创造一个能够让所有人都放心工作的职场！"

结衣走在通往地下的昏暗楼梯上，推开那扇倒贴着"福"字的门。

"还没开始营业哦。"王丹没穿围裙，从厨房走了出来。

"能不能给我煮点粥一类的。我等下要去高田马场决斗。"

"啥意思？"王丹看了结衣一会儿，随即无奈耸肩，转头进了厨房。

在王丹煮粥的当口，结衣看了一眼手机。她收到了石黑发来的邮件。

"猎物已彻底上钩！"

喝粥真的让胃舒服极了。结衣一边喝一边把整件事的前因后果讲给了王丹。

"你就按自己的想法去做吧！"王丹听罢这样回答，"不过，你这身寒酸衣服可不太行哦。"

结衣低头瞧了瞧自己的衣服，她穿的是非常普通的通勤套装。但王丹却啧啧啧地咂着舌，又转身回了厨房深处。不一会儿她折返回来道："结衣瘦了，穿这件没问题。"

结衣换上了王丹拿给她的那身纤细的黑色连衣裙。衣领立起，十分优雅，胸部线条突出，同时还漂亮地勾勒出了腰线。一看就是件昂贵的衣服。

王丹还为她化了眼妆。结衣照了照镜子，发现自己眼尾的眼线也是傲然上翘的。就像那个在刘王子公司里看到的，抢走上司位置的黑发美女一样。

"王丹啊……你在上海的时候究竟有多赚？"

"我办公室的窗户可是高于云层的哦。"

王丹一边在结衣的耳朵、手指和手腕上添了些名牌首饰，一边问："晃太郎也要去吗？"听到结衣回答"我一个人去"时，她露出一个满意的微笑。

"晃太郎不去也没问题的。你想要去云上，那我就告诉你该怎么走。"

在支撑中国经济的二三十岁年轻人里，王丹或许曾是其中一员。刘王子也说过，中国有很多女高管。

"你很美，也很强。"王丹看着已经变身成女高管模样的结衣道，"所以，只要你不允许，什么样的男人都休想碰你，我也决不会原谅那种人的。"

"谢谢！多亏了你，我现在超有斗志。"

说罢，王丹帮结衣穿上十公分的高跟鞋，最后用双手捧了捧结衣的双颊。

"祝你成功！我最重要的朋友！"

走出饭店，结衣拿出手机打了一通电话。或许是因为这一身价格高昂的行头起了作用，结衣强势地交涉结束，深吸一口气，迈出了步子。

来吧！决斗吧！

走进指定好的高田马场的某家餐馆后，结衣环视着四周。这里有很多半开放的小房间。或许是因为这边离大学比较近，所以也能看到一些教授和学生。

服务生领结衣走进了店深处的封闭房间。走进房间后，结衣一眼看到了穿着一身深蓝色西服、打扮很是时髦的男性。

风间寿也，Basic 有限公司的业务部副部长。

他和押田有些相似，扮相很华丽，搞得像个男演员一样。

"你是？石黑带来的陪同吗？"风间上下打量着结衣。

"我代他来见你。我是制作部的东山结衣。"

"你就是东山小姐，呵……"听说石黑没来，风间一副自尊心受伤的模样。

"你就是靠自己这姿色拉拢押田的喽。"他劈头就是一句。

灰原教过结衣，人在攻击对方时，会有意选择自己不想被攻击到的点。于是结衣按照这个思路分析了一下眼前这个人。

该不会……他是靠着实力以外的东西将工作弄到手的，所以他才想把结衣拉低到和自己一样的位置？倘若果真如此，那不接招就是最好的对策。

"听说你通过樱宫向石黑表达了准备入职敝司的想法？"结衣淡然回答。

"是啊，那女人怎么样？根本不会工作对吧？"

这一次，风间又将嘲讽的矛头转向了并不在现场的樱宫。

"是啊。"结衣一把接住了风间的话锋，她必须要守住樱宫的名誉，"可是，她很有韧性。只要教育有方，未来一定会成为女高管的。"

"用陪睡的办法倒是有可能吧。"风间嗤笑。看来，他真正想羞辱的其实是结衣。结衣仍旧不接招，而是把风间的履历书复印件放在桌上，道："您今年四十岁了，称得上是业界老手了。"

"啊，是啊。"风间的语气带着些自嘲，"已经是个大叔了。"

果真没错。结衣思忖。她在听樱宫那段录音的时候就感觉到了，风间这个人非常在意年龄。人到中年，男性魅力开始衰退，他对此焦虑不已。所以他为了勉强保持住自己的优越感，就拼命地用年龄话题去羞辱年轻女孩。正当这时，"话说回来，你还真是个不错的女人。"

风间冷不防握住了结衣搭在履历书上的手。

"诹访不是也曾经中意过你吗？不过，机会后来又被三桥给抢走了是吧？所以说啊，还是年轻点好。不过呢，二十来岁的女人太浮躁了，我觉得还是三十来岁的女人比较适合我。"

结衣心怀悲悯地望着风间。他和押田真的很像，觉得只要自己夸赞两句，所有女人都会开心。并深陷这种错觉之中无法自拔。

"我呢，想和你发展的关系可不包含工作，你去给我找石黑先生过来吧。"

他是不想受女人的品评吗？结衣稍稍停顿了片刻后说道：

"你知道吗？石黑当年刚入职时，在敝司做的可是安全管理的工作。他能为公司树立起防止黑客入侵的防护网，自然也能反过来，追寻到诽谤中伤的人是谁哦。"

风间的表情骤然一变，他缩回了手。

"你记恨樱宫，觉得她背叛了你，所以才在网络上到处散布她是公司蛀虫的留言吧？"

结衣拿起桌上的湿毛巾，仔细地擦拭着自己的手背。

这不是在替樱宫报仇，而是在助她一臂之力，结衣心中暗想。因为樱宫并没有输，她至今仍在战斗。

《忠臣藏》有一部名叫《高田马场的决斗》的外传。讲的是四十七武士中的一位——堀部安兵卫在做剑术指导的时候，如何帮助同门的菅野六郎左卫门赢得决斗的故事。

我就要做那个堀部安兵卫。

想到这儿，结衣道："你当时在这家店里对樱宫都做了什么，这里面都记录得清清楚楚。"

她拿出 U 盘。

"所以我们约了这家店。你竟然不觉得奇怪吗？"

"那家伙竟然还录了音？"风间一脸受伤的表情，盯着那枚 U 盘，然而紧接着他又立即虚张声势地反问，"那又怎样？我已经离开 Basic 了，再怎么告发我，我和那家公司也已经无关了。"

"想弄死你，方法很多哦。"

"是要把我彻底曝光？"风间反问，"那么一来，樱宫也会一起被曝光的。那样做，她在日本可就没脸待下去喽。"

"她是做好了玉石俱焚的觉悟，才将这件事托付给我的。但是我不必做到那个地步。其实只要把这份音频文件发送给所有同行，就算是痛快报仇了。"

"等等。"风间的脸色彻底变了，"你该知道 Force 的职权骚扰有多严重吧？我也是一样忍受了很多屈辱的！"

"那您可真不容易。"结衣接过话道，"但是，敝司是不会雇佣你的，我也不会让你跳槽到同一业界的其他公司去，决不允许你再次出现在樱宫面前。"

"你是想弄死我，对吗？"风间的嘴巴直哆嗦，"我这个年纪，怎么可能再转行啊？"

结衣静静地等着对方的表情愈来愈焦灼，随后说："那，这样吧，可以允许你跳槽去同一行业的外国公司，怎么样？"

结衣取出一枚名片。那是刘王子的名片。

"我可以介绍你去这家公司哦，他们采用的可是你最喜欢的裁量劳动工作制。"

在来到这儿之前，结衣和刘王子打了一通电话。说要介绍一个能够促进中国和日本之间业务交流的员工给他。用这次的介绍费抵掉了之前的住宿费。当然，结衣把风间的过去也毫无保留地都说了出来。刘王子听过后，略有些迟疑，但结衣坚持道："你姐姐刚来日本的时候，我可是帮了她很多的。"

她努力卖着人情，逼刘王子答应了下来。这还是王丹告诉她的招数——中国人最招架不住曾经有恩于自己的人，而且，刘王子又是那么在意他姐姐。

风间没想到结衣还会主动帮他安排下家，露出一脸的疑惑。

"但是呢，中国的裁量劳动制和日本可是完全不同的。你的下属将个个野心勃勃，只要你再敢搞什么职权骚扰，那么当天——"结衣用手对着自己喉间飞速横抹了一把，"你就人头落地喽。"

紧接着，结衣又将 Blackships 的公司介绍拿了出来。

"走出狭窄的日本，去国际上好好修炼一下吧。"

"不可能。"风间连连摇头,"这太难了,我做不到。"

"做不到也要做,这是为了樱宫。"

当时,到了下班的时候她也没法回家,被风间带到这儿来反复羞辱。结衣感觉樱宫就仿佛也坐在这房间里一般。她记得樱宫还在信中写着——"我不想输。"

"你是不是还把自己妻子孩子的照片给她看,说自己都是为了保护家人才努力工作的?所以樱宫才没有公开你的这些恶行。这个年轻人知道你的难处,结果你却把她逼得崩溃。"

结衣的心情变得异常平静,她继续说:"樱宫在写给我的信中说,希望我能把这句话转达给你——为了不让你的亲生女儿在未来的求职之路上也遭受这样的待遇,请努力改变自己吧。"

晃太郎、Force 的员工们,他们都选择了改变自己的道路。而面对眼前这个一脸矛盾地望着刘王子名片的蠢人,结衣只留下了这样一句话:"风间先生,你还很年轻。所以,你一定能够变成新时代的日本职员的。"

决斗结束,结衣将风间独自留在单间,走了出来。可是眼前的一幕又令她停住了脚步。

晃太郎正背靠着走廊的墙等着她。

"又是小黑泄的密对吧，怪不得他当时简简单单就答应让我一个人来。"

"结衣不是也看了我的比赛吗？我们彼此彼此。"晃太郎先行一步，向店门口走去。

把风间的那份一起买了单后，结衣走出餐馆道："都结束了。我们平起平坐地解决了这件事。再没什么好怕的了。"

"是嘛。"晃太郎只应了这么一句，然后目不转睛地盯着结衣看。

"啊，你在看这身衣服吗？这是王丹借我的。是不是很漂亮！"

"你平时也穿成这样不是挺好嘛。这种就和你平时穿的那种舒适型的衣服不太一样呢。"

舒适型的衣服。原来他是这么想的哦。紧接着，结衣听到晃太郎嘟哝道："好热啊……好像就是和结衣坦白了过去发生的事之后，我就久违地开始感觉到热或者累了，甚至会觉得非常疲惫。我用这个检测了一下自己的睡眠时间，发现自己每天平均只睡三个小时。"晃太郎挥了挥手腕上那块 iWatch，"我可能一直都处在一个肾上腺素极高的亢奋状态。但是，从那时起，我也逐渐明白自己究竟想要个什么活法了。所以，那家伙估计早晚有一天也会改变的吧。"

看来，晃太郎在外面听到了结衣和风间的交谈。

"我今天准备直接回家了。最近工作量太大了，而且昨天我还打了比赛。"

结衣有些惊讶地看了看表。现在连下午五点都还没到。

"对了，昨晚我回家了。白天看到押田倒下，突然就很想跟我爸说些什么。结果实际一回去，反倒是我爸在看我脸色努力讨好我……搞得我都想问自己，当初为什么就那么想被这样的人夸奖呢？算了，我以后会尽量掌握好尽孝的这个度的。"

"这样哦。"结衣回道，不管怎样，晃太郎能回家，柊应该会大松一口气，"你今天也要回家吗？"

"今天不回了，我有个私下里要去的地方。"

听他这样说，结衣感到一阵情绪复杂。这个男人开始向着她无法知晓的未来前行了。他已经跨过了往昔的伤痛，但结衣却被独自留在了过去的时空之中。

"结衣今晚也回家吧，再好好吃点饭。竞标成功之后我们会很忙的。"

晃太郎迈步向前。结衣没有问他"你要去哪儿"，因为下班之后的时间是属于部下的私人时间。

此时，结衣突然又想起来，眼下还有一个年轻人的情绪需要照顾一下。于是她急忙给刘王子打了一通电话，随后返回了公司。

结衣在运营部门口探头看，把来栖喊了出来，两人一道走去自动贩卖机旁边。

结衣买了一罐咖啡递给来栖。八神的事情也已经传遍了运营部。来栖正嘀嘀咕咕地念着这么一来又多了个男员工要结衣照顾时，结衣突然打断他道："刚才我和三谷小姐聊过了，竞标成功之后，我们还是准备派其他人去 Force 常驻。"

"欸？可是，我很想助结衣姐一臂之力……"

"其实呢，我正在考虑和 Blackships 合作的事情。"

"就是那个想把结衣姐挖角过去的上海公司？"

在刚才的电话中，刘王子表达了同意风间跳槽过去的想法。紧接着，他又趁势追上一句："结衣小姐，愿不愿意和我们公司合作？"

"我们可以为客户提供他们公司的 MA 系统。对方则很需要我们这样一个日本公司作为窗口。至于具体的条件，我们可以做份企划，下周拿给制作部的负责人。"

日本企业对中国的公司戒心很重，刘王子正在为此头疼。

——"我刘王子是条汉子，赌上我上海商人的尊严，这次的合作，我决不会亏待贵司。"

他是这样说的。作为中间的协调人，结衣也给出了自己的条件。

"我告诉他，想要派我们公司的人到他那儿工作。我推荐了你。"

"我？"来栖睁圆了眼睛，"我，要去上海工作？"

"为了让我们的公司变得更强，为了能够不受客户的随意摆布，你要去那个焕然一新的国家去偷师学艺——不，是去吸收学习。因为你有着不会被环境浸染、随时就能全身而退的特点，所以这个工作非你莫属。"

自己努力培养的优秀年轻人，接下来就要让他踏上征途了。结衣做好了这番觉悟，说道："我希望来栖能拥有这个国家的老一辈所没有的特质，面对任何人都能平等相待。我希望你能拥有我学不到的那些强大力量。这也是为了你自己。"

将来栖派驻海外，自己既能做他的后盾，也能亲赴上海援助他。

来栖一脸严肃地沉默着，但是他思索的时间并不长。

"既然东山小姐说到这个份上，那我会去的。"这个备受瞩目的年轻人说道，"不过，我不是为了自己，我只是为了东山小姐才去的哦。请别忘了这一点。"

还是老样子，喜欢强迫人感恩。不过，他对结衣的称呼却已经改了回去。看来，上司的魔法也稍稍消退了些吧。

年轻人翅膀硬了，要远走高飞的时候，估计自己还是会蛮伤感的吧。结衣正这样想着，来栖却突然说："这可不是什么上司魔法！"

结衣被他吓了一跳，一时不知该回答些什么，于是来栖又继续道："请等着我变强回来的那天！"

这个年轻人稍带着些怒意地宣告结束，随后离开。他身上早已不再有当初动不动就把离职挂在嘴边的孩子气了。

结衣将拉杆箱扯上一级级台阶，随后深呼吸一口，走进了老家的大门。

"我回来了。"结衣话音刚落，母亲就立即跑了出来，看到她之后，大松了口气。

"太好了。你爸爸非说你没长性，放任不管自己就会回来，都不让我联系你。搞得我没法给你发消息。"

结衣把伴手礼递给母亲，独自走上二楼。父亲房间的门是紧闭着的。

"全都结束了。"结衣对着门大声说，"我报了仇，也决斗过了！"

父亲没有回答她，但是她听到一声像是感冒了一样清嗓子的声音，看来，父亲听到了她说的话。

结衣开始讲起了父亲不知道的那些细节：在 Force 的酒会上不顾一切地脱衣服、晃太郎劝她逃离日本、去上海发展，还有被押田抱住……

"最终，变成大石内藏助的人，是晃太郎。"

门的那一头，还是没有任何回应。不过结衣还是把复仇的过程全都说完了。

"父亲做公司职员的时候一定很辛苦吧。为了家人而努力，拼了命地工作。爸爸真的牺牲了很多。"

结衣对着房门深深鞠了一躬。随后，她努力让自己恳切的心情饱含在话语之中，对着房门说："这么多年，谢谢您为这个家付出的所有。"

说罢，结衣准备离去时，听到门后传来"呜呜呜"的低吟。她一时有些担心，急忙仔细一听，发现那是呜咽声。结衣第一次听到父亲的哭声。她没有再说什么，静静地返回了自己的房间。

一定要好好报告给她……结衣拿出手机。

她发了一封邮件给樱宫，上面写清了和风间的决斗始末。在邮件的末尾，结衣写道："再也没有什么好怕的了，所以请好好休养，我们等着你。"

写罢，结衣点了发送键，并打从心底里祈祷，希望樱宫能早日回归职场。

结衣将王丹的那件衣服挂起来，又洗去了脸上的彩妆，换上了睡衣。到这一步，结衣感觉自己的体力瞬间清零了。她爬上床，上半身一横，就失去了意识。

睁开眼时，她发现自己来到了一片被纯白色覆盖的世界。

不会吧——结衣暗忖。我又来到这片被过劳死员工的白骨覆盖的地方了？可是，她突然注意到了不同。她脚下踩的不是白骨。

是白色的布，其上摆着三方供案，还有一把小刀。

对面，排满了无数崭新的棺材。这……该不会是《忠臣藏》的最后一场吧？

为主君报了仇的大石内藏助，究竟是反贼，还是忠臣？

整个国家一分为二，各执一词，不分上下。德川纲

430

吉为了维护幕府的威严，要求大石等四十七位武士全员切腹。早有此准备的四十七人知道自己可以作为武士切腹而亡，反而觉得很高兴，可是——

站在无数棺材前，结衣丧失了语言。真的有必要让这么多人丧命吗？

发生松之廊下事件的那一天，江户城被一阵异常的紧张感所笼罩。

当日，将军纲吉一反常例，准备将自己庶民出身的母亲——桂昌院，推上从一位。为此，他比往年都更加积极地接待着从朝廷派来的特使。可能是因为压力过大，负责招待特使的浅野内匠头犯了腹痛的旧疾。

而吉良上野介欺凌他的证据，至今也没有找到。

可是，如果当时有人能注意到浅野的异样，或者，如果有人能好好调查一下浅野对吉良拔刀的原因，那么他的家臣最终也就无须为主君复仇，并赔上性命了。

"没有职权骚扰的证据——是吗？"

一个十分可爱的声音响起，身穿雪白和服的樱宫站在自己面前。

"证据这种东西，肯定早就被毁尸灭迹了。"

结衣感到一阵战栗。

"樱宫……你为什么在这儿？"

对方并未回答，只是脚踩着白色的布匹，向她走来。

"大家都疲于应付自己的工作。犯错的一方会抹除记忆、篡改记录。倘若鼓起勇气去揭发这一切，那他们就会丢了工作。在元禄十四年时发生的事不也是这样吗？"

樱宫的瞳孔深处静静燃烧着熊熊怒火。

"可是，我不会放弃的，我要在东山小姐的帮助下，和折磨我的上司斗争下去！"

她目不转睛地凝视结衣。

"我为自己感到骄傲。"

"我也为你感到骄傲。"结衣说，"我等着你回归职场。"

正在此时，突然涌出一群人，他们抓住了樱宫的手腕，将她扯离结衣。这些人穿着灰扑扑的衣服，看不清是古人的装束，还是现代人穿的西服。

"你们干吗！"结衣大叫，"你们要对她做什么！"

这群人面无表情，硬将樱宫按坐在了三方供案上，又硬将短刀塞进她手中，似乎是要逼她切腹。

"不要！我不想死！"

樱宫摇着头，她望着结衣，满眼泪水，大喊着——

"我还想和东山小姐一起工作！"

"樱宫！"结衣也大喊着，可是她也被扯得离对方越来越远。

樱花花瓣像暴风雨一般席卷而来，将樱宫的身影彻底掩埋。

"我一定会去救你的！"结衣隔着樱花暴雨大喊着，"你要坚持住！不要死！"

她重要的同伴又被带走了，被带去另一边了。

就算把风间赶到了国外，樱宫的内心仍旧无法修复。她或许会像柊一样，长久地陷入痛苦中。

为什么，每次总是鼓起勇气努力战斗的人们被伤得更深呢？

要是自己能早些察觉就好了。接下来的日子里，部下会更多，自己真的能够忍耐这种辛苦，扛起这份沉重的责任吗？

"就算体会不到责任感，也不要紧吧。"

一个声音响起。她曾经的上司站在身边。

福永清次。上一年度他还是结衣所在小组的部长。他眼神黯淡地望着结衣。

"我们只是普通员工罢了，能力很有限。有时候不用点暴力手段，懒惰的部下根本就不愿意干活。"

这个曾险些把晃太郎逼到过劳死的男人如是说。

433

"别把部下当人，这样才能轻松些。"

一感到压力就马上逃跑。从不逼迫自己，也从不努力。这个男人身上有着和自己相似的特质。结衣望着他，然后说了声"谢谢"。

"因为你的存在，我总是会想起'勇气'这个词。"

结衣站起身，拂去肩膀上的樱花花瓣。

"接下来，我还要准时下班。"

"你要去哪？"福永尖锐地问道，"你明明已经无处可去了。"

"即便没有，我也要回去。"

作为一个平凡的职员，她能做的唯有一点。坚持不去过度工作，并且认认真真休息，保持清晰的判断力。

"我要寻回人心，然后再回来把樱宫救走。"

结衣背对着福永，踩在无限延伸出去的白布上，迈出脚步。

"你别走！"福永突然从背后束缚住结衣，"别把我一个人留在这里！"

自己要被控制在这儿了。结衣想着。正在此时，她听到一个熟悉的声音在喊着自己的名字，随后，一只温暖的大手抓住了自己的肩膀，那手用力将结衣从福永的双臂中拉开了。

"结衣，你快醒醒！"

她睁开眼。那喊声仍在耳边回荡。有人用力地摇晃着自己的肩。

"你可算醒了！"

结衣发现晃太郎正望着自己。

"我还以为你死了。"

这是哪儿啊？公司，还是医院？

首先映入眼帘的是电灯的拉绳。

"欸？为什么？为什么晃太郎会在我房间里？"

"昨天你爸爸给我打了电话。"可能今天是周六吧，晃太郎穿的是休闲T恤。

"我爸给你打电话？为什么？"结衣从床上坐起身。

"你爸说喊你好多次都叫不醒你。刚才宗介哥让我上来叫醒你的。"

"我哥怎么也在？"结衣一头雾水。

"他们都在楼下呢，结衣也下楼吧。哦，下楼前最好先换个衣服。"

听晃太郎这样讲，结衣才意识到自己身上穿着睡衣，而且还是素颜。她顿时面红耳赤。

结衣把晃太郎赶出房间，急吼吼地换了身衣服。这次哥哥也上楼催促道："不用化妆啦。反正化不化的也没啥区别。"

"你好烦！我马上就好。你怎么会在这儿啦？"

"哦……"哥哥有点尴尬地说，"昨天，爸给我发消息，说想和我道歉。"

"欸？爸爸要和你道歉？"这种事还从未发生过。

"可能……我也有做得不妥的地方……还不死心地说了很多。"哥哥语气里带着些自嘲，但表情却显得轻松了许多。

结衣梳好头发，走去了一楼客厅。晃太郎正局促地站在窗边眺望着狭小的院子。结衣问："为什么把你叫过来呀？"

"我怎么知道啊。"晃太郎小声回她。

这时，父亲从厨房走出来，他让晃太郎坐到沙发上，自己端了咖啡过来。这种事结衣也是头一次见父亲做。

"我有事想问你。"父亲面对着晃太郎坐下。

"我们家结衣，接下来会不会出人头地？"

晃太郎没想到对方会这样问，他迷茫了片刻后点点头。"应该会的。至少，社长灰原有提拔她的打算。他认为结衣是非常重要的一颗棋子。"

父亲表示了解地点了点头。又停顿片刻后，他接着说："能不能请您一直陪在我女儿身边？"

"你说什么？"结衣一脸焦急地看了看晃太郎，"抱歉。你说什么呢，爸？"

"我非常清楚，她出人头地之后，前面有什么在等着她。这个社会里有不少光明磊落的优秀人才，当然，败类也不少。所以，结衣很有可能会遭受那些恶人攻击，不是吗？"

说这些话时，父亲的表情前所未有地严肃。

"我家这个孩子脾气很怪的。觉得累就要休息，而且也不太会看人脸色。工作时长很短，还忍不了任何不合理要求。可以说，日本人的美德，她一样都没占，对吧？"

"是……"晃太郎点了点头，"她这些特点我也很了解。"

"但是，晃太郎能弥补这些缺点。虽然我这样说有点强人所难，但请您和我女儿——"

不要！结衣心中疾呼，她正要阻拦，晃太郎却抢先说："我们以后也会在同一个小组工作的，所以我一定会尽力支持她。请您放心。"

"不，我想说的不是这个。"

"爸爸！你快别说啦！"

他们已经结束了。自从那次在上海饭店喝了酒之后，结衣就亲手把这段恋情终结掉了。要是再惹些难堪，他们恐怕就连同事都做不成了。

"你真觉得这样好吗？"父亲问。

不好，当然不好。可是，晃太郎有他自己的人生。

"她对你还恋恋不舍。之所以和诹访先生没有走到最后，也是这个原因。对吧，结衣？"

"不许再说了！"结衣怒吼了一声。

"就算是，就算是那样，我也不想让爸爸说出来。我自己的想法，一定要我亲口说出来！"

"结衣说得对呀。这些话怎么能让你讲出来呢！"母亲站在沙发后面泡着红茶搭话道。

"而且，我其实很反对你们两个结婚的。"

"可是她不和晃太郎结婚，又要和谁结啊？"

站在厨房吧台前看热闹的哥哥也插话道。

结衣还从未感到如此羞耻过。她实在坐不住了，匆匆站起身，一把抓住被东山家男女老少包围的晃太郎，拉着他跑到了门廊。

"真的对不起！我们家里人在大周末这么早把你喊来……"

"没事啊。就是觉得大家还和以往一样，蛮开心的。"晃太郎坐在门口穿着鞋。

结衣没等晃太郎说下去，赶紧又换了个话题。

"竞标的结果还没出来？"

"还没。"晃太郎表情略显紧张地看着结衣，随后又说，"你接下来有时间吗？我有个新方案……"

"是工作上的事？"结衣问。

"唔。"晃太郎没肯定也没否定，含混地回了一声。

走出家门，晃太郎的步伐瞬间快了起来。他径直向着车站的方向走去。结衣连钱包都没拿，于是晃太郎帮她买了车票，两个人乘上电车，然后在离公司最近的车站下了车。

"我们要去公司？"结衣问。但是晃太郎却摇了摇头，向着公司的反方向走去。

前方是新建的一片住宅区。一路上，他们和好几对带着小孩出门的家庭擦肩而过。

"这儿。"晃太郎伸手指了指一处公寓的大门。他们走进去，坐电梯到了十楼。随后，晃太郎掏出钥匙，打开了某个房间的大门。

"这是谁家？"结衣走进大门问道。屋子里没有家具，空空荡荡的。

"我买的。"晃太郎说。

随后，他将一脸茫然的结衣留在身后，走进房内。

"虽然是二手房，但是房龄不长。贷款三十五年。我黄金周的时候找到的，走贷款审核和流程差不多花了一个月，昨天交房。下周搬家。"

结衣感觉自己胸口都抽紧了，她问："晃太郎，是要和谁结婚了？"

"你说什么呢？"晃太郎走到结衣身边，"你是不是中暑了？哦对了，你还没吃早饭是吧？"

"可这个格局，看着就是给小家庭准备的啊。"

"确实……"晃太郎说到这儿，突然大睁着眼问，"你该不会，不记得了？"

"记得什么？"结衣反问他。晃太郎一脸感到眩晕的表情，扶额道："就是去上海饭店喝酒那天晚上啊，你不是说了吗？我租的那个公寓太小，你才不要再去那儿，要是想和你重归于好，必须买套房子，证明我真的改了。"

"我竟然说了这种话？"结衣稍作思索，又问，"当时小黑也在场吗？"

"在啊。一直到石黑先生扶你坐进出租车，你都还在重复这句话呢。"

小黑那家伙！结衣咬紧了牙。他肯定是故意没有告

440

诉我这些。

可是，所以……晃太郎就是为了这句话，从四月开始就一直努力想办法追回自己吗？

话虽如此，但是一句商量都没有，就这样买下来了？

结衣走到还未装上窗帘的巨大窗户前，放松下来坐到了地板上。晃太郎也坐到了她身旁，一边望着窗外的风景一边问："我们一起还贷怎么样？"

"这就是你的新提案？"

结衣眺望远处林立的高楼。其中一幢，就是他们就职的 Net Heroes 所在地。

"结衣接下来会爬得更高，而且也会有调职的可能。但，我想只要住在一起，我就能二十四小时随叫随到地支援你。虽然不可能做到每天都准时下班，但是这儿距离公司很近，只要让我回家，我就马上能回来。"

"可是，你刚刚不是对我爸说，接下来还是同事……什么的，我原以为……"

"当时那个情况，我怎么说得出口啦。当然还是要选一个只有我们两个人的环境才行啊。"

晃太郎站起身，从厨房拿了一罐啤酒折回来道："你是我心中至高无上的主君，所以，我以这罐啤酒发誓——"

晃太郎将啤酒举到结衣面前："我会拼上此后的整个人生，为结衣尽忠。"

结衣望着晃太郎。他说了，决不会让我独自一人的。这让结衣内心充满了幸福。但，不行……结衣沉默了。

"欸？难不成，你还在犹豫……"晃太郎慌了，"你心里还是惦念诹访先生对吗……"

"不是，当然不是了！我只是想到，樱宫现在还深陷伤痛里，这个时候，我不该光想着自己的幸福。"

正在这时，结衣的手机突然震动了。她仿佛有某种预感一般，急忙从裙子口袋里拿出手机。手机上显示收到一封邮件。发信人正是樱宫。

应该是回复自己昨天发出的那封邮件吧，结衣点开邮件的手指微微有些颤抖。

"真的松了一大口气，幸好把一切都拜托给了东山小姐。"

回信上如此写道。

"此外，之前的邮件上还有一些忘记提到的事。是关于东山小姐和种田先生的关系……非常对不起，我说了很多刻薄话……因为当时对东山小姐感到心焦，所以就忍不住讲了那些难听话。但是，真心希望你能先让自己幸福起来呀。东山小姐，请早日恢复活力哦！"

结衣盯着屏幕看了一会儿后，将手伸向那罐啤酒。

"啊，等等……"晃太郎说，"你还没有回答我啊。"

结衣没理会他，仰头将那罐啤酒一饮而尽。空荡荡的胃里瞬间浸满了金黄美味的液体，感觉整个身体都在冒着泡泡。真好喝，结衣想着。心中有了答案。

她面对着晃太郎道："我拒绝。"

她说："我不需要一个尽忠的家臣。"

"欸？可是，你说让我去买房子……"

但结衣却高声盖过了晃太郎惊愕的疑问，继续说："我需要的是并肩作战的伙伴。"

此时，结衣脑海中浮现出好几个倘若知道他们重归于好，一定会很生气的人的面孔，在心里默默道了声"抱歉"。随后，她再次直视着眼前这位工作狂说："种田晃太郎先生，请和我结婚吧。"

一定要先让自己幸福起来。然后，去创造一个能让所有人都可以舒适工作的公司。这样，樱宫也能随时回归了。

"啊，对了，前几期的贷款可能得先欠着……我这几年慢慢地还你，好不好？"

晃太郎什么都没说，只是认真地点了点头。

随后，也不知道是结衣先抓住了晃太郎的前襟，还是晃太郎先将结衣拉近自己身边，两个人就这样拥抱在一起，结衣将脸埋进晃太郎的胸口，闻着那股熟悉的味道。

"我终于把你找回来了。"晃太郎的声音通过胸腔的震动传到结衣耳边。正在这时，响起一阵电话铃声。

"应该是 Force 那边打来的。"

晃太郎迟疑了片刻，但还是在结衣的催促下从裤子口袋里拿出了手机。

"喂？是的。"

他频频点头后，眼神锐利地看了一眼结衣。

然后不出声地用嘴型告诉她："我们赢了。"

浑身沸腾了起来，结衣也忍不住露出了微笑。

但是，她又立刻感到紧张。因为一切还没有结束。

接下来，就是灰原的战斗了。在选择裁量劳动制的人占大多数的董事会上，这位社长能不能顺利翻盘？想必不会很简单。

但是，在此之前——结衣和晃太郎彼此对望——

"我们的反抗成功了！"

手机里传来榊原兴奋的大喊。

"不仅仅是宣传部，连开发部、业务部的同事们也都写了陈情书，直接上交到董事会，希望能重振公司。我们不但抵抗住了押田，也没有屈服于其他的董事们——"

晃太郎面对着榊原滔滔不绝的诉说，显得有些不耐烦，他打断道："抱歉，我现在有点忙，后续我们周一再聊吧。"

"欸？可是，不是种田先生自己说，周末也可以联系你的吗——"榊原絮叨到了一半，晃太郎便挂断了电话，随即抱住结衣。

这一次，结衣听到了他激烈的心跳，感到无比地温暖。

就这样结婚，真的可以吗？这个问题浮现在她脑海之中。

刚才，这个男人怎么说的来着？虽然不可能做到每天都准时下班？还有，这儿距离公司很近，二十四小时随叫随到，对吧？说不定，他只是给自己找了一堆理由，接下来还是要每天埋头加班呢。

可是，这一次，她想要相信他。晃太郎真的有了改变。

总之，现在先把工作的事全都抛到脑后，好好休息吧！结衣沉浸在久违的微醺之中，闭上了眼。

图书在版编目（CIP）数据

我，准时下班. 2 /（日）朱野归子著；董纾含译
. -- 福州：海峡文艺出版社，2023.3（2023.6重印）
ISBN 978-7-5550-3268-7

Ⅰ. ①我… Ⅱ. ①朱… ②董… Ⅲ. ①长篇小说—日
本—现代 Ⅳ. ①I313.45

中国版本图书馆CIP数据核字(2022)第238629号

WATASHI, TEIJI DE KAERIMASU. - HYPER-
By AKENO Kaeruko
Copyright © Kaeruko Akeno 2019
Original Japanese edition published in 2019 by SHINCHOSHA Publishing Co., Ltd.
Chinese（in simplified character）translation copyrights © 2023 by Ginkgo（Shanghai）
Book Co., Ltd.

本书中文简体版权归属于银杏树下（上海）图书有限责任公司
著作权合同登记号：图字13-2022-110

我，准时下班 2

[日] 朱野归子 著 董纾含 译

出　　版：海峡文艺出版社　　　　　　　出 版 人：林　滨
责任编辑：陈　瑾　　　　　　　　　　　编辑助理：吴飔苿
地　　址：福州市东水路76号14层
邮　　编：350001
电　　话：（0591）87536797（发行部）
发　　行：后浪出版咨询（北京）有限责任公司

选题策划：后浪出版公司　　　　　　　　出版统筹：吴兴元
编辑统筹：尚　飞　　　　　　　　　　　特约编辑：袁艺舒
营销推广：ONEBOOK　　　　　　　　　装帧制造：墨白空间·Yichen

印　　刷：河北中科印刷科技发展有限公司　　经　　销：新华书店
开　　本：787毫米×1092毫米 1/32　　　印　　张：14.25
字　　数：229千字
版次印次：2023年3月第1版　2023年6月第2次印刷
书　　号：ISBN 978-7-5550-3268-7
定　　价：58.00元